美国黑人文艺运动研究

赵云利 著

中国水利水电出版社
www.waterpub.com.cn

· 北京 ·

内 容 提 要

本书主要介绍了发端于20世纪60年代的黑人文艺运动，这是美国历史上一次重要的文艺复兴运动。黑人文艺运动激励了非裔美国人开办自己的印刷社，创办自己的杂志、期刊，并在大学内设立非裔美国人研究项目，诗歌、戏剧、音乐、舞蹈、视觉艺术等是伴随这场运动兴起的主要文艺形式。这场运动重新塑造了非裔美国人的形象，对许多饮誉世界文坛的作家也产生了影响，并极大地促进了美国多元文化的发展，是美国历史上一场影响深远的文化运动。

本书获得了山东交通学院博士科研启动基金资助，是2018年度山东省艺术科学重点课题“黑人艺术运动美学理论研究”的阶段性研究成果。

图书在版编目（CIP）数据

美国黑人文艺运动研究 / 赵云利著. -- 北京 : 中国水利水电出版社, 2018.12（2022.9重印）
ISBN 978-7-5170-7201-0

Ⅰ. ①美… Ⅱ. ①赵… Ⅲ. ①哈莱姆文艺复兴－研究－美国 Ⅳ. ①I712.095

中国版本图书馆CIP数据核字(2018)第284431号

策划编辑：杨庆川　责任编辑：陈　洁　加工编辑：白　璐　封面设计：李　佳

书　名	美国黑人文艺运动研究 MEIGUO HEIREN WENYI YUNDONG YANJIU
作　者	赵云利　著
出版发行	中国水利水电出版社 （北京市海淀区玉渊潭南路1号D座　100038） 网址：www.waterpub.com.cn E-mail：mchannel@263.net（万水） sales@mwr.gov.cn 电话：(010)68545888(营销中心）、82562819（万水）
经　售	全国各地新华书店和相关出版物销售网点
排　版	北京万水电子信息有限公司
印　刷	天津光之彩印刷有限公司
规　格	170mm×240mm　16开本　11.75印张　200千字
版　次	2018年12月第1版　2022年9月第2次印刷
印　数	2001-3001册
定　价	52.80元

前　言

发端于20世纪60年代的黑人文艺运动是美国历史上一场重要的文艺复兴运动。这场运动以著名黑人运动领袖马尔科姆·爱克斯遇刺为导火索，以纽约哈莱姆（Harlem）为发起地，而后向全国蔓延，其真正走向成熟是在湾区（Bay Area）和中西部地区（Midwest）。这场运动是一场与政治、社会运动平行发展并与不断发展中的黑人社会生活紧密联系的文化运动。黑人文艺运动宣扬“黑人美学”和黑人文化民族主义思想，是一场旨在提升黑人民族自豪感、彻底消灭“黑鬼意识”的“新黑人运动”。黑人文艺运动激励了非裔美国人开办自己的印刷社，创办自己的杂志、期刊，并在大学内设立非裔美国人研究项目，诗歌、戏剧、音乐、舞蹈、视觉艺术等是伴随这场运动兴起的主要文艺形式。这场运动重新塑造了非裔美国人的形象，对许多饮誉世界文坛的作家也产生了影响，并极大地促进了美国多元文化的发展，是美国历史上一场影响深远的文化运动。

本书共六章，各章主要内容如下：

第一章分析黑人文艺运动产生的根源和社会大背景。由于黑人运动领袖马尔科姆·爱克斯遇刺被公认为黑人文艺运动的导火索，本章重点解读马尔科姆·爱克斯与黑人文艺运动的关系，从而厘清运动爆发的直接根源。

第二章阐述黑人文艺运动在美国各地的发展情况。本章以纽约、芝加哥、美国南方地区以及监狱中的黑人文艺运动为研究对象，重点对各个地区黑人文艺运动开展的有特色的领域进行剖析。其中，纽约市的博物馆抗议斗争、芝加哥市的墙画运动、美国南方地区的黑人文艺运动以及监狱中的作家、艺术家与黑人文艺运动是本章各节的聚焦点。非裔美国艺术家长期处于被冷落和轻视的地位，在纽约，因艺术品“质量”而引发的纽约博物馆抗议不断发酵升级，尽管抗议运动因内外因素走向衰落，但其影响不容小觑。芝加哥的“墙画运动”始于“尊重之墙”的绘制，正是这一文化载体，把生活在附近的非裔美国民众和艺术家们联系起来，这座矗立在芝加哥的“尊重之墙”直接催化和导致了一场规模宏大的墙画运动。南方黑人文艺运动的开展经历了从受冷落到被接受的过程，南方传统黑人大学和此间诞生的重要期刊和组织均对塑造南方的黑人文艺运动影响深远。许多非裔美国作家认为美国监狱是非裔美国社区的延伸，尽管为了改造监狱中的囚犯，美国监狱内部开设了一些文化教育项目，然而，非裔美国人仍然未能享受平等的待遇。此外，许多黑人文艺运动的骨干成员和参与者都有被捕入狱的经历，监狱中的囚犯与曾做过囚犯的作家和艺术家创作了不少优秀的作品，刻画了许多经典形象。

第三章对黑人文艺运动重要领导人的思想进行分析解读。阿米利·巴拉卡是黑人文艺运动的重要发起人，被称为“黑人文艺运动之父”，他的生活经历以及戏剧和诗歌创作对塑造这场运动产生了深远的影响；拉里·尼尔是黑人文艺运动的主要理论家，他阐述了黑人美学思想，是这场运动的导师；索妮亚·桑切斯是黑人文艺运动非常重要的女诗人，她以手中的笔做武器，发出了这场运动中来自女性的最强音。

第四章阐述了黑人文艺运动的思想内涵和伴随这场运动兴起的文学和艺术形式。黑人文艺运动因其倡导的独具特色的美学思想又被称作“黑人美学运动”。在这场运动中，黑人艺术家倡导黑人美学，颂扬黑人文化民族主义思想，重视黑人传统文化，这些成为构成黑人文艺运动精神内涵的重要元素。黑人文艺时代兴起的文学艺术形式主要包括诗歌、戏剧、舞蹈、音乐和视觉艺术等。此外，一些非裔美国人重要出版物和召开的文学会议也为黑人文艺运动的传播和发展提供了有利条件。

第五章分析了黑人文艺运动的衰落原因及其转化。作为非裔美国文化史乃至美国历史上一场持续了一个时代的运动，这场运动同样也难逃兴衰交替的历史命运。黑人文艺运动的衰落既有来自外部的原因，也有根植内部的因素。而随着女权主义逐渐成为这场运动的新的政治聚焦点和主要理论，黑人文艺运动完成了其历史嬗变，而期间诞生的黑人女性文学则是与之极其不同的黑人文艺运动的直接产物。

第六章客观剖析了黑人文艺运动的历史地位和影响。黑人文艺运动是美国历史上一场影响范围遍及全国、以群众为中心的激进艺术运动。伴随这场运动兴起了多姿多彩的文学艺术形式，这场运动成为一股改变美国文化面孔的强大力量，并对美国多元文化产生了深刻而持久的影响，但是黑人文艺运动的政治性超越了其文学性，部分文学作品的艺术价值不高。

作　者
2018年10月

目　录

导　论

一、选题的理由和意义

20 世纪 60 年代是美国历史上一个不平静的时期：反战运动、黑人民权运动、反文化运动等风起云涌，此起彼伏。在 20 世纪 60 年代发生的一系列重要事件，与其说是政治性的，还不如说是文化性的，且大部分与美国的文化言语有关。[①]

在美国历史上这个充满着争议和变化的年代，美国黑人高举“黑人权力”（Black Power）和“黑人文艺”（Black Arts）的旗帜，发出了属于自己的强音，影响和促进了美国多元文化的发展。多元文化主义是 20 世纪五六十年代的“民权运动”和“权力革命”的结果之一。[②] 在 60 年代各种纷繁复杂的运动中，美国黑人文艺运动（Black Arts Movement）[③]以其较大的争议性和强大的影响力越来越引起学界的关注。美国影响最大的新闻类周刊，有世界“史库”之称的《时代周刊》杂志对黑人文艺运动的评价是：“非裔美国人[④]文学史亦或是整个美国文学史中一

---

① 朱世达：《当代美国文化》，北京：社会科学文献出版社，2011 年，第 98 页。

② 王希：《多元文化主义在美国的起源、发展及其面临的挑战》，《中国社会科学报》，2010 年 2 月 4 日第 7 版。

③ 国内学界多把“Black Arts Movement”翻译为“黑人艺术运动”，然而针对 arts 一词的含义，英语重要的工具书都有清楚的解释。根据《Longman Dictionary of Contemporary English》的注解：the arts[plural]art, music, theatre, film, literature etc all considered together。另据“free dictionary”的解释：A field or category of art, such as music, ballet, or literature.（http://www.thefreedictionary.com/arts）。综合以上解释我们可以发现，“arts”指的是包括艺术、音乐、戏剧、电影、舞蹈、文学等形式的总称。另外，考查“Black Arts Movement” 的历史内容可以发现，在这场运动中不仅包括黑人的视觉艺术、音乐、舞蹈，也包括诗歌、戏剧、小说等文学作品。基于上述原因，笔者认为把 Black Arts Movement 翻译为黑人文艺运动应为准确。

④ “美国黑人”（Black American）曾为学界长期使用的表达形式，而自黑人文艺运动以来，“非裔美国人”（Afro-American/African American）的概念逐渐为人接受，本书中“美国黑人”和“非裔美国人”为同一概念。

个单独的最具争议的时刻。”①

黑人文艺运动又被称作“60 年代运动”，是美国黑人权力运动（Black Power Movement）的艺术分支。这场始于 1965 年的黑人运动是继哈莱姆文艺复兴之后美国历史上又一次新的文艺复兴，是美国黑人权力运动的具体体现，但其规模和实际影响力超过了 20 年代的哈莱姆文艺复兴。这场运动激励了美国黑人开办自己的印刷社，创办自己的杂志、期刊，并成立自己的艺术机构，也导致了美国大学内创建了许多非裔美国人研究项目。美国诗人学会称“包括美国的印第安人、拉丁裔美国人、男女同性恋者和年青一代的非裔美国人都受益于黑人文艺运动”。②许多著名的非裔美国作家参加了这场运动，他们包括尼基·乔万尼（Nikki Giovanni）、索妮亚·桑切斯（Sonia Sanchez）、玛雅·安吉罗（Maya Angelou）、霍伊特·富勒（Hoyt W. Fuller）和罗萨·盖伊（Rosa Guy）等。尽管从严格意义上来讲，托尼·莫里森（Tony Morrison）和伊什梅尔·里德（Ishmael Reed）等知名非裔美国作家并非黑人文艺运动的参与者，但是他们却对这场运动的艺术和主题给予了高度的关注。里德对黑人文艺运动有以下评价：

> 我认为黑人文艺运动激发了众多的黑人拿起手中的笔来写作。另外，没有黑人文艺运动也就不可能有多元文化运动。拉丁裔、亚裔及其他美国人都认为他们开始写作的动机是出于20世纪60年代黑人文艺运动的榜样示范作用。③

黑人文艺运动被广泛地接受为“黑人权力运动在美学和精神上的姊妹”。黑人文艺运动的主要领导人拉里·尼尔（Larry Neal）在其关于黑人文艺运动的著名论文《黑人文艺运动》（《The Black Arts Movement》）中宣称：“当我们说起‘黑人美学’时，它包含以下含义：首先，我们认为已经存在这样的美学基础。从本质

① Henry Louis Gates Jr., “Black creativity: On the cutting edge”, *Time*, Vol. 144, No. 15(Oct. 10), 1994, p. 74.

② “A Brief Guide to the Black Arts Movement”, http://www.poets.org/viewmedia.php/prmMID/5647, 2013-09-09。

③ Kaluma ya Salaam, “Historical Overviews of The Black Arts Movement”, In William L. Andrews, Frances Smith Foster and Trudier Harris, eds., The Oxford Companion to African American Literature, New York: Oxford University Press, 1997, p. 501.

上来讲，它包括非裔美国人的文化传统。但是这种美学从含义上来讲要比那种传统更为广泛，它包含第三世界文化中大部分可用的元素。黑人美学的动机是要摧毁白人的东西，摧毁白人的观念以及白人看待世界的方式方法。"[①]在黑人文艺时代，非裔美国人的戏剧团体、诗歌创作、音乐和舞蹈均以黑人文艺运动为中心，他们在文学和艺术的各个领域都展示了自己的存在，并通过不同的媒体形式，教给其他少数族裔表达其文化差异和观点。尤其重要的是，黑人诗歌朗读让非裔美国人能采用方言对话和交流，这一艺术形式在拥有黑人作家玛雅·安格鲁（Maya Angelou）和罗萨·盖伊（Rosa Guy）等成员的哈莱姆作家协会中得到了充分体现，此类表演形式常被黑人艺术家用作表达其政治观点和组织活动的工具。此外，剧院的表演也被用于传达社区和组织的声音。黑人文艺时代，文化中心和剧院遍及美国并被用于社区集会、学习组织和电影放映等活动，报刊是传播黑人文艺运动思想的另一主要工具。1964 年，《黑人对话》出版发行，成为黑人文艺运动第一本重要出版物。尽管黑人文艺运动持续了十年左右的时间，但对于美国历史而言却是不可或缺的。黑人文艺运动推动了政治激进主义和非裔黑人社区话语的使用，它为非裔美国人提供了在大众媒体中发出自己的声音和公众参与的机会。

可以说，黑人文艺运动造就了不少非常激动人心的诗篇、戏剧、舞蹈、音乐、视觉艺术和二战后的美国小说，此外，美国许多二战后重要的作家和艺术家如托尼·莫里森（Tony Morrison）、恩托扎克·尚治（Ntozake Shange）、艾丽斯·沃克（Alice Walker）和奥古斯特·威尔逊（August Wilson）等都受到过黑人文艺运动的影响。[②]詹姆斯·爱德华·斯梅瑟斯在其著作《黑人文艺运动：20 世纪六七十年代的文学民族主义》（《The Black Arts Movement: Literary Nationalism in the 1960s and 1970s》）一书的结语中指出："黑人文艺运动是美国历史上最有影响力的文化运动，这是无可争辩的。"[③]

回顾国内美国黑人历史研究，可以发现从 20 世纪 50—70 年代，美国黑人史

① Larry Neal, The Black Arts Movement, In Floyd W. Hayes III, ed., *A Turbulent Voyage: Readings in African American Studies*, San Diego: Collegiate Press, 2000 (3rd edition), p. 236-245.

② James E. Smethurst, *The Black Arts Movement: Nationalism in the 1960s and 1970s*, Chapel Hill: The University of North Carolina Press, 2005, p. 371.

③ Ibid., p. 372.

研究是当时的一个热点，并取得了一些重要成果，但这些成果受制于国内政治因素的影响，有着明显的政治化倾向。20 世纪 80 年代美国黑人历史的研究步入一个相对沉寂期。90 年代以来，美国黑人历史研究从广度和深度都取得了一定的成果。美国黑奴制与废奴运动、内战与重建时的美国黑人、南方黑人迁徙运动、二战后的民权运动等成为这一时期的研究焦点，而黑人文化史的研究尚处于起步阶段。目前从事黑人文学和文化史研究的国内学者比较关注发生在 20 世纪 20 年代的哈莱姆文艺复兴运动和二战后比较有影响的一些黑人作家及其作品，但对黑人文艺运动却罕有论述，也没有以黑人文艺运动为研究对象的硕博论文问世。而国外学界对于历史上美国黑人文化运动研究的兴趣点也主要集中在哈莱姆文艺复兴运动以及 20 世纪四五十年代的文学复兴运动。事实上，国外学者对黑人文艺运动的态度迥异，有些甚至堪称偏见，例如在美国比较有影响力的《哥伦比亚美国文学史》中就没有对黑人文艺运动进行介绍和评述。笔者关注这场文化运动，除了因为这场运动的影响和意义不同寻常，也和笔者对美国文化和文学史浓厚的兴趣有关。笔者自攻读硕士学位开始便对美国文学和文化进行比较认真的研究，在攻读博士学位期间，曾认真研读刘绪贻和杨生茂先生主编的《美国通史》中有关文化和文学史方面的内容，并撰写了大量读书笔记。笔者希望利用国内外相关的文献资料，从历史学和文学的角度对黑人文艺运动进行梳理，分析其产生的历史根源和发展演变，解读其思想内涵、各地的发展情况及随之兴起的文学和艺术形式，洞悉其历史影响和社会意义。通过对以上问题的探讨，笔者希望为填补国内外学界针对这场运动缺少系统研究所留下的空白尽绵薄之力，相信关于这场文艺复兴运动的研究对丰富非裔美国文化史的研究具有一定的理论价值和学术意义。

二、国内外研究现状

（一）国内研究现状

从掌握的国内外有关黑人文艺运动研究的文献资料来看，国内相关的研究和著述可谓凤毛麟角，而国外的相关研究（主要集中在美国）则方兴未艾。

国内最早对黑人文艺运动作过研究论述的应首推施咸荣先生。在他的《美国黑人的三次文艺复兴》[①]一文中，施咸荣先生根据国外的研究，梳理了美国历史上三次文艺复兴运动。他根据威廉·安德鲁斯（William Andrews）等黑人学者们的提法，把长期以来不受人重视的以废奴文学为主的19 世纪40—50年代的黑人文学认定为第一次黑人文艺复兴。美国历史上著名的哈莱姆文艺复兴（Harlem Renaissance），则被定义为第二次黑人文艺复兴。这场文艺复兴发生在被称作“爵士乐时代”的20年代，地点是在纽约的黑人聚居区哈莱姆地区。哈莱姆文艺复兴的主要内容是反对种族歧视，批判并否定汤姆叔叔型驯顺的旧黑人形象，鼓励黑人作家在文艺创作中歌颂新黑人的精神，树立新黑人的形象，因此这场文艺复兴运动又被人称为“新黑人运动”。20世纪60年代是美国的多事之秋。50年代的表面平静和丹尼尔·贝尔（Daniel Bell）所谓的“意识形态的真空”，孕育了60 年代的政治风暴和各种思潮的总爆发。[②]由种族歧视引起的黑人抗暴斗争连续不断，美国黑人的民族主义情绪迅速增长，黑人发动了一场争取全面文化自主的运动。霍顿等人把这场“争取全面文化自主的运动”称为“新文艺复兴”（Neo-Renaissance），罗伯特·斯戴普托将之称为“第三次黑人文艺复兴”。施咸荣先生借用美国评论家别格斯的观点，认为这场文化运动的中心是黑人文艺运动，而伴随着黑人文艺运动繁荣起来的主要是诗歌、戏剧和短篇小说等。

事实上，根据从中国知网等学术资源平台搜索到的相关资料来看，自施咸荣先生于上世纪80年代对这场运动有一定的介绍评述外，在之后的几年里，国内几乎无人对这场运动进行介绍和评述。进入90年代以来，程锡麟教授对黑人文学史进行了比较细致的研究，并对黑人文艺运动作出专门的评述。他在《美国黑人美学述评》[③]一文中从美学和文学批评的角度来解读黑人文艺运动，认为三百年来的美国黑人斗争，源于非洲的美国黑人文化传统，20世纪六七十年代爆发的各种政治运动和文化思潮，战后西欧种种新文学理论和美学思想等，都对黑人美学[④]的诞生和发展产生了影响，其中最直接、最大的影响是来自于战后的黑人解放运动和

① 施咸荣：《美国黑人的三次文艺复兴》，《美国研究》，1988年第4期，第73～88页。

② 施咸荣：《美国黑人的三次文艺复兴》，《美国研究》，1988年第4期，第79页。

③ 程锡麟：《美国黑人美学述评》，《当代外国文学》，1994年第1期，第168～173页。

④ 参加黑人文艺运动的许多黑人作家和艺术家对“黑人文艺”做过界定，他们通常把“黑人文艺”称作“黑人美学”。

黑人文艺运动。文中分析了两组黑人美学家中一些重要代表人物的思想，指出黑人美学对当代美国黑人作家地位的改善也有一定的影响，如伊什梅尔・里德、托尼・莫里森和艾丽斯・沃克都在美国文坛享有很高声誉。同时，文中也指出了黑人美学作为一种新崛起的批评理论所表现出的弱点和局限性。2014 年，程锡麟再次撰写文章[①]，针对黑人文艺运动代表人物巴拉卡、尼尔等的黑人美学思想进行了分析解读。

无论是施咸荣先生通过整理美国学者的研究，把黑人文艺运动定义为黑人第三次文艺复兴的主要内容，还是程锡麟教授直接把黑人文艺运动定性为继哈莱姆运动之后黑人的第二次文艺复兴，上述研究着重从文学研究的视角去解读这场有着不同寻常意义的历史事件，而均未能从历史的角度系统分析和研究这场轰轰烈烈的运动。毋庸置疑，他们的研究为从较深层面分析和解读这场运动打开了一扇窗子，奠定了良好的基础。

进入 21 世纪以来，习传近在其著作《走向人类诗学——二十世纪八九十年代非裔美国文学批评转型研究》[②]中的绪论中分析了非裔美国文学批评转型的社会文化背景，从政治文化运动和黑人美学的角度对黑人文艺运动进行了概括性的介绍，但对这场运动的起因、发展脉络、内容和历史影响等没有给予全面的分析和梳理，远不足以展示这场运动的全貌。

（二）国外研究现状

黑人文艺运动在国外（主要为美国）的研究呈现出繁荣景象。在美国，有关黑人文艺运动的研究始于 20 世纪 90 年代初。[③]之后，相关的研究论著不断问世，黑人文艺运动的研究日趋走向深入。梳理国外对于黑人文艺运动的研究，可见这些学术文献主要从以下方面开展研究。

1. 回顾和评价黑人文艺运动

黑人文艺运动自 20 世纪 60 年代爆发以来的近 30 年的时间里没有得到学界应

---

① 程锡麟：《黑人美学》，《外国文学》，2014 年第 2 期，第 106～117 页。

② 习传近：《走向人类诗学——二十世纪八九十年代非裔美国文学批评转型研究》，北京：中国社会科学出版社，2007 年。

③ Gene Andrew Jarrett, “The Black Arts Movement and Its Scholars”, *American Quarterly*, Vol. 57, No. 4, (Dec., 2005), p. 1243-1251.

有的重视，至少可以说国外的学者们没有像对待哈莱姆文艺复兴一样来评述和研究这场文艺运动。即使是像《哥伦比亚美国文学史》一类在美国文学史研究领域占据主导地位的著作也未对这一文学运动作出评述。不管这其中的原因如何，黑人文艺运动长期以来得不到应有的重视是一个不争的事实。

在黑人文艺运动爆发期间，其领导人物和骨干分子通过创办期刊杂志、召开一系列重要的文学会议以及著书立说来介绍他们的思想观点，宣传这场文艺运动。拉里·尼尔（Larry Neal）通过其早期作品《黑人文艺运动》定义和描述了黑人权力运动时期文艺的作用，影响较大。他还与黑人文艺运动的发起人阿米利·巴拉卡（Amiri Baraka）合著《黑色火焰：非裔美国人作品集》[①]，这部作品被看作改变黑人思想和行动的宣言。作品收录了来自文化批评家、文学艺术家和政治领导人的诗歌、论文、短篇小说和戏剧共 178 篇，其中的许多作者后来成为美国国内乃至世界范围内的知名人士。黑人文艺运动的发起人阿米利·巴拉卡还于 1984 年出版了自己的传记《勒鲁瓦·琼斯自传》[②]，自传中比较详细地回顾了作者在黑人文艺运动中的经历以及这场运动之后的思想变迁。此外，由艾迪生·盖尔编辑整理的《黑人美学》[③]一书收录了 30 多篇重要文章，这些文章从理论、音乐、诗歌、小说等领域展示了黑人美学理论家的思想，其中部分文章是揭示黑人文艺运动思想内涵的经典之作。

自 20 世纪 90 年代开始，美国学界开始对这场颇有争议的运动进行重新审视。由丽萨·盖尔·考林斯（Lisa Gail Collins）和玛格·娜塔利·克劳福德（Margo Natalie Crawford）合著的《黑人文艺运动新思考》(《New Thoughts on the Black Arts Movement》)[④]一书对黑人文艺运动进行了较为全面的审视。全书收录了现当代非裔美国文化研究领域著名学者所撰写的 17 篇论文，从黑人文艺运动的发生地点、思想和留下的遗产等方面对这场运动进行了比较全面的解读。作为一部积极审视

---

① LeRoi Jones & Larry Neal, eds., *Black Fire: an anthology of Afro-American writing* , Baltimore, MD: Black Classic Press, 2007.

② Amiri Baraka, *The Autobiography of LeRoi Jones*, New York: Freundlich Books, 1984.

③ Addison Gayle, Jr. ed., *The Black Aesthetic*, Garden City, New York: Doubleday & Company, Inc., 1971.

④ Lisa Gail Collins & Margo Natalie Craford, eds., *New Thoughts on The Black Arts Movement*, New Brunswick, New Jersey, and London: Rutgers University Press, 2006.

黑人文艺运动的论文集，该作品详细地阐释了围绕这一骚动的年代所展开的复杂辩论，许多资料具有较高的史料价值。

詹姆斯 • L. 康耶斯所著《黑人权力运动的引擎：关于黑人权力运动、文艺和伊斯兰教影响的文章》（《Engines of the black power movement: Essays on the influence of Civil rights action, arts and Islam》）[①]中有关黑人文艺运动的部分关注的中心是文化改造问题。此部分客观剖析了美学和政治需求的相互作用，并指出这种相互作用成就了黑人权力在美国社会作为一支不可忽视的力量而存在的地位。

艾米 • 阿布高 • 昂吉瑞（Amy Abugo Ongiri）的著作《令人惊叹的黑人性：黑人权力运动的文化政治和对于黑人美学的追寻》（《Spectacular Blackness: The Cultural Politics of the Black Power Movement and the Search for a Black Aesthetic》）[②]探索了黑人权力运动中的文化政治和黑人文艺运动相联系的部分以及二战后非裔美国人流行文化的成果。尽管一些著作从文学或历史学的角度来分析这场运动的语言、诗歌和文学艺术，但是该书的作者却采用从电影艺术研究和音乐理论吸取的跨学科的方法，捕捉二战后时期的文化和政治的相互联系。作者追根溯源探究黑人美学的出现根源，在作者看来，这一根源是黑人权力运动对视觉意象创造的重视和黑人文艺运动对城市本土文化的颂扬。

由詹姆斯 • 爱德华 • 斯梅瑟斯所著《黑人文艺运动：20 世纪六七十年代的文学民族主义》是迄今出版的有关黑人文艺运动的作品中综合性最强的一部专著。书中综合分析了黑人文艺运动的形成并展示了该运动在冷战、非殖民化和民权运动的大背景下如何深刻影响美国文学和艺术。作者还从黑人文艺运动的发生地入手，分析了形成中的黑人文艺运动的地区表现和差异。该书的独特之处在于斯梅瑟斯成功地勾画出黑人文艺运动在美国的地理分布，并对地方代表人物、组织和活动进行了重点关注。与此同时，书中还分析了这些地方组织如何交互连接以形成一个全国性网络组织。作者认为，黑人文艺运动从根本上改变了美国人对于流

---

① James L. Conyers, Jr., ed., *Engines of the black power movement: Essays on the influence of Civil rights action, arts and Islam*, North Carolina: McFarland & Company, 2006.

② Amy Abugo Ongiri, *Spectacular Blackness: The Cultural Politics of the Black Power Movement and the Search for a Black Aesthetic*, Charlottesville: University of Virginia Press, 2009.

行文化和“高雅”文艺的态度，并且极大地改变了公共基金对于文学艺术领域的投入状况。不过，该著作的聚焦点是黑人文艺运动的根源分析和早期开展情况。

2. 探讨黑人文艺运动中的特殊群体

黑人文艺运动经常被批评具有性别歧视、反对同性恋和激进民族排外主义的倾向。近几年，美国学者开始从更广阔的视角去研究这场运动，他们关注卷入这场文化运动的特殊群体如女诗人和囚犯等，从而从更深层次去发掘这场运动的内涵。

谢丽尔·克拉克（Cheryl Clarke）所著《麦加之后：女诗人和黑人文艺运动》（《After Mecca: Women Poets and the Black Arts Movement》）①是目前唯一一本围绕黑人文艺运动中的黑人女诗人、女权主义和女同性恋女权主义展开论述的专著。作者具有“局内人”的优势，因为她经历过自己所分析的那个时代（1968—1978年）的一个阶段。许多年来，20 世纪 60～70 年代早期的政治和音乐一直是学术界研究的主题。最近几年，学术界把关注的目光投向非裔美国诗人的文化成果。该著作重点分析了黑人文艺运动和该时期的黑人女诗人的关系，这些黑人女诗人包括格温多琳·布鲁克斯（Gwendolyn Brooks）、恩托扎克·尚治（Ntozake Shange）、奥黛丽·洛德（Audre Lorde）、尼基·乔万尼（Nikki Giovanni）、索妮亚·桑切斯（Sonia Sanchez）、珍·科尔特斯（Jayne Cortez）、爱丽斯·沃克（Alice Walker）等。这些黑人女诗人的诗歌作品勾勒出与众不同的新黑人诗学以及黑人诗学和黑人社群为争取权力和解放而斗争的关系，书中还追溯了这些诗人为女权主义和同性恋女权主义所做出的贡献以及她们为后来者所留下的遗产。作者认为无论当时的黑人女作家参与这场运动还是反对这场运动，事实上她们都是对这场运动作出的一种反应。书名中采用“麦加”这一比喻体现了作者的深意。此外，全书还探究了这些作家如何通过阻拒属于白人的西方社会来创造全新的黑人性的问题。

美国学界对黑人文艺运动研究的重要落脚点是黑人男性所受到的种族歧视，而对非裔美国女性的遭遇着墨甚少，甚至对 20 世纪 60 年代中后期种族恐怖主义

① Cheryl Clarke, *After Mecca: Women Poets and the Black Arts Movement*, New Brunswick, New Jersey, and London: Rutgers University Press, 2005.

和强制隔离政策对黑人女性的生活影响只字不提。[①]阿娟·玛丽亚·曼斯（Ajuan Maria Mance）的著作《创造黑人女性：非裔美国女诗人和自我表征 1877—2000》是在帮助我们理解非裔黑人女诗人如何反抗传统种族和性别观念方面填补空白的一部力作。该书是第一部从历史和主题上回顾非裔黑人妇女诗歌的作品，作者认真研究了非裔美国文学史上包括黑人文艺运动在内的四个重要历史时期黑人女诗人的主要思潮。

索妮亚·桑切斯是一位获过大奖的高产诗人，也是黑人文艺中最著名的作家之一。索妮亚·桑切斯把自己的戏剧汇集成书[②]，并通过其戏剧作品表达了她对种族主义和性别歧视的批判、对黑人社区福祉的不断关切以及她对社会公正所做的贡献。桑切斯是 20 世纪 60 年代晚期至 70 年代早期黑人社区种族主义和性别歧视的见证者。书中收录的除了她在黑人文艺运动期间发表的作品以外，还包括黑人文艺运动之后反映作者文艺和激进思想的文章。

由于黑人文艺运动中的许多领导人和积极分子，都曾有被关入狱的经历，因此，美国学界在研究黑人文艺运动时，也把他们的注意力格外集中到和黑人文艺运动有关的被囚作家和艺术家身上。李·伯恩斯坦（Lee Bernstein）在其著作《美国是监狱：20 世纪 70 年代监狱里的文艺和政治》的前言中指出：监狱的的确确是我们社区的延伸。监狱中，黑人、棕色人种和黄种人占了囚犯的 80%。在美国的监狱中，关押着像马尔科姆、克里夫、休伊·P. 牛顿、鲍比·西尔斯以及其他政治犯。[③]作者探索了引起这场令人关注的“监狱文艺复兴”的动因，揭示了狱中囚犯如何创造出有力的文学作品、视觉艺术等。书中指出美术、戏剧等文艺形式以及囚犯们组织的一系列精彩的活动为他们发出影响黑人文艺运动的声音创造了便利条件。

此外，国外学者还撰写论文来研究黑人文艺运动和这场运动的学者和批评家。这两篇文章是：大卫·莱昂内尔·斯密斯（David Lionel Smith）的《黑人文艺运

---

① Ajuan Maria Mance，*Inventing black women: African American women poets and self-representation, 1877-2000*，Knoxville: The University of Tennessee Press, 2007, p. 96.

② Sonia Sanchez，*I'm Black When I'm Singing, I'm Blue When I Ain't and Other Plays*, Durham: The Duke University Press, 2010.

③ Lee Bernstein, *America Is the Prison: Arts and Politics in Prison in the 1970s*, Chapel Hill: The University of North Carolina Press, 2010.

动及其批评家》(《The Black Arts Movement and Its Critics》)[①]和吉恩·安得烈·贾勒特(Gene Andrew Jarrett)的《黑人文艺运动及其学者》(《The Black Arts Movement and Its Scholars》)[②]。

3. 聚焦黑人文艺运动中的文学艺术

伴随黑人文艺运动繁荣起来的有诗歌、戏剧、音乐、舞蹈和视觉艺术等文学艺术形式。近些年来，国外学者开始把目光投向在这场运动中兴起的非裔美国文学和艺术形式。有两本美国文学史著作对黑人艺术运动中出现的诗歌、小说以及美学思想进行了专门的研究。《哥伦比亚美国诗歌史》[③]一书专辟章节对黑人艺术运动中涌现出的诗人及其诗歌作品进行了介绍。小休斯顿·A. 贝克(Houston A. Baker, Jr.)的《非裔美国人诗学：回顾哈莱姆和黑人美学》(《Afro-American Poetics: Revisions of Harlem and the Black Aesthetic》)[④]对黑人文艺运动中的领导人物阿米利·巴拉卡、拉里·尼尔和霍伊特·富勒(Hoyt W. Fuller)的美学思想进行了分析和评述。

此外，国外还有一些学者撰文从不同角度研究黑人文艺运动中的文艺形式。托马斯·洛伦佐(Thomas Lorenzo)的论文[⑤]论述了爵士乐在黑人文艺运动中所扮演的角色，并指出黑人文艺运动的领导者和骨干分子通过宣扬爵士乐地位，来提升黑人文化身份。

马尔文·J. 格拉德尼(Marvin J. Gladney)的论文《黑人文艺运动和黑人说唱》[⑥]指出了从黑人文艺运动到黑人说唱文化三方面的思想演进。拉蒙·德马·詹

---

① David Lionel Smith, "The Black Arts Movement and Its Critics", *American Literary History*, Vol. 3, No. 1, (Spring, 1991), p. 93-110

② Gene Andrew Jarrett, "The Black Arts Movement and Its Scholars", *American Quarterly*, Vol. 57, No. 4, (December 2005), p. 1243-1251.

③ Jay Parini & Brett C.Millier, eds., *The Columbia History of American Poetry*, New York: Columbia University Press, 1993.

④ Houston A. Baker, Jr., *Afro-American Poetics: Revisions of Harlem and the Black Aesthetic*, Madison:University of Wisconsin Press, 1996.

⑤ Lorenzo Thomas, "'Classical jazz' and the Black Arts movement, *African American Review*, Vol. 29, No. 2, Summer, 1995, p. 237.

⑥ Marvin J. Gladney, "The Black Arts movement and hip-hop", *African American Review*, Vol. 29, No. 2, Special Issues on The Music (Summer, 1995), p. 291-301.

金斯（Ramon DeMar Jenkin）在其硕士论文[1]中从政治层面上论述了非裔美国人的说唱文化，并阐述了说唱文化对非裔美国人自1965年到1993年期间所遭受的不平等和不公正的待遇进行的揭露。

总体上看，近些年来，美国学界关于美国黑人历史上的几次影响较大的文艺复兴运动已经有了较为深入的研究，其研究的方法和研究成果为我们提供了很好的借鉴。但是值得关注的是，这些研究成果的作者大多为非裔美国学者，这也从另外一个角度证明，有关黑人文艺运动的研究并未得到美国"主流"学界的足够重视和充分认可。此外，尽管这些研究成果分析角度不同，研究方法各异，但对于这场运动的研究缺乏一定的系统性和整体性，这些过于"碎化"的历史片段和各异的分析解读很难让人了解黑人文艺运动的全貌。

三、研究计划、重点难点和创新之处

（一）研究目标

黑人文艺运动是美国文化史上一场重要的运动，其作用和影响力逐渐为学界所认可。本书旨在比较系统和全面地展示这场黑人文艺复兴运动，剖析这场运动产生的历史背景和渊源，分析黑人文艺运动主要开展地的重要活动，阐述黑人文艺运动中主要领导人物的活动和思想、黑人文艺运动的思想内涵和主要文艺形式。此外，本书还聚焦黑人文艺运动中一个特殊群体——监狱中的作家和艺术家进行解读。黑人文艺运动由盛到衰，再由衰向黑人女权主义的嬗变是本书剖析的另一问题。本书的最后部分主要对这场运动进行历史性的评价。

（二）研究的重点和难点

本项研究的重点在于分析黑人文艺运动产生的原因、黑人文艺运动在美国一些重要城市和地区的开展情况以及重要领导人和参与者的思想；研究的难点在于如何从繁芜庞杂的史料中厘清黑人文艺运动的思想内涵和发展演化，并对这场运动形成自己的评价。

---

① Ramon DeMar Jenkins, "Hip-hop Hooray…Ho, Hey, Ho!": Hip-Hop Origin and Its Affect on Modern Day Culture, 1965-2008, Morgan State University, May 2010.

（三）研究的创新点

综合国内外有关黑人文艺运动的研究，笔者发现：截至目前，国内对于黑人文艺运动的研究不仅缺乏系统的梳理和解读，而且几乎所有笔墨都用于针对这场运动的文学性批评方面；从国外尤其是美国学界的研究来看，尽管关于这场运动的著述很多，但总体来讲，学者们对这场运动的解读呈现出单维性特征，有许多涉及这场运动的重要问题有待厘清。鉴于上述分析，本书将结合史料分析和文本解读，从较深层次剖析黑人文艺运动的产生根源及其思想内涵，由点及面地解读这场运动在美国主要开展地的发展情况及其重要参与者的思想，并针对这场运动展开多维的历史评价。

第一章　黑人文艺运动产生的历史背景和根源

从 16 世纪初西班牙殖民主义者把非洲奴隶运抵北美大陆之日起，为了改善自己的生活处境，黑人便开始了反抗奴役、压迫和争取平等权利的斗争。经过几百年的艰苦历程，黑人民族逐步获得了一些基本权利和一定的社会地位，他们对美国乃至世界文化的贡献开始得到认可。美国黑人通过其文学艺术手段进行的斗争最早可以追溯到 19 世纪四五十年代的废奴文学运动，而于第一次世界大战之后兴起的哈莱姆文艺复兴对提升黑人民族自信心、树立美国黑人形象产生了重要影响。进入 20 世纪 60 年代，另一场如火如荼的黑人文化运动——黑人文艺运动以全新的姿态展现在世人面前，这场运动强调文化自豪感和文化自主意识，其核心思想也已成为美国多元文化主义的主要内容。作为一场持续了一个时代、影响遍及美国全境的文化运动，黑人文艺运动的产生既有广阔的社会大背景，也有其直接根源。

第一节　黑人文艺运动产生的历史背景

第二次世界大战后的 10 年，美国经济的大繁荣没有给美国黑人的处境带来改观。富裕社会中的贫困问题成为 20 世纪 60 年代美国社会不满情绪的主要根源。由于历史的原因，加之种族歧视，使得黑人成为美国穷人中最大的群体。正如黑人民权领袖马丁·路德·金（Martin Luther King, Jr.）在 1963 年《解放奴隶宣言》（《The Emancipation Proclamation》）发表一百周年时所指出的："一百年前，林肯签署了《解放宣言》，但在一百年后黑人依然没有获得自由；一百年后黑人在种族隔离的镣铐锒铛声中，在种族歧视锁链的束缚之下依旧过着悲惨的生活；一百年后黑人依然呻吟在美国社会的底层。"[①]伴随着亚、非、拉民族解放运动的高涨和

① 周毅编著：《美国历史与文化》，北京：首都经济贸易大学出版社，2010 年，第 125 页。

黑人组织的发展，美国黑人对于自身处境的认识有了很大的变化，黑人的觉醒意识日益增强。黑人运动的发展是起伏不平的。它在经历了战后初期的高涨之后，在1947—1955年进入一个低潮时期。[①]但是这种表面上的低潮实则酝酿着更大的风暴。20世纪50年代，美国黑人针对种族歧视和种族隔离问题采取的是通过法院进行的合法斗争。从沃伦代表最高法院就布朗诉托皮卡教育局一案作出判决，宣布公立学校种族隔离制违宪，到震惊世界舆论的小石城事件，法院斗争虽然取得了一定的成果，但是由于受到白人种族主义分子的抵制以及联邦政府及国会不作为等因素的影响，黑人法院斗争暴露出了很大的局限性。这种局限性最终促使广大黑人群众不再幻想依赖法院斗争来慢慢谋求解放，而是转而通过自己的行动获得自由。此时，给美国国内带来恐慌的"麦卡锡主义"的衰败和国际上亚、非、拉民族解放运动的崛起都为美国黑人进一步觉醒和黑人运动逐步走向高潮提供了良好的内部和外部环境。

始于20世纪50年代的美国现代民权运动早期发生过一起黑人联合抵制美国公交车上的种族隔离事件。美国政府以违反种族隔离法为由逮捕了事件的主角罗萨·帕克斯（Rosa Parks），之后，这起事件引发了马丁·路德·金领导的一场轰轰烈烈的抵制隔离运动。经过美国黑人近一年时间的不懈努力，美国最高法院被迫判定种族隔离违宪，从而标志着这场抵制运动以美国黑人的胜利而宣告结束。自此，黑人终于可以和白人一样平等地乘坐公共汽车了。这一事件也激励和鼓舞了黑人学生运动的发展。同时，马丁·路德·金还在此次斗争中成立了非洲裔美国人的政治组织——南方基督教领导会议（the Southern Christian Leadership Conference，SCLC），这个组织由马丁·路德·金、拉尔夫·阿伯纳提（Ralph Abernathy）以及其他民权运动领袖创立，成为美国历史上最重要的争取人权的组织之一。迫于国内外形势的压力，民权立法不得不摆上美国政府的议事日程。1957年，美国联邦政府颁布了《民权法案》（《Civil Rights Act》）。由于艾森豪威尔本人态度含糊以及南方议员的阻挠，该法案虽经林登·约翰逊从

① 刘绪贻主编：《美国通史（第六卷）战后美国史1945—2000》，北京：人民出版社，2002年，第159页。

中调解而在国会获得通过，但内容已大大削弱。[①]

1960 年 2 月，在北卡罗来纳州格林斯波罗城四名黑人学生因在一家餐馆就餐被拒，便采取每天来这家餐馆静候要求接待的方式表示抗议，这种在公共场合“静坐”斗争的方式，很快传到南方许多城市，并涉及饮食、影剧院、公共图书馆等公共场合，同时向种族隔离制度发起更猛烈的冲击。1961 年，美国黑人发起了“自由乘客”（Freedom Riders）运动，不久，学生非暴力协调委员会（Student Nonviolent Coordination Committee）也参与进来，这场运动还得到了许多白人的支持，逐渐发展成为全国性运动，并最终通过不屈不挠的斗争迫使政府宣布取消了州级汽车上的种族隔离制。

1962 年 9 月，密西西比州牛津城发生白人种族主义者反对黑人学生詹姆斯·梅雷迪斯（James Meredith）入学事件。梅雷迪斯在广大黑人的支持下坚持斗争，肯尼迪政府也作出相应努力，派出联邦警察“陪护”梅雷迪斯入校注册。尽管如此，梅雷迪斯仍是当时密西西比州五十一万黑人学生中唯一能进入白人学校学习的学生。

美国黑人反对公共场合、公共事业中种族歧视的斗争如火如荼、蓬勃发展，并导致大规模的群众运动首先在被马丁·路德·金称为“种族隔离最彻底的城市”伯明翰市点燃。发生在 1963 年春的伯明翰黑人运动中既有黑人有组织的非暴力抗议，也有黑人被迫的英勇反击。伯明翰事件是战后黑人运动的一个转折点：黑人群众开始冲破非暴力直接行动的藩篱，在 60 年代中期以后以更为激进的方式展开实现自己平等权利的斗争。[②]

伯明翰黑人的斗争获得了全国各地黑人群众的支持，各地的抗议游行此起彼伏。1963 年 8 月，数十万黑人和白人支持者浩浩荡荡进军首都华盛顿。在林肯纪念堂集会，马丁·路德·金在会上发表了《我有一个梦想》（《I Have a Dream》）的著名演说，指出“在黑人得到公民权之前，美国既不会安宁，也不会平静。反抗的旋风将继续震撼我们国家的基石，直至光辉灿烂的正义之日来临”。在黑人运动和国内外舆论的压力下，1963 年，约翰·F. 肯尼迪向国会提交民权法案，并最

① 刘绪贻主编：《美国通史（第六卷）战后美国史 1945—2000》，北京：人民出版社，2002 年，第 163 页。

② 刘绪贻：《从蒙哥马利到伯明翰——50 年代到 60 年代初的美国黑人运动》，《武汉大学学报社会科学论丛》，1980 年第 1 辑，第 23 页。

终于1964年由新任总统约翰逊签字生效。该法案是美国重建时期以来非常有影响的民权法案。1964年民权法虽然是“解放黑奴以来最全面的民权法”，但在保障黑人选举权方面缺乏有力的保证。[①]黑人对于民权有了新的和更强烈的要求，民权运动内部出现了分歧。到了60年代中期，黑人中的激进主义情绪越来越强烈，导致黑人斗争开始从非暴力形式转为暴力形式。这是因为，既然黑人群众日益觉醒，种族歧视的问题不解决，他们的斗争精神是不会长期被压制住的。然而，合法斗争不能彻底解决种族歧视的问题、给广大黑人群众带来自由平等，一旦气候适宜，广大黑人群众一定会像洪水一样，冲破这道合法斗争的堤防，结束这个时代。[②]1964年7月，纽约市一警察杀死一黑人青年的事件触发了哈莱姆区的黑人暴动，并波及美国其他地区。1964年的黑人暴动，标志着黑人城市造反时代的开始。[③]而1965年洛杉矶瓦茨区的黑人暴动给美国社会带来的冲击巨大。此间，黑人群众尤其是黑人青年开始对马丁・路德・金的非暴力主张失去信心，黑人斗争出现了一股逐渐脱离民权运动以消除种族隔离为目标的思想，其斗争形式从非暴力转为了暴力，分裂主义和对非洲的认同成为其重要的表达形式。黑人穆斯林[④]是这股潮流中著名的组织，该组织到1960年已经发展成为一个拥有十万以上信徒的、纪律严明的、组织良好的、影响巨大的黑人民族主义组织。黑人穆斯林的所作所为不止是发泄愤怒和不满，它也是非洲裔美国人振奋精神和自助的一种工具。[⑤]黑人穆斯林中最具影响力和争议的领导人是马尔科姆・爱克斯（Malcolm X），马尔科姆・爱克斯是一位雄辩的演说家和卓越的黑人民权运动领导人，他宣传黑人民族主义和黑人自豪感的思想，在黑人民众中享有崇高的声誉和感召力。1965年2月，事业上如日中升的马尔科姆在一次公开演讲中被伊斯兰民族组织（Nation of Islam）成员刺杀身亡，而他的遇害拉开了黑人

---

① 刘绪贻主编：《美国通史（第六卷）战后美国史1945—2000》，北京：人民出版社，2002年，第245页。

② 刘绪贻：《二次世界大战后十年美国黑人运动的起伏》，《武汉大学学报》（哲学社会科学版），1981年第2期，第45页。

③ 刘绪贻主编：《美国通史（第六卷）战后美国史1945—2000》，北京：人民出版社，2002年，第315页。

④ 黑人穆斯林，又称伊斯兰民族，是20世纪30年代在美国兴起的一个黑人组织。

⑤ 詹姆斯・柯比・马丁 等著：《美国史（下册）》，北京：商务图书馆，2012年，第1309页。

文艺运动的序幕。

第二节 马尔科姆·爱克斯与黑人文艺运动

20 世纪后半叶对非裔美国人的文化觉醒产生巨大影响的人莫过于马尔科姆·爱克斯。他革新了黑人思想，使他们从驯服的“黑鬼”、谦卑的有色人种转变成为自豪的黑人和自信的非裔美国人。[①] 1965 年 2 月马尔科姆·爱克斯遇害，并由此引发了继“哈莱姆文艺复兴”之后美国历史上又一次影响巨大的文艺复兴运动——黑人文艺运动。

一、马尔科姆·爱克斯及其思想轨迹

马尔科姆·爱克斯（1925—1965）原名马尔科姆·利特尔（Malcolm Little），1925 年生于内布拉斯加州的奥马哈市。马尔科姆的父亲厄尔·利特尔（Earl Little）是浸礼派（Baptism）牧师和世界黑人促进会（UNIA）奥马哈市支部的主要负责人，他通过布道向黑人宣传加维主义思想，鼓励黑人自尊、加强民族团结和增强民族自豪感。从第一次和父亲参加加维会议开始，马尔科姆就为自己是一个黑人而骄傲，并为建立起伟大王国、文明和文化的非洲人而自豪。马尔科姆的母亲是一位深受种族主义迫害的混血妇女，她有着较好的文化修养，并经常向马尔科姆和他的兄弟们灌输加维主义思想。童年时的马尔科姆见证了一家人所受到的白人种族主义暴徒的迫害，这些遭遇在马尔科姆幼小的心灵上留下了难以弥合的创伤。马尔科姆在波士顿和纽约黑人聚居区哈莱姆度过了自己的青少年时代，其复杂的生活经历对马尔科姆的声誉造成了很大的负面影响，但却对其后来思想的形成产生了极大影响。他在自述中说，“早期生活的深重罪恶为接受真理做好了准备”[②]。中学就读期间，马尔科姆在学业上出类拔萃并深得同伴们的欢迎，他把成为一名律师当成自己的梦想，但是他的英语教师却劝他放弃成为律师的念头，并建议他

① James H. Cone, “Malcolm X: The Impact of a Cultural Revolutionary”, *The Christian Century*, Vol. 109, No. 38 (Dec. 23), 1992, p. 1189.

② Malcolm X, with the assistance of Alex Haley, *The Autobiography of Malcolm X*, New York : Grove Press, 1965, p. 165.

学习“适合黑鬼的现实目标”——木工手艺，马尔科姆为此内心很受打击，并最终选择了放弃学业。

年轻的马尔科姆饱尝了生活的艰辛以及受歧视和迫害的痛苦，并因盗窃、诈骗、抢劫等多次被捕入狱。1946 年，被捕入狱的马尔科姆在朋友和弟弟的引导和帮助下，思想上发生了深刻的变化。自此，他潜心学习，并非常忠诚地接受了穆罕默德的主张和黑人穆斯林的思想。马尔科姆早期的历史、宗教、政治和种族观深受其早年经历、加维主义和黑人穆斯林的影响。马尔科姆非常重视历史的作用，他鼓励黑人去研究和了解黑人在历史上的光辉成就和巨大贡献，并从中获得动力、灵感和能量，以再创黑人的辉煌成就。他认为伊斯兰教能够帮助美国黑人摆脱困境，是黑人天然的宗教。马尔科姆的历史和宗教观对他的种族观的形成奠定了基础。在马尔科姆看来，黑人要克服自卑心理，树立自信，并应该为自己的肤色感到自豪和骄傲。按照马尔科姆的分析，黑人在道德和良知上优于白人，黑人不仅有与白人统治势力决裂的理由，而且有保卫、维护黑人民族利益的正当权利。在这一思维逻辑推理下，马尔科姆顺理成章地引出了黑人自治、自理、自管的黑人民族主义观点。[①]随着个人经历的不断丰富，马尔科姆后期的黑人民族主义思想逐渐从狭隘的民族主义走出来，不断走向成熟，其视角也更为广阔。马尔科姆对美国黑人运动的贡献一方面表现在他对美国社会中白人种族思想的揭露和抨击，另一方面表现在通过对黑人民族文化的自我肯定唤起了黑人民众的民族自豪感，并激励广大黑人民众为争取自由、平等和尊严而坚决斗争。1965 年 2 月，马尔科姆在组织了非裔美国人统一组织（Organization of Afro-American Unity）之后，在一次公开演讲中遇刺身亡。马尔科姆·爱克斯既没有留下一个有连贯性的意识形态，也没有留下一个稳定有效的运动。[②]但是，马尔科姆死后的影响远远超出了生前，尤其重要的是，马尔科姆的遇害成为黑人文艺运动诞生的强大动力和催化剂。

---

① 王恩铭：《浅析马尔科姆·爱克斯的黑人民族主义思想》，《史学月刊》，1995 年第 3 期，第 104 页。

② 埃里克·方纳：《给我自由！——一部美国的历史（下卷）》，北京：商务印书馆，2010 年，第 1285 页。

二、马尔科姆·爱克斯与黑人文艺运动

美国知名的社会批评家卡拉姆·雅·萨拉姆（Kalamu ya Salaam）在其《黑人文艺运动的历史背景》一文中指出："如果确实存在一位'黑人权力'精神之父和对黑人文艺运动的文学创作产生单独和主要影响的人物的话，那么此人就是马尔科姆·爱克斯。当你阅读文章、评论、自传、文学介绍，他的名字和影响会不断地浮现在你的眼前，更不用说从60年代起激进分子和艺术家们所写的几百首诗歌了。"[①]他进一步指出：当人们谈论一场社会运动时，会不可避免地提到它的发端和结束时间。……黑人文艺运动开始于1965年。1965年2月马尔科姆·爱克斯遇刺是催化这场运动的主要诱因。[②]1965年3月，即马尔科姆·爱克斯遇刺后不久，勒鲁瓦·琼斯（LeRoi Jones）[③]与其他黑人艺术家和激进分子联手成立"黑人文艺剧院兼学校"（Black Arts Repertory Theater/School），这是黑人文艺运动兴起的非常重要的标志性事件。与此同时，黑人文艺运动中《黑人对话》（《Black Dialogue》）的工作人员决定把1965年的首期办成马尔科姆专刊。"事实上，马尔科姆对于黑人文艺的影响正如那个时代的加维一样，是巨大的。他对黑人诗歌的影响尤为明显，这也如同他对整个黑人文艺的明显影响一样。"[④]

詹姆斯· 斯梅瑟斯在一篇论及马尔科姆与黑人文艺运动的文章中指出："马尔科姆·爱克斯对非裔黑人文艺运动的影响是深刻和复杂的。"[⑤]尽管事实上马尔科姆·爱克斯在公开演讲中很少具体谈到文艺，……但是他为黑人文艺运动提供了灵感、树立了榜样，同时，他也是这场运动的辩手、理论家和导师。[⑥]对非裔美国人的文化问题，马尔科姆·爱克斯规划的不是一个具体的文化项目，而是一个

---

① Kalamu ya Salaam, *The Magic of Juju: An Appreciation of the Black Arts Movement*, Chicago: Third World Press, 2013, p. 61.

② Ibid., p.61.

③ 勒鲁瓦·琼斯是黑人文艺运动的主要领导人，剧作家和诗人，后更名为阿米利·巴拉卡（Amiri Baraka）。

④ Kalamu ya Salaam, *The Magic of Juju: An Appreciation of the Black Arts Movement*, Chicago: Third World Press, 2013, p. 62.

⑤ Robert E. Terrill, The Cambridge Companion to Malcolm X, London: Cambridge University Press, 2010, p. 78.

⑥ Robert E. Terrill, The Cambridge Companion to Malcolm X, London: Cambridge University Press, 2010, p. 78.

规模宏大的文化工程，这是一个激发和催生了黑人文艺运动和黑人权力运动参与者的各种思想的宏大文化工程。[①]

既然马尔科姆对黑人文艺运动影响如此之大，且他的遇刺普遍被认为是诱发黑人文艺运动的催化剂，那么，马尔科姆生前和死后如何对黑人文艺运动的产生形成影响？

（一）马尔科姆·爱克斯生前与黑人文艺运动

1. 大众媒体和伊斯兰民族组织

马尔科姆·爱克斯对于黑人文艺运动的影响主要是通过大众媒体和伊斯兰民族组织这两个平台来实现的。

对于黑人文艺运动和黑人权力运动的一些积极分子而言，马尔科姆·爱克斯是一个遥不可及和令人敬畏的，他们是通过大众媒体尤其是电视和收音机来认识和了解马尔科姆的。[②]作为一位在当时的美国国内颇有影响力的人物，马尔科姆善于驾驭大众媒体的能力在公众心目中留下了深刻的印象，这些大众媒体尤以电视和收音机为最。杰姆斯·梅瑟斯特认为马尔科姆有可能是媒体保守浪潮来袭之前第一个充分认识到电台谈话节目是潜在力量的重要政治发言人。[③]正如阿米利·巴拉卡所指出的一样，许多黑人文艺运动的积极分子最初是通过电视节目和辩论来认识马尔科姆的，特别是通过 1959 年迈克·华勒斯（Mike Wallace）拍摄的纪录片《因恨生恨》(《The Hate That Hate Produced》)：

> 这种事情让我惊喜万分，因为马尔科姆道出了我们的心声。他的话让我们恍然大悟，他的话证实了我们未曾认真思考但是能够感觉到的东西。[④]

就马尔科姆对黑人文艺运动的影响而言，无论伊斯兰民族组织及其领导人穆罕默德对马尔科姆的行动限制有多大，人们都不应低估伊斯兰民族组织给他提供的与黑人民众交流的平台。加入伊斯兰民族组织之后，马尔科姆全身心投入到黑

① Robert E. Terrill, *The Cambridge Companion to Malcolm X*, London: Cambridge University Press, 2010, p. 86.
② Ibid., p. 78.
③ Ibid., p. 80.
④ Amiri Baraka, *The Autobiography of LeRoi Jones*, Chicago: Lawrence Hill, 1997, p. 274.

人穆斯林宗教活动中，该组织在马尔科姆等骨干成员的努力下迅速发展壮大，成为黑人在美国社会强有力的“代言人”。到20世纪60年代初，伊斯兰民族组织成员已经发展到十多万人，供黑人穆斯林从事宗教活动的寺院也从十来座增加到40座。[①]而被马尔科姆吸引过来的更多的是来自底层社会的黑人民众。凭借马尔科姆的卓越宣传和组织工作，伊斯兰民族组织一时间成为黑人民众心目中最好的组织。

正如黑人文艺运动的领导成员拉里·尼尔（Larry Neal）所指出的一样，马尔科姆的语言和个人形象的原动力和他的身份有着密切的关系：他是伊斯兰民族组织最著名的发言人，同时也是这个设在哈莱姆的组织非常容易让人见得到的领导人。他能够引导和指挥数千名训练有素的伊斯兰民族组织的成员，这使得他能够在这个较大的社区内树立起良好的声望。[②]拉里·尼尔进一步指出：“通过马尔科姆，伊斯兰民族组织发起了关于黑人身份的更为公开的讨论，这一主题过去一直是我们的思想连续体的一部分。自加维以来，围绕黑人身份问题还没有人像马尔科姆一样组织如此大规模的讨论。更为重要的是，我们这代人中还没有人如此旗帜鲜明地提出这种身份。”[③]

2. 演讲水平和个人魅力

无论马尔科姆通过何种平台和渠道对黑人文艺运动发挥影响力，也无论这种影响力是直接的还是间接的，有一点必须作出说明——马尔科姆的个人魅力和超常的演讲才能很大程度上成就了他对黑人文艺运动的影响。监狱生活造就了马尔科姆的辩论技巧。马尔科姆曾经说过：“辩论就像一个以才智和沉着为子弹的战场。”[④]马尔科姆在公共场合的演讲天赋连他的对手也自叹不如，包括马丁·路德·金在内的民权领袖也因此拒绝和马尔科姆同台演讲，那些曾经和马尔科姆同台辩论过的人也大多后悔不已。

马尔科姆高超的演讲水平体现在他雄辩的语言风格、抑扬顿挫的演说技巧以

① Michael Eric Dyson, *Making Malcolm: The Myth and Meaning of Malcolm X*, New York: Oxford University Press, 1995, p. 7.

② Robert E. Terrill, *The Cambridge Companion to Malcolm X*, London: Cambridge University Press, 2010, p. 79.

③ Floyd B. Barbour, *The Black Seventies*, Boston: Porter Sargent, 1970, p. 19-20.

④ James H. Cone, “Malcolm X: The Impact of a Cultural Revolutionary”, *The Christian Century*, Vol. 109, No. 38 (Dec. 23), 1992, p. 1190.

及把黑人流行文化和主流大众文化融合在一起的技巧方面。拉里・尼尔曾如此评价马尔科姆的演讲："我们开始仔细倾听马尔科姆的声音——一个流利的博普爵士乐般的黑人声音，就像一首充满正义的萨克斯独奏曲，他所道出的美酒般醇厚的真理受到了尊敬的伊莱贾・穆罕默德的启发，但是又经由马尔科姆自己风格的塑造，这种风格根植于黑人大众的记忆中和他对自己笃信加维主义父亲的记忆中。"[①]

马尔科姆的个人吸引力来自他熟练地运用和融合一系列黑人演讲技巧的天赋。[②]当黑人文艺运动的积极分子们在纪录片《因恨生恨》中看到马尔科姆驳倒那些自由派记者和脱口秀节目主持人时，他们欣喜若狂，因为这些记者和主持人曾妄称可以凭借电视媒体经验、口才和理性轻松击败任何一位尖酸刻薄的"黑人煽动家"。通过这些辩论，马尔科姆的对手们逐渐意识到他是一位富有智慧、机敏无比和颇具辩论技巧的演讲家。曾对马尔科姆的事迹进行过广泛报道的记者和《新闻周刊》的高级编辑彼得・戈德曼（Peter Goldman）曾经指出："在我看来，马尔科姆・爱克斯是第一位原声金句（sound byre）[③]大师。"[④]

3. 影响黑人民众和黑人文艺运动领导成员

马尔科姆的早期人生经历堪称"劣迹斑斑"，但是历经精神炼狱获得重生的马尔科姆在黑人民众中拥有独特的个人魅力。马尔科姆凭借其雄辩的演讲才能宣传其思想，为他赢得了大量的黑人民众的敬佩和支持。马尔科姆的演讲首先面对的是街头巷尾处于社会底层的黑人民众。他非常关心黑人的生活，并特别关注草根阶层的民权运动。马尔科姆会利用各种机会在各种场合和聚会活动中发表讲话，阐述自己的观点，与黑人民众交流。马尔科姆的好友尤瑞・寇其雅玛（Yuri Kochiyama）指出，马尔科姆会在包括集会和庭审现场等任何有黑人的地方出现。[⑤]马尔科姆非常乐意倾听来自黑人草根阶层的声音，他甚至主动去找草根群众交

---

① Floyd B. Barbour, *The Black Seventies*, Boston: Porter Sargent, 1970, p. 19.

② Robert E. Terrill, *The Cambridge Companion to Malcolm X*, London: Cambridge University Press, 2010, p. 80.

③ Strickland and Greece, Make It Plain, p134. sound bite 又作 sound bite，指在长篇演讲中最精彩、最有代表性和最经典的短句，又被译为"原声摘要"。

④ Robert E. Terrill, *The Cambridge Companion to Malcolm X*, London: Cambridge University Press, 2010, p. 80.

⑤ Ibid., p. 81.

流，再加上他个人卓越的说服能力，黑人民众很容易接受黑人民族主义思想，这样一来，一支致力于黑人政治自决的激进分子队伍在马尔科姆的影响下逐步建立起来。

作为一位颇具男子汉气概和公众吸引力的激进领导人，马尔科姆的机敏睿智、雄辩的语言技巧征服和吸引了许多年轻的黑人艺术家。然而，当他向人们展示出其重视知识、教育以及对艺术有着浓厚兴趣的另一面时，他对未来的黑人文艺运动成员产生了更大的吸引力。尽管主流的黑人领袖把马尔科姆视为“今天暴力的煽动者”，但是他们仍然追捧他的文化哲学并极力主张黑人在关爱他人之前首先要关爱自己。在马尔科姆之前，大部分黑人的诉求和非洲无关，而马尔科姆告诉黑人民众“你们不能痛恨树和树根；你们也不能痛恨自己的根，一直痛恨自己；你们不能痛恨非洲和你们自己”。这些话道出的是一个朴素而深刻的真理，是一个黑人过去需要现在也需要牢记的真理。然而，没有人能像马尔科姆一样如此掷地有声地说出这一真理。①

马尔科姆还有意识地和知名的政治积极分子特别是那些积极参与社会活动的艺术家、知识分子和流行文化代表人物接触。“如果你想了解马尔科姆的重要性，不妨把索妮亚·桑切斯（Sonia Sanchez）或者伊玛姆·巴拉卡的后期作品和他们早期的马尔科姆时代的作品作一下对比，巴拉卡老兄和索妮亚大姐自然会承认马尔科姆对他们的影响。注意一下他们的语气和语言变化以及带有讽刺的纯然火药般的激情，一切便可一目了然。”②

进入 60 年代，马尔科姆如日中天，名气很大，整日忙碌中，还要时刻提防遇刺杀的威胁。尽管如此，他仍然不忘与黑人民众和黑人运动的积极分子交流。1964 年他与穆罕默德以及伊斯兰民族组织公开决裂后，依然抽出时间与普通的黑人运动积极分子和社区成员会面交谈，这些人中有许多后来成了黑人文艺运动的骨干成员。诗人和剧作家索妮亚·桑切斯还记得自己在民族平等协会（Congress of

---

① James H. Cone, “Malcolm X: The Impact of a Cultural Revolutionary” , *The Christian Century*, Vol. 109, No. 38 (Dec. 23) , 1992, p. 1189.

② Kalamu ya Salaam, *The Magic of Juju: An Appreciation of the Black Arts Movement*, Chicago: Third World Press, 2013, p. 62.

Racial Equality）工作时，就曾听过马尔科姆在街道集会上发表演讲。集会结束后，索妮亚·桑切斯走近马尔科姆并告诉他自己很欣赏马尔科姆所持的一些观点，但对有些观点并不赞同。马尔科姆不顾保镖的反对，认真并耐心地倾听桑切斯所讲的内容，他对桑切斯的观点既没有敷衍也没有驳斥，而是告诉桑切斯她会逐渐认同他的观点。马尔科姆对于桑切斯的影响也可从她的作品中反映出来。除了她所撰写的著名诗歌《马尔科姆》之外，桑切斯还写了一首题为《马尔科姆，人类不能生活在这里》（《Malcolm/Man Don't Live Here No Mo》）的诗歌，并发表在《黑人诗歌》期刊上。桑切斯曾回忆说，马尔科姆的演说让人感受到他清晰地表达出了许多黑人的感受和他们私下里谈论的想法，这些想法没有人会在包括电视广播和 125 号街在内的场合如此直截了当地表达出来，他的演讲让年轻的非裔美国人高兴不已……[①]

马尔科姆对黑人文艺运动的积极分子产生了巨大的影响。其中，他对这场运动的主要领导人和发起者阿米利·巴拉卡的影响尤其大。阿米利·巴拉卡写过许多文章、论文和诗歌，都曾引述马尔科姆的影响。1965 年他在《黑人文摘》（《Negro Digest》）上发表的一首诗歌《一首献给黑人之心的诗歌》（《A Poem For Black Hearts》）中，称马尔科姆是“地球的王子”，由此可见他对马尔科姆的由衷敬意。

在谈到马尔科姆在政治和美学方面的影响时，黑人文艺运动的另一位主要领导人和发起者拉里·尼尔明确地指出：

> 我最喜欢马尔科姆的诗歌意识：他的演讲富于节奏、抑扬顿挫，好像是源自黑人音乐的世界。……对我而言，城市里的美国黑人音乐爵士乐听起来更顺耳，马尔科姆就像这种音乐。……马尔科姆是一位拥有坚韧风格的城市街头演讲者。但是，他的演讲中透出的是明显的艺术性，那是一种包含内在逻辑、非常具有说服力并能引起共鸣的演讲艺术。[②]

拉里· 尼尔进一步阐释了马尔科姆的影响和给黑人社会带来的灵感：“我们

① Robert E. Terrill, *The Cambridge Companion to Malcolm X*, London: Cambridge University Press, 2010, p. 83.

② Kalamu ya Salaam, *The Magic of Juju: An Appreciation of the Black Arts Movement*, Chicago: Third World Press, 2013, p. 63.

开始听到马尔科姆的声音——一种像萨克斯一样的黑人的声音。……他是我们这一代人中第一位复兴潜藏在我们黑人心中的民族主义的黑人领袖。”[①]

（二）马尔科姆遇刺与黑人文艺运动

生前的马尔科姆以其独特的个人魅力和卓越的才干深深吸引着黑人民众及黑人文艺运动未来的组织者和参与者。而他的遇刺把作为政治和文化标志的马尔科姆形象提高到一个更高的高度，进而导致他的死催生了黑人文艺运动早期关键性机构的成立。他的遇刺激励了阿米利·巴拉卡、拉里·尼尔、索妮亚·桑切斯、阿斯基亚·杜尔（Askia Toure）等人回应非裔美国人统一组织在哈莱姆成立文化中心的倡议，他们成立了“黑人文艺剧院兼学校”，并使之成为其成员接受激进教育和进行表演的中心。

黑人权力运动的积极分子、历史学家穆罕默德·艾哈迈德（Muhammad Ahmad）回忆道，在马尔科姆遇刺后他和巴拉卡讨论过应当采取何种行动，他建议巴拉卡去响应马尔科姆的倡议。尽管内斗和外部压力没能让这个戏剧团体坚持过一年，但是“黑人文艺剧院兼学校”（Black Arts Repertory Theatre/School）却成了这场全国性文艺运动的先锋。美国国内思想积极的黑人文化工作者也认同这一点，因为“黑人文艺剧院兼学校”及其领导人对包括圣福兰西斯科的“黑人文艺的西部”（Black Arts West）、西雅图的“黑人文艺的西部”、圣福兰西斯科的“黑人之屋”（Black House）以及新奥尔良的“南方黑人艺术”（BLKARTSOUTH）的成长和壮大起了很大的启发和诱导作用，这些相继成立的艺术团体和机构对传播黑人文艺运动思想发挥了很大的影响力。

此外，马尔科姆·爱克斯成为黑人文艺运动艺术家和这场运动之外的老艺术家以及对这场运动有时充满敌意的艺术家最常引用的形象之一，这些艺术家包括诗人玛格丽特·沃克（Margaret Walker）、玛格丽特·丹娜（Margaret Danner）以及诗人罗伯特·海顿（Robert Hayden），而这种情况在其死后表现尤为突出。马尔科姆的遇害对诗歌界带来的反响非常显著，事实上，马尔科姆遇刺后不久便迎来了黑人文艺运动第一个出版社底特律锐评出版社（Broadside Press）出版的第一本书《为了马尔科姆》（《For Malcolm》）。由阿米利·巴拉卡和拉里·尼尔合著的《黑

---

① Ibid., p.63.

色火焰：非裔美国作家作品选》(《Black Fire: an anthology of Afro-American writing》)一书被一些学者称为早期黑人文艺的摘要，而《为了马尔科姆》一书在保持积极的民族主义立场的同时，试图消除不同年龄段和不同年代政治激进主义的隔阂和分歧。由马尔科姆创建的非裔美国人统一组织提出的基本目标之一是：努力工作并致力于建立位于哈莱姆的文化中心，这个中心的成员不分老幼，可以举办包括电影、创新写作、绘画、戏剧、音乐和非裔美国历史在内的各种艺术专题研讨会。尽管马尔科姆的死使他未能对这一文化中心的具体组织方法和内容作出说明和阐述，但是该组织所提出的这一基本目标无疑给黑人文艺运动的组织和领导者们提供了灵感和启示。仍需强调的是，正是由于马尔科姆的死所带来的巨大能量和“革命尚未成功，同志尚需努力”的悲怆感才得以推动黑人文艺运动的诞生和进一步发展。

作为20世纪60年代一位与马丁·路德·金齐名的黑人民权运动领导人，马尔科姆·爱克斯超群的个人魅力不仅在于其毫不妥协的斗争精神，更在于其敏锐的思想和高超的语言艺术。马尔科姆的思想伴随着美国社会政治形势的发展而发生着变化，并对广大黑人民众和黑人民权运动的积极分子产生巨大的影响。许多人把马尔科姆·爱克斯称为黑人文艺运动的精神领袖，因为他个性勇敢、胸怀民族自豪感、敢于说出美国白人给黑人带来的罪恶；他直接与黑人对话，并号召黑人民众自卫和反抗种族独裁。[①]此外，作为一位卓越的民权运动领导人，马尔科姆非常擅长利用一些旨在妖魔化和败坏他的名声的场合，借助大众媒体和伊斯兰民族组织两大平台以及他的演讲天赋，来宣传黑人民族主义思想，他的话语和形象影响了上百万的黑人，也包括白人、拉丁裔美国人和亚裔美国人。特别需要指出的是，他的黑人民族主义思想启发和激励了非裔美国人中的有志之士，满怀民族自豪感，拿起文化艺术的武器去争取属于自己的“黑人权力”。生前马尔科姆对黑人文艺运动的影响源自他与草根艺术家和积极分子的个人接触和交流，他对这些艺术家和积极分子的指导和鼓励极大地激励了他们投身黑人文艺运动之中。在他的影响下，民权积极分子成为黑人权力斗士，并宣布“现在是黑人民族的时刻”；

① RaShell R. Smith-Spears, “Black Arts Movement”, In Yolanda Williams Page, ed., *Icons of African American Literature: the Black Literary World*, New York: Greenwood Press, 2011, p. 45.

布道者和宗教学者称颂上帝是解放者，耶稣基督是黑人；在大学生的要求和呼吁下，一些大学开设了黑人研究课程；诗人、剧作家、音乐家、画家和其他艺术家开创了黑人美学并热情洋溢地宣布“黑色是美丽的”。非裔黑人社区几乎无处不曾受到马尔科姆的影响。尽管马尔科姆生前没有来得及勾画出一副被解放的黑人文化和艺术的蓝图，但是他呼吁发起一场文化运动来发展从根基上与非洲文化和思维模式密切相关的一种文化。马尔科姆·爱克斯的死最终未能实现其领导一场黑人文化革命的愿景，但是他的死却催化了大量黑人文艺运动机构的创立，这些组织机构通过各种文艺形式播撒黑人民族主义思想的种子，也用各自的方式回应马尔科姆生前的号召。

第二章　黑人文艺运动在美国的发展

1967 年 7 月 29 日，林登・贝恩斯・约翰逊总统发布 11365 号行政令，成立专门研究国内混乱局面的国家顾问委员会，其目的在于调查和研究发生在美国城市内的“种族骚乱”大爆发情况。约翰逊总统任命了一个由 11 人组成的委员会，并要求该委员会对与近期城市暴力事件相关的 3 个问题作出回答：在这些地方究竟发生了什么？为什么会发生这些事件？如何来阻止此类事件的发生？[①]在进行了广泛的实地调查、听证和访谈后，这个获得两党支持的委员会以政府文件的形式发布了一份内容翔实的长篇报告——《克纳报告》。

这篇长达 425 页的报告于 1968 年 3 月 1 日发布。该委员会对发生在 1967 年的暴力事件进行了调研，发现美国全国有 120 多座城市报告称当年的头九个月在“少数族裔”居住区发生过骚乱事件，事件的重灾区是非裔美国人社区。这份广为人知的“1968 克纳委员会报告”开篇便就目前国家的形式提出严正警告:“这是我们的基本结论：‘我们的国家正走向两个社会，一个是黑人的，一个是白人的——相互分离但不平等。’”[②]

在一系列“种族大骚乱”的背后，美国人也听到了学生非暴力协调委员会（SNCC）的组织者威利・瑞克斯（Willie Ricks）和该委员会的主席史都克礼・卡米高（Stokely Carmichael）利用各种媒体发出的众多非裔美国人的迫切愿望——美国黑人要求得到“黑人权力”和民族自决权。与此同时，另外一场与黑人权力运动携手并进的运动——黑人文艺运动正以不可阻挡之势在整个美国蔓延。在这场持续了 11 年的文化运动中，包括纽约、芝加哥、洛杉矶、底特律、堪萨斯等 20

① Lisa Gail Collins & Margo Natalie Craford, “Power to the People,” In Lisa Gail Collins & Margo Natalie Craford, eds., *New Thoughts on The Black Arts Movement*, New Brunswick, New Jersey, and London: Rutgers University Press, 2006, p. 1.

② Report of the National Advisory Commission on Civil Disorder (Washington, DC: U.S. Government Printing Office (March 1, 1968), p. 1.

多座城市和地区成为运动开展的主要地点。为增强本项研究的针对性，本书将从众多开展地中筛选两座城市、一个地区以及监狱作为黑人文艺运动开展地的个案研究对象，这两座城市和地区分别为纽约、芝加哥和美国南方地区。进行此类个案研究主要因为上述两市、一地的黑人文艺运动的开展极富特色，此外，美国的监狱和这场运动有着特殊的关系。

第一节　纽约的黑人文艺运动

美国的黑人艺术家究竟在哪里？
他在沃茨、罗克斯布雷和芝加哥的大街上
他在他的身体里。困难时刻，
他在深爱者的眸子中
也在痛恨者的眼睛里
他已经把爱和恨画到画板上、刻在石头上、塑在木头上

——ABA:《黑人艺术家期刊》(1972)[①]

一、 纽约黑人艺术家的呼声

自 20 世纪 50 年代始，纽约取代巴黎成为西方艺术世界的“中心”。艺术家兰迪・威廉（Randy William）曾指出：“纽约是艺术世界的中心，但同时它极有可能是混乱的世界中心。”[②]兰迪・威廉的话绝非玄虚之词，美国历史上两次影响深远的黑人文化运动——“哈莱姆文艺复兴”和黑人文艺运动均发轫于此地。

1965 年春天，黑人文艺运动的主要领导人阿米利・巴拉卡在纽约哈莱姆区成立“黑人文艺剧院兼学校”。是年夏天，黑人文艺剧院把节目搬到了街头，他们进行戏剧表演、诗歌诵读，开办爵士乐会，举办展览，并就由阿米利・巴拉卡和其

① Mary Ellen Lennon, “A Question of Relevancy,” In Lisa Gail Collins and Margo Natalie Craford, eds., *New Thoughts on The Black Arts Movement*, p.105.

② Mary Ellen Lennon, A Question of Relevancy In Lisa Gail Collins & Margo Natalie Craford, eds., New Thoughts on The Black Arts Movement, New Brunswick, New Jersey, and London: Rutgers University Press, 2006, p. 112.

他黑人作家创作的旨在“粉碎美国的政体幻梦，唤醒黑人去了解人生的意义”的诗歌、戏剧发表演讲。[①]尽管因受内外因素影响，该组织仅仅维持了 7 个月的时间，但是，“黑人文艺剧院兼学校”的成立标志着黑人文艺运动正式拉开序幕，其开创性影响弥足珍贵。在纽约黑人文艺运动众多活动中，非裔美国艺术家围绕博物馆展开的抗议尤其引人关注。洞悉纽约的博物馆抗议活动对深层次了解纽约黑人文艺运动乃至全美黑人文艺运动的发展情况具有特殊意义。

长期以来，美国艺术界存在事实上的种族隔离：有关艺术综览的文献中未能给历史上以及当代非裔美国艺术家留下一席之地；艺术批评存在种族偏见；城市少数族裔聚居区缺乏艺术教育；缺乏对于年轻艺术家奖学金和助学金方面的投入以及针对他们的教学岗位设置；更为严重的是，整个国家艺术馆的墙壁上缺少黑人艺术家的作品。黑人文艺运动时代，许多美国黑人视觉艺术家针对这种现象进行了揭露和抨击，他们指出：非裔美国社区既是艺术的创造者又是艺术的消费者，黑人视觉艺术家可以重新对美国艺术博物馆的意义和功能进行革命性的评价。[②]

在黑人文艺运动发展的重要阶段，许多重要的非裔美国艺术家生活在纽约，他们利用不同场合针对非裔美国人的艺术作品所遭受的不公发出自己的声音。1969 年，著名非裔美国诗人和画家爱德华·斯普里格斯（Edward Spriggs）对美国的艺术领域进行调查，并撰文写道：“传统博物馆项目的推动力没有改变：他们的创造者仍属于一小部分人，受益者是另外一小部分人，这些艺术馆和博物馆的定位仍然一边倒偏向白人中产阶级的价值观和兴趣。”[③]斯普里格斯构思和憧憬一种“激进的”新艺术博物馆，通过这些艺术馆，公众可以认识天才的黑人艺术家，而长期以来这些艺术家的才华被传统艺术馆“根深蒂固的帝国主义和种族意识”所埋没。更为重要的是，通过举办“和黑人有关”的展览，此类新艺术博物馆能够热切接受这种“与其社区建立起来的综合和完整的关系”。斯普里格斯的倡议深受黑人权力和黑人文艺运动民族“自决”（self-determination）话语的影响，体现

---

① Larry Neal, “The Black Arts Movement”, *Tulane Drama Review*, XII(summer, 1968), p. 32.

② Mary Ellen Lennon, A Question of Relevancy In Lisa Gail Collins & Margo Natalie Craford, eds., *New Thoughts on The Black Arts Movement*, New Brunswick, New Jersey, and London: Rutgers University Press, 2006, p. 93.

③ Edward Spriggs，“The Studio Museum in Harlem”, *Black Shade*, No.2, (Nov., 1971), p. 46-47.

了黑人艺术家对文化重要作用的理解和认识。换言之，艺术非常重要，博物馆是不亚于政治和经济结构的权力工具。20 世纪 60 年代末 70 年代初，美国城市中的黑人艺术家对斯普里格斯有关艺术博物馆要满足黑人社区的兴趣和需要的倡议积极响应。尽管非裔美国艺术家与美国艺术博物馆根深蒂固的种族主义所进行的抗议斗争包括从改革主义到激进主义的目标和策略，但是，参与其中的艺术领域中的积极分子都相信他们的艺术与大型的非裔美国社区的生活和斗争有着不可分割的联系。

早在 1968 年秋，在纽约大都会艺术博物馆（Metropolitan Museum of Art）举办的专题研讨会上，画家和拼贴画艺术家罗马勒·比尔登（Romare Bearden）在主持会议时就宣布："我们聚到这里要讨论美国黑人艺术家的问题。"参加这次研讨会的还有其他 6 位黑人艺术家，这次讨论会回顾总结了美国黑人艺术家的历史，并对黑人艺术家的未来进行了展望和矛盾性的解读。所有与会者都对艺术家汤姆·劳埃德（Tom Lloyd）的低沉论断产生共鸣："黑人艺术家的存在长期以来受到了否定，以至于普通的美国人甚至于黑人社区对他们也无从知晓。"[①]他们讨论了艺术世界不平等的竞技土壤：非裔美国人的艺术无论在历史书籍还是当代艺术博物馆中都没有一席之地；城市贫民窟的孩子们很少有机会接受艺术教育和熏陶；年轻的黑人艺术家几乎得不到主要艺术机构的支持，因此他们几乎不能借助自己的技艺谋生。艺术世界不平等的原因从未引起争论：偏见限制了黑人视觉艺术家取得职业成功，而这种偏见是美国种族主义令人信服的证据。[②]

与此同时，有白人艺术批评家把黑人艺术家雅各布·劳伦斯（Jacob Lawrence）作为黑人也能享受均等机会的例证，而劳伦斯本人不无嘲讽地辩驳道："我们中没有人愿意被选作'唯一的'或'几个之一'……我们也没有人对'我们接受你们，仅此而已'的说辞心存感激。"[③]劳伦斯从艺术通道方面定义美国的黑人艺术家所面临的窘境：无论过去还是现在，偏见使得传统的艺术机构和固守这些艺术机构

① Romare Bearden, "The Black Artist in America: A Symposium", *The Metropolitan Museum of Art Bulletin*, Vol. 27, No. 5 (Janu.1969), p. 245.

② Mary Ellen Lennon, A Question of Relevancy In Lisa Gail Collins & Margo Natalie Craford, eds., *New Thoughts on The Black Arts Movement*, New Brunswick, New Jersey, and London: Rutgers University Press 2006, p. 98.

③ Romare Bearden, Romare Bearden, "The Black Artist in America: A Symposium", The Metropolitan Museum of Art Bulletin, Vol. 27, No. 5 (Janu.1969), p. 246.

的白人艺术批评家不愿意也不能够欣赏非裔美国艺术家的作品。然而，像劳埃德一样的黑人艺术家对黑人艺术家这一群体的社会作用充满自信："我想黑人艺术家身上背负契约，他拥有普通人没有的和人民的关系，我认为他能带来变革。"[①]他所展望的变革远远超越了帆布和艺术馆的墙壁："我是黑人视觉艺术环境的一员，我们的组织是一个由专业的艺术家组成的大组织，我们的艺术家们希望通过各种方式为纽约带来重大的变革。"[②]

黑人艺术家普遍对纽约哈莱姆区贫困不堪的绝望境地表示担忧，并且逐渐认识到团结的力量，艺术家伍德拉夫（Woodruff）的评论在黑人艺术家的内心深处产生了共鸣：阻碍黑人艺术家发展的问题只能通过一个"联合的阵线"才能解决。"如果我们单兵作战，则注定失败。"[③]黑人艺术家不仅认识到凝心聚力是解决问题的突破口，同时，他们更希望自己的作品能够和白人艺术家的作品享受同等待遇——得到公平赏评，并可享有完全相同的参展空间。为此，劳伦斯表达了自己的不满："我们参加的总是黑人展，而不是普通意义上的展览。"[④]事实也正如此，非裔美国艺术家创作出了许多伟大的艺术作品，而白人艺术群体却蓄意无视他们的艺术。

汤姆•劳埃德是"坚信未来会有黑人艺术，未来会有独立的黑人社群"的艺术家之一。从传统上讲，艺术家主张艺术和政治分开，然而从劳埃德身上所体现出的文化和政治民族主义却显示：质疑这一传统观的视觉艺术家的战斗性正日益增强。对于分离主义者而言，他们心目中艺术领域里的重要政治拓展是建立独立的黑人艺术机构的想法。1973 年，艺术家兰迪•威廉在他的一篇庆祝哈莱姆工作室博物馆（Studio Museum in Harlem）四周年纪念日的文章中，激情似火地指出："我想对你们中的那些愿意支持艺术机构压迫传统的人说，我希望你们最近不得好死……"。[⑤]

---

① Mary Ellen Lennon, A Question of Relevancy In Lisa Gail Collins & Margo Natalie Craford, eds., *New Thoughts on The Black Arts Movement*, New Brunswick, New Jersey, and London: Rutgers University Press, 2006, p. 99.

② Ibid., p. 99.

③ Romare Bearden, Romare Bearden, "The Black Artist in America: A Symposium", *The Metropolitan Museum of Art Bulletin*, Vol. 27, No. 5 (Janu.1969), p. 246.

④ Ibid., p. 245.

⑤ Mary Ellen Lennon, A Question of Relevancy In Lisa Gail Collins & Margo Natalie Craford, eds., *New Thoughts on The Black Arts Movement*, New Brunswick, New Jersey, and London: Rutgers University Press, 2006, p. 101.

黑人艺术家不仅仅把自己在美国艺术界所遭受的不公诉诸口头和笔端，同时，还积极行动起来去展示自己的艺术存在。在黑人文艺积极分子的倡导和支持下，20 世纪 60 年代末，由个人赞助、艺术家捐献和城市建设基金筹资而建立起的临街艺术馆如雨后春笋在纽约市的各个区涌现出来。这些社区工作坊和艺术馆包括哈莱姆的“工作室博物馆”、格林威治村的“艺廊行动”等。其中，一些稍后成立的博物馆或社区中心在成立之初，每周都会迎来几百名参观者，其中许多都是初次来博物馆参观的人士。这些非主流艺术馆力图对艺术博物馆的本质进行重新阐释。工作室博物馆（studio museum）的第二任主任斯普里格斯解释说，这些艺术馆不想成为“白人世界的小卫星”或者“带到住宅区的市中心艺术”。[①]非裔美国艺术家试图通过自己的艺术馆让人们认识到非裔美国人在视觉艺术领域所拥有的丰富的文化和历史遗产，并借此与黑人社区建立密切的关系，他们为社区举办的黑人艺术史活动、艺术工作坊、自由工作区、学校举办的外展项目（outreach programs）、移动展览等提供免费指导。同时，这些组织还为远离大城市的监狱提供艺术指导。

黑人文艺运动的黑人艺术家反对“为艺术而艺术”的唯美主义哲学思想，他们期待权力机构掌控下的博物馆能够正视他们的文化艺术，切实赋予他们应有的权利，另一方面，对于致力于非裔美国人社区的黑人艺术家而言，他们希望黑人艺术机构能够成为实现非裔美国人解放的重要载体。黑人文艺时代，激进的黑人艺术家和作为权力机构“代言人”的艺术家之间的矛盾无法调和，二者发生冲突只是时间问题。

二、因艺术品“质量”而引发的纽约博物馆抗议

黑人艺术家和纽约博物馆爆发的较早的一次小规模冲突发生在哈莱姆南部的 35 个街区。1968 年秋，美国艺术惠特尼博物馆（Whitney Museum of American Art）举办“20 世纪 30 年代美国绘画和雕塑”展，组织者是白人馆长威廉·艾杰（William Agee），黑人艺术家被拒展览之外。这次展览成为诱发一小部分黑人文艺运动积

---

① Jean Bergantino Grillo, “Studio Museum in Harlem: A Home for the Evolving Black Esthetic,” *ARTnews*, Vol. 72, No. 8 (1973), p. 48.

极分子采取行动的导火索。针对这次展览，布鲁克林博物馆的社区艺术馆主任亨瑞·根特（Henri Ghent）迅速采取行动，他亲自挑选参展内容，组织了 20 世纪 30 年代艺术综览——“看不见的美国人：30 年代的黑人艺术家”展。这场展览于 1968 年 11 月 19 日在哈莱姆的工作室博物馆向公众开放。根特在展览的序言中写道：“很明显，我们的展览题目意指拉尔夫·艾里森（Ralph Ellison）笔下的白人艺术当权者排除黑人意识所塑造的超级意象。他们拒绝见到我们，这就难怪我们的艺术家得不到重视。”①为了进一步与黑人艺术家被无视的现象作斗争，一部分黑人艺术家在博物馆抗议并高呼：“30 年代被无视，60 年代也一样。”②

惠特尼博物馆的主任约翰·I. H. 鲍尔（John I. H. Baur）不仅没有对博物馆的行为表示歉意，反而叫嚣着，为惠特尼博物馆的展览摇旗呐喊。他声称：“任何黑人艺术家‘都要按照和其他艺术家同样的标准即作品的质量来评判作品的价值’。”③照此说法，艺术品质量成为鲍尔的“守门员”和作品能否进入他的博物馆的尺度。当然，对于那些在惠特尼博物馆排队等候，希望作品入展的艺术家而言，“质量”的含义有云泥之别。面对黑人艺术家的要求，博物馆的馆长和批评家们认为质量是一个目标，是评价的公正尺度，是一个被认为是客观事实而非个人意见体现的卓越之物。而对于非裔美国社区的黑人而言，艺术领域所树立起来的白人权威及其对于“质量”的界定成为了一种社会架构。这种存有偏见的标准被用以圈定令人顶礼膜拜的“杰作”，从而进一步固化了针对非裔美国艺术家而构筑起来的机构藩篱，并借之说明黑人在创造性表达（creative expression）方面的低能。④

同样，针对工作室博物馆展览的批判依然围绕“质量”问题展开。《纽约时报》的艺术评论家希尔顿·克莱默（Hilton Kramer）评论说，这一展览力量“极其单薄”。尽管他承认几位黑人艺术家“适合入选惠特尼展览的条件”，但是他否认排除黑人艺术家是受种族思想驱动的行为。相反，他批评根特犯了“双重标准”的

① Henry Ghent, “White is Not Superior,” *New York Times*, December 8, 1968, p. 39.
② New York Times, January 15, 1969, p. 41.
③ Henry Ghent, “White is Not Superior,” *New York Times*, December 8, 1968, p. 43.
④ Mary Ellen Lennon, A Question of Relevancy, In Lisa Gail Collins & Margo Natalie Craford, eds., *New Thoughts on The Black Arts Movement*, New Brunswick, New Jersey, and London: Rutgers University Press, 2006, p. 103-104.

错误："根特先生要求我们按照远远低于评判白人艺术家作品的标准来对黑人艺术家进行评价……"克莱默非常清楚，尽管非裔美国人的窘境让人遗憾，但是"就艺术标准而言，社会意义上的公正是不存在的。"他重申："为了完成指标，不能无视质量。"[①]根特对克莱默的评论逻辑嗤之以鼻，他认为，白人对黑人艺术的接受完全受制于政治的影响。他指出，克莱默从未就他所谓的按照惠特尼标准可以"接受"的黑人艺术家为什么被排除在外的问题给出解释。"质量"不过是受种族主义驱动的排外行为的挡箭牌而已。[②]

纽约黑人文艺积极分子和权力机构主导下的博物馆代言人之间的论辩各执一词，丝毫没有妥协和平息之势，并因"我心中的哈莱姆"（Harlem on My Mind）展而演变成更大规模的抗议浪潮，以至于最终演化为一场政治运动。

三、"我心中的哈莱姆"展再掀波澜

接下来的几个月里，此类冲突从纽约上城的 5 个区蔓延到大都会艺术博物馆，冲突明显升级。为平息黑人艺术家的不满情绪，大都会艺术博物馆的新馆长托马斯·霍文（Thomas Hoving）积极筹备"我心中的哈莱姆"的展览。展前，霍文在接受采访时称"我心中的哈莱姆"展对于大都会艺术博物馆而言堪称"转折性事件"，也是向博物馆界吹响的更有效回应这个时代社会和政治事件的集结号。[③]霍文把"我心中的哈莱姆"展看作大都会艺术博物馆立馆宗旨的实现，黑人艺术家们对霍文的解读颇感兴奋。然而，黑人艺术社区对于这一活动的热情很快消退。随着 1969 年 1 月展览拉开序幕，这种热情演化为愤怒，并逐渐蔓延开来。

按照纽约州议会视觉艺术指导艾龙·斯库纳（Allon Schoener）的构思，"我心中的哈莱姆"展是一个"多媒体展览"，这一展览要占据大都会艺术博物馆整个 2 层楼和所有 13 个"特展画廊"（special event gallery）[④]的空间。然而，展出的作品让人大跌眼镜，真正的展览没有绘画和雕塑，只不过是几百件摄影作品：几百幅由哈莱姆摄影师詹姆斯·范德泽（James Vanderzee）拍摄的照片，录制的访谈，

---

① Hilton Kramer, "Differences in Quality, " *New York Times*, December 24, 1968, p. 27.
② Henry Ghent, "White is Not Superior," *New York Times*, December 8, 1968, p. 43.
③ Thomas Hoving, Making the Mummies Dance, New York: Simmon and Schuster, 1993, p. 165.
④ "特展画廊"系为服务于不同主题而设的画廊。

制作的幻灯片、录音，甚至包括曾悬挂在哈莱姆街头角落的一个视频监控。展览的目录宣称本次展览的目的是“真诚希望增长公众对于哈莱姆历史文化的知识和了解”。[①]尽管霍文认为筹备的本次展览“富有力量……令人难忘”，而哈莱姆社区的人们却大感愤懑。[②]他们在展览上见到的根本没有非裔美国视觉感受。

艺术家的作品，只不过是一些照片而已。一位名叫本尼·安德鲁斯（Benny Andrews）的哈莱姆艺术家在预展招待会上发表了自己的感慨：“作为个人和艺术家，我永远难忘内心的无助，这一事件让我义愤填膺，终生难忘。”作为回应，在安德鲁斯和罗马勒·比尔登（Romare Bearden）的领导下，哈莱姆的艺术家们组织成立黑人应急文化联盟（Black Emergency Cultural Coalition），并于 1969 年 1 月 12 日在新闻预展会场外举行抗议活动。艺术家们高举“参观大都会照片博物馆”“那是被白人化的霍文”标语，同时他们散发传单敦促黑人抵制这场展览。散发的传单上印制着“灵魂再次被出卖!!!”的字眼，以此表达对展览缺少黑人绘画作品的愤慨，他们要求博物馆“和整个黑人社区寻求建立一种更为切实可行的关系”。[③]

由“我心中的哈莱姆”展所引发的冲突暴露出博物馆和黑人视觉艺术社区间的关系存在诸多问题。尽管大部分的白人艺术批评家对这次展览苛责有加，然而几乎没有人质疑为什么斯库纳和霍文没有展出绘画作品。作为展览的组织者霍文在自传中写道：“当然，有充分的理由不采用任何艺术品，而事实上，采用这些艺术品会有损‘哈莱姆’的影响力。”[④]但是他没有详解其中原委。而斯库纳则辛辣地谴责抗议者：“我们打破常规试图为黑人做些有价值的事情，到头来我们却受到了指控。”[⑤]对许多艺术家而言，“我心中的哈莱姆”展证明了文化的“镀金大厅”和城市的非裔美国社区间无法逾越的距离和隔阂，然而，仍有

① Mary Ellen Lennon, A Question of Relevancy, In Lisa Gail Collins & Margo Natalie Crafcrd, eds., *New Thoughts on The Black Arts Movement*, New Brunswick, New Jersey, and London: Rutgers University Press 2006, p. 105.
② Hoving, *Making the Mummies Dance*, New York: Simmon and Schuster, 1993, p.169
③ New York Times, January 15, 1969, p. 41.
④ Mary Ellen Lennon, A Question of Relevancy, In Lisa Gail Collins & Margo Natalie Crafcrd, eds., *New Thoughts on The Black Arts Movement*, New Brunswick, New Jersey, and London: Rutgers University Press, 2006, p. 105.
⑤ Thomas Hoving, *Making the Mummies Dance*, New York: Simmon and Schuster, 1993, p. 167.

许多黑人艺术家还继续在博物馆的大门外拼命工作，期待其作品有朝一日能被入选。

对于试图改革纽约市艺术博物馆的非裔美国艺术家而言，有两个主要组织对其更具吸引力，一个是黑人应急文化联盟，另一个则是艺术工作者联盟。黑人应急文化联盟的成员全部为黑人艺术家，其成员认为偏见遮挡了“艺术当权派”的公正性和非裔美国艺术家的各种艺术天分。该组织有大约 150 名成员组成，他们致力于改变惠特尼美国艺术博物馆，要求为黑人提供更多成为管理员的机会，为黑人艺术家提供更多个人展的机会，以及为更多的黑人艺术家提供惠特尼年展的机会。正如黑人应急文化联盟合作创办人之一本尼·安德鲁斯所解释的那样，对于超越博物馆外的权力，黑人应急文化联盟的观点更为全面：“在这方面，我们的目的当然不是为了卖出艺术家的作品，我们应当从更深层次来揭示不公正的社会现实。黑人艺术家能做到这一点，这一组织有必要向政治方向发展，有必要和所有其他的人权运动联系起来。”[①]他们的努力一直持续到 20 世纪 70 年代。艺术工作者联盟（Art Workers' Coalition）则是一个由不同种族的艺术家构成的好战艺术团体，这个包含了女权主义者、同性恋者、黑人和白人在内的组织旨在彻底改变艺术家和博物馆间的关系。他们认为艺术从本质上讲是政治性的，他们肩负着超越艺术馆墙壁的更大的变革使命。1969 年 1 月，艺术工作者联盟向现代艺术博物馆提交了他们的 13 点计划，其中，着意强调了 5 点要求：①为黑人艺术家单辟展室；②博物馆的活动要延伸到住宅区；③一周 8 个小时的展览；④一直免费入展；⑤让更多的艺术家享有博物馆的决策权。鉴于现代艺术博物馆模糊的态度，艺术家及艺术工作者联盟的黑人分支机构的发言人汤姆·劳埃德于是年 3 月发布了一篇新闻公告，上面写着“越来越多的艺术家认识到他们的权利、责任和义务。他们会采取必要的措施”。[②]3 月 22 日，艺术工作者联盟在博物馆外发起了小型示威活动。而与此同时，现代艺术博物馆的主任发表声明，回绝了为黑人艺术家单独设立展室的建议。他声称，对于艺术家作品的选择，是“馆长在排除了艺术家的

① Joann Whatley, “Meeting the Black Emergency Cultural Coalition,”*ABA:A Journal of Affairs of Black Artist*, Vol. 1, No.1 (1972), p. 5.

② Therese Schwartz, “The Politicalization of the Avant-Garde, III,”*Art in America,* Vol. 61, No. 2 (1973), p. 67-71.

种族身份、政治信仰或民族因素，根据作品的质量而作出的决定”。[①]年轻的艺术家们则指责博物馆以质量为名来掩盖他们的种族主义方案。

1969 年 3 月 30 日，更大规模的示威活动爆发了。300 名示威者在现代艺术博物馆的花园集会。他们中有人举着“埋葬艺术的坟墓”的标语，青年艺术家则高声朗读 13 点建议，并发表了无数演讲，他们反复要求博物馆单辟“为黑人和波多黎各艺术而设的马丁·路德·金展室”。一周之后，艺术工作者联盟在东 23 街的视觉艺术学校举办了另一场“大声说出来”的示威活动，参加者大部分是年龄 30 岁以下的艺术家。抗议声势越发高涨，并爆发成数不清的示威活动。艺术工作者联盟的分委员会游击队艺术行动小组（Guerrilla Art Action Group）在古根海姆博物馆（Guggenheim Museum）的大厅举办了“行为艺术”抗议。抗议者在自己的衬衫下放置大袋的番茄酱，通过相互间抓挠的方式让番茄酱的红汁渗出。他们躺在博物馆大厅的地面上，身体沾满了番茄酱，以此表示他们是被当权派“谋杀”的艺术家。该小组的成员还向博物馆的整个大厅投掷可清洗掉的油漆。日程安排最为周密、行动最为狂暴的抗议活动发生在 1970 年。无论是从参与的人数还是提出的要求来看，此间的抗议活动已经大幅升级。他们的行为招致纽约市博物馆负责人的愤怒，一位大都会艺术博物馆的官员甚至把抗议者的行为比作纳粹行径。倘若说托马斯· 霍文不过是对艺术世界能否与政治生活相关性作出更大挑战，而这些年轻气盛的博物馆变革的鼓动者则是把挑战向前推进了一步，作为文化机构的博物馆必须也要加入反对社会不公的抗议中。[②]此时，针对博物馆的抗议活动逐渐演化为政治斗争，一些非裔美国艺术家为他们的抗议所取得的一点成绩开始沾沾自喜。一个青年艺术家代表团感到自己不可战胜，他们亲赴华盛顿与雅各布·贾维茨（Jacob Javits）和克莱本·佩尔（Claiborne Pell）两位议员见面，表达了纽约艺术圈对越南战争的声讨，而两位议员则以不解和蔑视回应。

黑人艺术家们继续他们的抗议活动。1970 年 1 月 1 日，正当美国博物馆协会

---

① Mary Ellen Lennon, A Question of Relevancy, In Lisa Gail Collins & Margo Natalie Craford, eds., *New Thoughts on The Black Arts Movement*, New Brunswick, New Jersey, and London: Rutgers University Press, 2006, p. 106.

② Mary Ellen Lennon, A Question of Relevancy, In Lisa Gail Collins & Margo Natalie Craford, eds., *New Thoughts on The Black Arts Movement*, New Brunswick, New Jersey, and London: Rutgers University Press, 2006, p. 107.

（Association of American Museum ）年会召开之际，艺术罢工组织（Art Strike ）的成员闯入联合会的集会地点，他们身穿印有“反对种族主义、性别歧视、镇压和战争的艺术罢工”标语的服装，登台发表演讲，直斥博物馆在“当今重大问题”上没有立场。[①]尽管联合会的主席宣布休会，但是大部分代表留下来想听一听抗议者的声音，许多代表开始对抗议者的不满不再不闻不问，他们也对博物馆的作用进行反思。这些代表就艺术家们的要求进行辩论，并就这些要求进行提交会员大会表决前的修订工作。通过讨论，艺术家们原来的较为强烈的“要求”转变成为较为温和的、能为美国博物馆协会出席讨论的成员可以接受的“决议”。例如，艺术罢工组织的最初要求是：“所有的城市博物馆第一年拿出全部基金的 15%，第二年 20%，以后要增加到 40%，用以向旧城区博物馆、社区艺术项目以及黑人、墨西哥人、美国印第安人、波多黎各人和其他受压迫人民成立的实习项目提供设施和服务”，而经过修订最后提交的建议被修订为“优先”采取措施，原先的指标已经省去。艺术罢工的另一个要求原本为呼吁美国博物馆协会“宣布自由是文艺繁荣的必不可缺的因素，立即释放黑豹党人以及美国的所有政治犯”。而最后的决议修订为美国博物馆协会赞同“反对”（oppose）“逮捕和迫害像黑豹党人一样的政治犯”。[②]由于双方就有关要求和建议的修订字斟句酌，期间更少不了讨价还价，导致达成最终协议的进程对艺术罢工的成员来讲如蜗行牛步，这也成为他们的抗议斗争持续到 20 世纪 70 年代的重要因素。

四、纽约博物馆抗议中黑人艺术家的分裂

尽管针对纽约博物馆的抗议斗争精神依然高涨，但是运动中所暴露出的裂痕已经非常明显。黑人社区具体关心的问题成为激励艺术工作者联盟和艺术罢工组织的要素，这很大程度上要归功于汤姆·劳埃德所发挥的领导作用。然而，艺术工作者联盟的黑人艺术家委员会和上层组织屡次发生不和谐事件，一次是涉及大都会博物馆总体规划要把 6000 万美元投到其扩建项目中一事。艺术罢工、艺术工作者联盟以及其他小型的黑人团体对该计划提出反对，他们认为这笔款项应当投

---

① Ibid., p. 108.

② David Katzive, “Up Against the Waldorf-Astoria,” *Museum News*, Vol. 49, No.1 (1970) , p. 14.

到博物馆的去中心化以及拓展博物馆的社区活动中去。他们相信传统的艺术博物馆和他们的社区生活无关，不过是保留纪念物的场所而已。然而，汤姆·劳埃德却和大都会博物馆的领导人进行过深谈，他希望博物馆能够创建一个包含图书馆、幻灯和电影放映以及音乐会的黑人艺术研究中心。尽管他不懈努力地去支持特别是像工作室博物馆一样的社区艺术机构，但对于拓展计划的支持，他往往停留在口头上，从而招致了许多艺术家同行的怨恨。最终，艺术工作者联盟在各种不和谐因素的作用下，于 1971 年底宣告解散。

黑人艺术家的联合阵线还出现了其他裂痕。纽约博物馆抗议斗争取得的成果令人鼓舞，越来越多的博物馆在黑人艺术家斗争压力下，开始举办全部由黑人艺术家创作的作品展，然而非裔美国女艺术家们却针对展览中缺少属于她们的作品的问题提出质疑。艺术家丁德格·麦坎农（Dindga McCannon）把哈莱姆和一家儿童中心各种各样的墙画补充到以黑人为主题和体裁的油画作品中，关于种族和性别歧视体系如何影响黑人女艺术家的生活的问题，她说："首先，身处这一种族社会的任何黑人艺术家都面临困境。艺术世界是一个拥有庞大躯体的心胸窄狭者。……现在，作为一名女性，你不得不面临双重困境。首先，大部分人不把你当回事……有人会接受你的作品，但是他们不会像对待男人一样来对待你。"[①] 然而，为抵制把女艺术家边缘化的展览活动，非裔美国女艺术家们试图寻求男艺术家们的支持，但通常以失败而告终。

此外，关于黑人美学意义的理论辩论被证明又是一场分裂。在艺术工作者联盟召开的为艺术罢工而进行的筹备会上，艺术家们就黑人艺术究竟是什么的议题展开了激烈的辩论。大部分黑人艺术家认为艺术对黑人解放事业有用处。艺术家达纳·钱德勒（Dana Chandler）说："黑人艺术家应当致力于表达其人民的诉求、抱负和哲学思想，展现其人民的生活方式。他们要应对黑人民众在这个种族社会所面临的问题，这样才能精确记录我们从被压迫者转变为自由人的历程。"[②]然而，对于这一历程的不同记录分化了艺术社群。许多艺术家在自己的作品中探索非洲文化，赞美非洲的文化遗产。此间，本杰明·琼斯受非洲部落仪式的启发，在用

① Pat Davis, "Dindga McCannon, " *Black Creation*, (Winter 1973), p. 53.
② Tom Lloyd, Black Art Notes (n.p.1971), quote taken from inside back cover.

石膏做成的面具上涂上亮丽的色彩；其他的艺术家则从他们生活的街区寻得灵感，把城市贫民窟的场景绘制到自己的作品中；一些艺术家还绘制了非裔美国族群中的历史人物和英雄。然而，所有的这些创作的灵感并非来自传统艺术博物馆中的艺术品。也有一些艺术家用充满对抗色彩的油画作品记录了美国社会的种族主义。此间，美国的国旗成为了黑人艺术的常见主题。菲利普・林森・梅森（Philip Lindsay Mason）的作品《死亡制造者》（1968）描绘了两具身着警官制服的骷髅，他们指向被害的马尔科姆・爱克斯的尸体，而美国的星条旗则成为被害现场的背景。费斯・灵戈尔德（Faith Ringgold）的作品则用美国国旗的星条拼出“NIGGER”[①]字样。在另一幅油画作品中，下垂的星条像是用血做成。类似的绘画作品无异于对美国社会的控诉。哈莱姆工作室博物馆的主任爱德华・斯普里格斯在描述黑人美学时，指出：“艺术应当和黑人社区的现实密不可分。”[②]

在推动黑人美学发展方面，许多文化民族主义者谴责那些继续按照西方传统进行艺术创作的非裔美国艺术家。汤姆・劳埃德强烈谴责非裔美国艺术家创作的“棕色艺术”，他认为他们的创作不够“黑”。[③]就此，阿米利・巴拉卡解释说：“他们是长着黑色面孔的白人艺术家”，是被洗脑的艺术家。[④]不过，也有艺术家批评劳埃德的浅色雕塑作品也不够“黑”。这样的批评声音最终陷入模糊含混之中，同时也瓦解了艺术家们的整体团结。其他的黑人艺术家则转而批评更为好战的抗议者的作品。反对惠特尼博物馆举办 20 世纪 30 年代白人艺术家作品展的组织者亨瑞・根特声称，“民族主义”艺术家过多关注他们不得不说的，而不是如何说好这些话。一些青年艺术家则否认“黑人艺术”的概念，一位青年艺术家抱怨道：“对于作品被作为‘黑人’艺术，摆放在窄狭斗室中的现象，我感情复杂。”[⑤]因为这位青年艺术家更愿意别人把他的作品称为“主流”艺术品，而非“黑人”艺术品。

---

① 意即黑鬼。

② Mary Ellen Lennon, A Question of Relevancy, In Lisa Gail Collins & Margo Natalie Craford, eds., *New Thoughts on The Black Arts Movement*, New Brunswick, New Jersey, and London: Rutgers University Press, 2006, p. 110.

③ Ibid., p. 110.

④ Ibid., p.110.

⑤ New York Times, January 31, 1971.

尚需指出的是，抗议活动的参与者对于形式的过多强调也成为限制视觉艺术家组织活动和博物馆抗议取得成功的因素。这些重形式分类的争吵削弱了抗议组织的战斗力和他们之间的团结。直到今天，对于形式的强调继续成为人们对于黑人文艺运动了解的障碍。为了便于分析，艺术史学家采用了交往合理的分类方式，他们根据风格和媒体把这一历史时期的艺术家分成两类："主流"艺术派和"黑人"艺术派。然而，这一分类把视觉艺术家给黑人文艺运动所带来的生机和活力变得模糊难辨。[①]举例来说，在一场主题为反对 1971 年惠特尼博物馆的展览上，非裔美国艺术家贝蒂·布雷顿（Betty Blayton）的作品获得《纽约时报》评论员的青睐，他认为如果不考虑种族的话，贝蒂·布雷顿不能被称为黑人艺术家。这位评论员不解为什么她会参与抵制活动，并对艺术家的或然身份感兴趣。[②]的确如此，她的抽象的油漆拼贴艺术品，形状不规且非写实，按照一些理论家对于"黑人艺术"形式主义的评判标准，已经背离了黑人艺术，而事实是贝蒂·布雷顿是黑人权力运动和黑人文艺运动的重要成员。颇具讽刺意味的是，汤姆·劳埃德，这位好战的文化民族主义者和艺术工作者，在教科书中通常被定义为主流艺术家。他的雕塑作品被认为含义抽象，因此不能传递社会和政治信息。然而，把劳埃德与黑人文艺和黑人权力运动分开既有悖历史也荒谬可笑。

对艺术品"质量"的呼吁通常变成根深蒂固的文化和种族偏见的面具，从而成为进一步维护社会不公的工具。黑人文艺运动开放了艺术准则（open the artistic canon）。尽管随着黑人权力运动走向衰落，20 世纪 70 年代的艺术世界也趋于平静，但是，黑人文艺运动留下的遗产是革命性的，纵然黑人文艺运动永远不会成为艺术工作者联盟所构想的政治工具，但是艺术博物馆与其作为社区社会工具新身份的斗争仍在进行。

---

① Mary Ellen Lennon, A Question of Relevancy, In Lisa Gail Collins & Margo Natalie Craford, eds., *New Thoughts on The Black Arts Movement*, New Brunswick, New Jersey, and London: Rutgers University Press, 2006, p. 111.

② New York Times, April 7, 1971.

第二节 芝加哥的黑人文艺运动

让他们的脸面向光明，如果美丽的人看到他们自己，他们会热爱自己。

——巴拉卡

一、芝加哥的黑人文艺运动进入全美视野

正当黑人文艺运动在全美各地开展之际，许多黑人文艺运动艺术家开始关注和讨论这场运动的地区差异问题。诗人阿斯基亚·杜尔（Askia Toure）撰文指出："我们的主要期刊——《灵魂之书》《黑人对话》和《黑人诗歌期刊》总部均在西海岸地区，这是令人遗憾的事情！在东海岸、中西部、南方和西海岸每个地区除了应该有面向国内和国际发行的出版物以外，更应该有一些定期出版并具有各地特色的文学出版物。每个地区的作家都有责任组织文学研究会（workshop），在黑人意识和新黑人写作方面培养年轻的思想家和作家。"[①]杜尔的呼吁反映出黑人文艺运动参与者希望黑人文艺的种子能够通过出版物和研究会等形式遍播全美的心声，而芝加哥的黑人文艺运动向人们展示的则是另一番风貌。

20 世纪 60 年代，巴拉卡频繁造访芝加哥，并与芝加哥黑人文艺运动摄影师方迪·艾伯纳西（Fundi Albernathy）成为好友。摄影是黑人文艺运动中最易为人忽略的文艺形式之一，然而，巴拉卡一见到艾伯纳西所拍摄的芝加哥的黑人照片便立即为之倾倒，后来，巴拉卡为这些照片配上诗歌，集结成册，取名为《我们可怕的境地》（《In Our Terribleness》）并促成这本书的出版。《我们可怕的境地》是一部配图著作，书中图文并茂，文字和照片相得益彰，"一唱一和"，是黑人文艺运动中的杰作。《我们可怕的境地》一书由鲍勃米尔出版公司出版，这部作品延续了《一千二百万黑人的声音》（《12 Million Black Voices》）[②]和《轻舞飞扬》（《The

① Askia Touré, "The Crisis in Black Culture", In Ahmed Alhamisi & Harun Kofi Wangara, eds., *Black Arts: An Anthology of Black Creation*, Detroit: Black Arts Publication, 1969, p. 33.

② 此书的编辑为埃德温·若斯卡姆（Edwin Rosskam），书中收录有理查德·怀特（Richard Wright）的散文和摄影作品。

Sweet Flypaper of Life》)[①]等黑人叙述摄影的传统。由巴拉卡与艾伯纳西合作完成的《我们可怕的境地》(1970)的问世标志着芝加哥黑人文艺运动进入了全美视野。[②]

如果说《我们可怕的境地》的出版是芝加哥黑人文艺运动引起全美关注的标志性事件的话,那么由哈基·马德胡布提创建的第三世界出版社则奠定了芝加哥黑人文艺运动在全国的地位。创建于 1967 年的第三世界出版社被称作芝加哥黑人文艺运动的文化中心。1971 年,马德胡布提在为《人生百态:新诗选》(《Directionscore: Selected and New Poems》)所作的序言中宣称黑人民族主义"意味着出版自己的书籍"。[③]1987 年,黑人主办的第三世界出版社出版了格温多琳·布鲁克斯(Gwendolyn Brooks)的诗集,并被定名为《黑人》。该作品汇集了布鲁克斯在获得普利策奖后 37 年来发表的诗歌,布鲁克斯和马德胡布提信心满满地认为该作品将会成为芝加哥黑人文艺运动文学中的经典之作。[④]

《乌木》(《Ebony》)杂志是芝加哥黑人文艺运动中非常重要的文化产物,其重要性可以和《黑人文摘》(《黑人世界》)相媲美,该杂志面向全美读者宣传和介绍芝加哥的黑人文艺运动。自 1967 年到 1970 年,《乌木》杂志上发表了许多文章,这些文章有的歌颂"尊重之墙",有的赞美黑人文艺运动骨干成员格温多琳·布鲁克斯和哈基·马德胡布提,还有的讴歌非洲文艺剧院(Affro Arts Theater)以及"黑人自然之美"的出现。1967 年的一期《乌木》杂志上,登载了一篇关于"尊重之墙"的文章,这篇文字被有意安排在美白霜广告和直发假发广告之间的位置。"美白霜广告和'尊重之墙'上'黑色是美丽的'的标语让我们想起'真理之墙'的使命:拥有这座建筑的使用权,保存属于我们自己的东西,也包含对无法用美白霜和直发假发改变的黑人身体的收复(reclamation)。"[⑤]在同期杂志上,还登载了

① 该作品由兰斯顿·休斯(Langston Hughes)和摄影师罗伊·德卡拉瓦(Roy Decarava)合著而成。

② Margo Natalie Grawford, Black Light on the Wall of Respect, In Lisa Gail Collins & Margo Natalie Craford, eds., *New Thoughts on The Black Arts Movement*, New Brunswick, New Jersey, and London: Rutgers University Press, 2006, p. 24.

③ Don L. Lee (Haki Madhubuti), *Directionscore: Selected and New Poems*, Detroit: Broadside Press, 1971, p. 89.

④ Margo Natalie Grawford, Black Light on the Wall of Respect, In Lisa Gail Collins & Margo Natalie Craford, eds., *New Thoughts on The Black Arts Movement*, New Brunswick, New Jersey, and London: Rutgers University Press, 2006, p. 36.

⑤ Ibid., p. 35.

美白霜广告和歌颂“尊重之墙”的“黑色是美丽的”革命美学，这则美白霜广告采用“更光亮更干净的皮肤！”的广告词来宣传和推销帕玛氏皮肤美白霜。而该期杂志的封面故事则采用的是“自然”发型的图片，旨在宣布“自然的头发”——种族自豪的新标志，另外一则封面报道的标题是“成为黑美人的新趋势”。通过该期《乌木》杂志精心安排的文章和广告，人们读出了非裔美国人的自信，听到了潜藏在他们心底许久而今迸发出的呐喊：黑色是美丽的！为了展现芝加哥黑人文艺运动的独特风貌，揭开富有传奇色彩的“尊重之墙”的面纱显得尤为重要。

二、芝加哥的“尊重之墙”

1967 年，位于芝加哥第 43 号和兰利街（43rd and Langley）的一面墙画绘制完成，这面墙画因工程巨大、文化信息丰富而闻名，后来人们把它称作“尊重之墙”。整幅墙画高 30 英尺、长 60 英尺，是由一群拥有革命精神的视觉艺术家在芝加哥的一座建筑物上创作完成的，这幅墙画留存了 4 年之久，无论是生活在墙画附近的美国人，还是居住在芝加哥其他地区的黑人文艺运动参与者都为这幅墙画所吸引，他们纷纷聚到墙画前，举行各式各样的文化活动，如舞蹈、诗歌朗诵、戏剧和公共演讲等，“尊重之墙”俨然成了一个文化中心。

要想洞悉芝加哥黑人文艺运动的独特之处，就有必要了解这座富含文化信息的重要场所——“尊重之墙”。阿斯基亚 • 杜尔在一篇颇具开创意义的文章《黑人文艺：黑人创作文选》（1969）中指出：“来看一看芝加哥艺术家取得的进步——‘尊重之墙’和他们成立的社区文艺研究会（workshop）……每一个大的黑人社区都应拥有自己的‘尊重之墙’。”[①]“尊重之墙”是一个把生活在附近的民众，绘制墙画的艺术家，在墙边阅读自己作品的诗人，再现和保存墙画内容的摄影师，以及许多生活在芝加哥南部其他地区并深受这一文化中心吸引的黑人文艺运动参与者融合在一起的文化产物。

“尊重之墙”的创作大致分两个阶段。墙画创作的第一阶段为“尊重之墙”本身的绘制，而到了第二阶段，墙画的绘制已经囊括了对面街道旁的“真理之墙”

① Askia Touré, The Crisis in Black Culture, In Ahmed Alhamisi & Harun Kofi Wangara, eds., *Black Arts: An Anthology of Black Creation*, Detroit: Black Arts Publication, 1969, p. 36.

的创作。黑人文艺运动通常是对黑人城市风格的改造和对公共财产的大胆攫取。张贴在“真理之墙”上的标语写道：“我们这座社区的人们宣布拥有这座建筑的使用权，目的在于我们要保存属于我们自己的东西。”[①]通过墙画第二阶段的摄影来看，“尊重之墙”原来的部分内容已经发生了变化，对面街道旁建筑物的墙面成为“尊重之墙”的延伸。

这座墙画和后来的墙画一样，其目的都在于在黑人民众中间树立自尊以及激起民众的革命行动。这座矗立在芝加哥的墙画对美国国内墙画的创造起了很大的榜样示范作用，到1975年，有一千多座墙画在美国市中心平民区被绘制出来，形成了一场蔚为壮观的“墙画运动”。[②]墙画艺术家把他们的绘画艺术从工作室里取出来，放大它并在社区里展示，使得这些艺术家、政治家和社区成员能够在艺术的氛围中互动交流。民众的艺术和互动交流是黑人解放斗争的一部分。由于居民、政治活动家和游客见证了第一幅墙画的绘制过程，第一幅墙画创作很快成为社区内的一件大事。此外，视觉艺术家绘制墙画期间，音乐家、作家、舞蹈家和歌手在墙面旁也奉献上了自己的作品，以示对墙画创作的欣赏和支持。

（一）“尊重之墙”的缘起

把草根社区的力量融入这场运动是一种游击手段，同时也促成了“尊重之墙”的形成。[③]杰夫·唐纳森（Jeff Donaldson）既是非洲眼镜蛇（AFRI-COBRA）的创建者，也是“尊重之墙”的创造人之一，他认为这幅墙画体现的是“游击队艺术”。[④]在2002年的一次采访中，唐纳森解释说这一社区的“游击队”性质把引发芝加哥以及全国墙画运动的艺术置于中心位置。[⑤]他回忆说，率先提出创造“尊重

---

① Margo Natalie Grawford, Black Light on the Wall of Respect, In Lisa Gail Collins & Margo Natalie Craford, eds., *New Thoughts on The Black Arts Movement*, New Brunswick, New Jersey, and London: Rutgers University Press, 2006, p. 34.

② Jeff Donaldson, “The Rise, Fall and Legacy of the Wall of Respect Movement, ”*International Review of African American Art,* Vol. 15, No. 1 (1998), p. 22.

③ Margo Natalie Grawford, Black Light on the Wall of Respect, In Lisa Gail Collins & Margo Natalie Craford, eds., *New Thoughts on The Black Arts Movement*, New Brunswick, New Jersey, and London: Rutgers University Press, 2006, p. 25.

④ Jeff Donaldson, “The Rise, Fall and Legacy of the Wall of Respect Movement, ”*International Review of African American Art,* Vol. 15, No. 1 (1998), p. 22.

⑤ Margo Natalie Grawford, Black Light on the Wall of Respect, In Lisa Gail Collins & Margo Natalie Craford, eds., *New Thoughts on The Black Arts Movement*, New Brunswick, New Jersey, and London: Rutgers University Press, 2006, p. 24.

重之墙”想法的人是画家威廉·沃克（William Walker），此后这一想法得到了非裔美国人社区帮派领导人的认可和支持。他解释道：

> 威廉·沃克比其他艺术家稍大一点，他早就有计划在第 43 号和兰利街附近绘制墙画的想法，于是我们（其他的非裔美国文化组织（Organization of Black American Culture，OBAC）视觉艺术研究会的艺术家）都赞同一起做这件事情。沃克说，我们可以在这座建筑物的墙上下手，因为我已经获得了帮派领导人赫伯特的允许。赫伯特非常赞同这一主意，而事实上，购买墙漆的人是赫伯特，把墙体刷成白色是赫伯特和他的朋友。“尊重之墙”的绘制者一致同意不把他们的名字和签名留在墙上，学会会员和帮派领导在内的“尊重之墙”的发起人也不例外。①

（二）“尊重之墙”的内容分类构想及创作

非裔美国文化组织视觉艺术研究会决定按照类别对整个墙画创造进行构思，他们把墙画创造内容分为爵士、戏剧、政治家、宗教、文学、体育、舞蹈以及节律和布鲁斯。每一个类别中，研究会的成员们拟订了一个准备在墙上展示的黑人文化“英雄榜”。其中，节律和布鲁斯类包括比莉·哈乐黛（Billie Holiday）、马迪·沃特斯（Muddy Waters）和詹姆斯·布朗，政治家类有马尔科姆·爱克斯、史都克礼·卡米高（Stokely Carmichael）和马库斯·加维（Marcus Garvey），爵士乐类英雄包括查尔斯·帕克（Charles Parker）、欧涅·寇曼（Ornette Coleman）和妮娜·西蒙（Nina Simone）。在确定绘制上墙的“英雄榜”榜单方面，这些艺术家和帮派的领导成员达成了共识。唐纳森曾指出：“选中的这些英雄是没有违背其人道的黑人民众中的成员，他们没有背弃开辟自己的道路的信念，并用艺术推动人民的运动，让艺术为运动服务。”②芝加哥黑人文艺运动的摄影师鲍勃·克洛福德（Bob Crawford）用镜头捕捉过早期墙画上的体育类别的英雄形象。这张照片

① Margo Natalie Grawford, Black Light on the Wall of Respect, In Lisa Gail Collins & Margo Natalie Craford, eds., *New Thoughts on The Black Arts Movement*, New Brunswick, New Jersey, and London: Rutgers University Press, 2006, p. 25.

② Author’s interview with Jeff Donaldson, December 12, 2002, Washington, D.C.转引自：Margo Natalie Grawford, Black Light on the Wall of Respect, In Lisa Gail Collins & Margo Natalie Craford, eds., *New Thoughts on The Black Arts Movement*, New Brunswick, New Jersey, and London: Rutgers University Press, 2006, p. 26.

揭示出墙画创造过程也正是一件艺术品的创作过程。照片中，奶箱是临时放置油漆的架子，一个头上戴着发卷的小女孩坐在油漆旁，这一切成了这幅墙画美学创作过程的一部分。

杰夫·唐纳森是非裔美国文化组织视觉艺术学会的指导人，该学会和非裔美国文化组织作家学会以及创新型音乐家进步协会（The Association for the Advancement of Creative Musicians）有密切的关系。杰夫·唐纳森和艾略特·亨特（Elliot Hunter）负责绘制“爵士乐”类墙画的内容。唐纳森依然记得他在绘制妮娜·西蒙的肖像时，曾深受住在第43号和兰利街的一位特殊妇女的影响：

> 我正在绘制妮娜·西蒙的画像时，一位住在街道对面的老妇人让我过去。她说：“每天，我不得不看到你画的这些丑陋的家伙。”为此我做了改变。这位老妇人往各式各样的拼贴画和垫布上面涂上浆，使得这些物件看上去像雕塑。她的房舍周围充满着艺术气息，墙体也被涂成不同的颜色。[①]

老妇人希望他们绘制的墙画值得人们欣赏，毕竟，这些墙画是住在附近的“批评家们”每天不得不看的作品。她的观点影响了唐纳森，继而唐纳森重新绘制了妮娜·西蒙的形象。非裔美国文化组织视觉艺术学会成员和这位最本土的“批评家”一样，都是当地的艺术家，他们能够理解“艺术就在周围”的含义，审美判断有时会采用“丑陋的家伙”这样的字眼。[②]

1967年夏季，艺术家们用了一个月的时间，紧锣密鼓地绘制完成了“尊重之墙”。在墙画绘制期间，人们在墙画前举行了即兴诗歌朗读和舞蹈表演。唐纳森回忆说：“我们在绘制墙画的同时，人们在此跳舞和朗读。”作为墙画创作的“献礼”，布鲁克斯曾在墙画前朗读过诗歌，她写过一首题为《墙》的诗歌，以纪念这一事件。布鲁克斯在这首诗歌中赞颂“尊重之墙”所表现的“黑人权力”。这些诗句强

---

① Author's interview with Jeff Donaldson, December 12, 2002, Washington, D.C. quoted in：Margo Natalie Grawford, Black Light on the Wall of Respect, In Lisa Gail Collins & Margo Natalie Craford, eds., *New Thoughts on The Black Arts Movement*, New Brunswick, New Jersey, and London: Rutgers University Press, 2006, p. 26.

② Margo Natalie Grawford, Black Light on the Wall of Respect, In Lisa Gail Collins & Margo Natalie Craford, eds., *New Thoughts on The Black Arts Movement*, New Brunswick New Jersey, and London: Rutgers University Press, 2006, p. 27.

调了墙画创作者的革命情感，在她看来，这座位于“贫民窟”的建筑物成为墙画创作地，也佐证了非裔美国人所遭受的剥夺。[①]鲍勃·克洛福德是芝加哥黑人文艺运动中的一位摄影师，他曾参加过肯克莱伯艺术馆举办的“两个流派：纽约和芝加哥：六七十年代当代非裔美国人摄影”展，通过他的镜头，人们可以更全面地了解这座意义非凡的“尊重之墙”，以及由之而联想到的令非裔美国人情不自已的“黑人权力”。

（三）“尊重之墙”及其黑人艺术家

通过克洛福德为布鲁克斯在墙旁拍摄的照片，人们发现布鲁克斯是一个被年轻一代簇拥着的颇具传奇色彩的普利策获奖诗人的形象，她是被绘制在墙上的“英雄”之一。克洛福德为布鲁克斯在墙旁拍摄的照片展示了两个形象：一个是照片中的形象，另一个是绘制在墙上的形象。布鲁克斯的两种形象足以表明她是芝加哥黑人文艺运动的重要参与者。[②]早在 1950 年，布鲁克斯就获得了普利策诗歌奖。20 世纪 60 年代，她成为芝加哥黑人文艺运动的导师。在《第一部分的报告》（*In Report from Part One*）（1972）中，她还记得，年轻的诗人们对她产生的极大影响。[③]黑人文艺运动期间，布鲁克斯和哈基·马德胡布提之间互动频繁，相互间的影响很大。在《在麦加》（《In the Mecca》）（1968）一诗中，布鲁克斯刻画了一个黑人诗人的形象，他急于创造属于自己的艺术，但又苦于缺乏“天赋”，因为他的内心中承载着白人文学传统的重负，压得他无法喘息。此后，诗人宣称，唐·李[④]不是蹩脚诗人，他“需要/新的艺术和圣歌”[⑤]。布鲁克斯旗帜鲜明地提出“新艺术”，她要求读者透过“新黑人艺术”的棱镜来理解她的诗歌。她能够想象到生活在“麦加”的黑人们与众不同的困苦和忍受的痛苦，而今，这座以前完全由白人占领的芝加哥建筑物现在已经成了黑人的天下。在布鲁克斯获得普利策大奖之前的几年里，她的诗歌不仅发表在面向黑人读者的期刊上，也发表在主要面向白人的期刊杂志

---

① Ibid., p. 27.

② Margo Natalie Grawford, Black Light on the Wall of Respect, In Lisa Gail Collins & Margo Natalie Craford, eds., *New Thoughts on The Black Arts Movement*, New Brunswick, New Jersey, and London: Rutgers University Press, 2006, p. 27.

③ Gwendolyn Brooks, Report from Part One, Detroit: Broadside Press, 1972, p. 189.

④ 诗人哈基·马德胡布提（Haki R. Madhubuti）原名唐·李（Don L. Lee）。

⑤ Gwendolyn Brooks, *Blacks*, Chicago: Third World Press, 1987, p. 423-424.

上占有一席之地。

黑人文艺运动期间，布鲁克斯的诗歌为黑人的诗歌欣赏提供了天地。马德胡布提在《格温多琳·布鲁克斯》一诗中描述了布鲁克斯在这个几乎完全由白人操控的“出版大厦”中所受到的赞誉。诗中的讲述者（speaker）对白人文学界接受布鲁克斯的行为发起了猛烈抨击。马德胡布提嘲讽道：“白人批评家说：‘她是为黑鬼增光的人。’”60年代，布鲁克斯拥有了庞大的黑人读者群。在《格温多琳·布鲁克斯》（《Gwendolyn Brooks》）一诗中，马德胡布提把布鲁克斯从黑鬼诗人到黑人诗人的演变直接和20世纪60年代的黑人美学联系起来。在诗的第二节中，马德胡布提向读者揭示了这种黑人美学的爆炸性特质，诗中的讲述者把黑人性（blackness）和黑鬼（negro）区别开来，并称这个诞生于20世纪60年代的黑人（black）一词标志着黑鬼（negro）在政治和文化上的觉醒。和白人文学批评家给布鲁克斯贴的“优秀的黑人诗人”的标签不同，马德胡布提认为布鲁克斯具有“超黑人性”。诗的最后一行这样写道：“兄弟们，他们对这个姐妹的称呼错了。”[①]

“尊重之墙”给白人权力结构带来了震慑作用，白人权力结构对由“尊重之墙”所代表的这种“黑人权力”和草根社区组织充满恐惧。在布鲁克斯的诗歌《墙》（1968）中，诗人清楚地分析了“墙”和“黑人权力”间的关系，并称“尊重之墙”意味着黑人权力的铁拳，它代表着黑人自决、黑人团结和黑人的愤慨。黑人文艺运动期间，黑人权力之拳经常和“人民的权力”相伴相随。在《墙》这首诗歌中，“尊重之墙”被塑造为“为了人民的艺术”的象征，诗人把创建“尊重之墙”描写成“钟声响起的时刻，警醒的时刻，酝酿节日盛典的时刻”。[②]

另一首绘制到“尊重之墙”上的名诗是巴拉卡的《紧急呼叫》（《SOS》，1966），这首诗以称颂黑人为主题。诗歌的开首写道：

号召黑人民众

号召所有的黑人民众

不论男人、女人还是孩子

---

① Margo Natalie Grawford, Black Light on the Wall of Respect, In Lisa Gail Collins & Margo Natalie Craford, eds., *New Thoughts on The Black Arts Movement*, New Brunswick, New Jersey, and London: Rutgers University Press, 2006, p. 28.

② Gwendolyn Brooks, *Blacks*, Chicago: Third World Press, 1987, p. 445.

也不论你在哪里①

巴拉卡的这首诗语言自然，情感真挚，似为天成之作。在《紧急呼叫》一诗中，巴拉卡竭力主张有意识地接受新的思想意识，即黑人性。黑人性将会推翻奴隶制、反黑人种族主义和种族自我仇恨的思想意识。爱德华·克里斯马斯（Edward Christmas）把巴拉卡的诗歌《紧急呼叫》绘制到“尊重之墙”上，这一行动证实了诗歌在读者面前具体呈现为黑人文艺运动带来的凝聚力。在《黑人艺术》（《Black Art》，1968）一诗中，巴拉卡写道：“诗歌成为牙齿、树木或堆在台阶上的柠檬才有用，否则就是废话。”②而当克里斯马斯把《紧急呼叫》一诗绘制到墙上时，他则认为“诗歌要绘制到墙上，让整个社区作为视觉艺术和书面文字来体验和欣赏，否则就是废话”。③克里斯马斯展示了书面文字肯定能成为视觉艺术的道理。在绘制的诗歌左面，克里斯马斯绘制了一个陷入沉思的黑人形象。“唤醒黑人民众”一行字被写在一位面孔庄重的人紧闭的嘴唇旁。很明显，在绘制《紧急呼叫》一诗时，克里斯马斯的做法是对巴拉卡的“呼吁”进行的回应。克里斯马斯所揭示的是，在黑人文艺的社会思潮中，诗歌应当足够具体并可以绘制在墙上，视觉艺术也应当足够具体可以清楚地表达这种“呼吁”。把这首非常重要的黑人文艺运动诗歌绘制到“尊重之墙”，标志着在这一运动的中心不同艺术形式的融合。④

巴拉卡和艾伯纳西携手创作《我们的可怕境地》一书，把芝加哥与纽约和新泽西联系起来，从而使芝加哥的黑人文艺运动进入了全美视野。同样，黑人名士和公众知名人物纷纷来参观“尊重之墙”，从而再次把这场地方运动带入全美国人的视野。当妮娜·西蒙得知自己被作为爵士乐“英雄”绘制在“尊重之墙”上，她专程赶到芝加哥来一睹这堵富有传奇色彩之墙的风采。著名黑人女演员艾萨·凯特（Eartha Kitt）也曾参观过“尊重之墙”，1968年，鲍勃·克洛福德所拍摄的照片中记录下了这位女演员和芝加哥黑人运动的互动和交流。在克洛福德为凯特拍

① http://darrineng12.blogspot.com/2009/02/sos-by-amiri-baraka.html, 2014-10-12.

② LeRoi Jones, “Black Art”, In LeRoi Jones & Larry Neal, eds., *Black Fire: an anthology of Afro-American writing* , Baltimore, MD: Black Classic Press, 2007, p. 302.

③ LeRoi Jones, “Black Art”, In LeRoi Jones & Larry Neal, eds., *Black Fire: an anthology of Afro-American writing* , Baltimore, MD: Black Classic Press, 2007, p. 302-303.

④ Margo Natalie Grawford, Black Light on the Wall of Respect, In Lisa Gail Collins & Margo Natalie Craford, eds., *New Thoughts on The Black Arts Movement*, New Brunswick, New Jersey, and London: Rutgers University Press, 2006, p. 30.

摄的照片中，凯特的面部旁侧，与此同时，摄影师的镜头聚焦在她拥在胸前的两本黑人文化书籍上，一本是《美国黑人圣歌之书》(《The Books of American Negro Spirituals》)，另一本是《非洲失去的城市》(《The Lost Cities of Africa》)，照片中的两本书成为“黑人意识”的标志。从“美国黑奴”到“非洲失去的城市”的心理历程是这张照片正在歌颂的“精神”。

20 世纪 60 年代，布鲁克斯和马德胡布提两人对于黑人美学的描述和阐释可谓彼此心气相通，互为呼应。布鲁克斯在为马德胡布提的诗集《不要哭泣，要喊出来》(《Don't Cry, Scream》) 所做的序言《急先锋》(《A Further Pioneer》) 一文中，认真思考了黑人文学美学的含义，她写道：

> 有时，人们会就这一话题发生争吵：诗歌可以是“黑人的”吗？难道不是所有的诗歌可算诗歌？一个诗人是黑人，意味着他的生活、他的祖先的历史与中国、日本、爱斯基摩人、印度以及爱尔兰诗人的历史不同。来自西红柿的汁液不能仅仅叫汁液，而总得要称作西红柿汁液。如果在餐馆你想喝西红柿汁，你就不能让餐馆的侍者给你取来“汁液”，你要明确地告诉侍者你要西红柿汁……黑人诗人写的诗歌是黑人诗歌。诗中蕴含的是细微的差异和坦率。①

马德胡布提也有同布鲁克斯相似的观点，他在《面向新定义：60 年代的黑人诗歌》(《Toward a Definition: Black Poetry of the Sixties》)（1971）一文中写道：

> 正如世上有法国作家、犹太作家、俄罗斯作家和非洲作家一样，我们有我们自己的黑人作家或非裔美国作家。黑人诗人已经发现了他们的独特、他们的美、他们的故事和他们的历史，他们已经努力地去用被称作诗歌的艺术形式去启发他们的人民和世界人民，对他们来讲，诗歌是黑人音乐的另一种延伸。②

---

① Margo Natalie Grawford, Black Light on the Wall of Respect, In Lisa Gail Collins & Margo Natalie Craford, eds., *New Thoughts on The Black Arts Movement*, New Brunswick, New Jersey, and London: Rutgers University Press, 2006, p. 37.

② Don L. Lee, Toward a Definition: Black Poetry of the Sixties (After LeDoi Jones). In Angelyn Mitchell, ed., *Within the Circle:An Anthology of African American Literary Criticism from the Harlem Renaissance to the Present*, Durham and London: Duke University Press, 1994, p. 225.

对于20世纪六七十年代的非裔美国人而言，他们面前有两条摆脱受压迫窘境的基本途径，一条是和种族主义作斗争，另一条则是用“让他们的脸面向光明”来欣赏自己美的方式，向黑人民众传递希望和灌输自豪感。这两种方式在20世纪60年代一系列戏剧性和持久性的作品中汇集到了一起——“尊重之墙”。这些绘制在城市黑人生活区和商业街区建筑物上的墙画，刻画了来自非裔美国人生活中的英雄和场景。直到今天，这场艺术运动中产生的绘制在墙上的遗产，在黑人社区仍然起着传递希望和启发心智的功能。芝加哥黑人文艺运动本身就是“钟声响起的时刻”，而“尊重之墙”是这场运动中最响亮的钟声之一。以“尊重之墙”为背景的照片、绘画，写到墙上的诗歌，诗歌诵读，在墙旁的舞蹈表演和政治演讲共同绘制出了一副芝加哥黑人文艺运动的美妙画卷。这堵“尊重之墙”打破了不同艺术形式的边界，实现了各种艺术形式与政治的结合。“尊重之墙”也实现了20世纪60年代受到良好教育的黑人中产阶级与因缺乏教育机会而被剥夺公民权的黑人底层民众间的交流。“尊重之墙”所坐落的地方第43号和兰利街，如今正经历着缓慢而稳步的变化，该地区逐渐成为富有者生活的区域。公寓楼和城市住房已经取代了“尊重之墙”“真理之墙”和其他墙画所坐落的地方。在2002年的一次访谈中，唐纳森解释说墙画“绝不会是永久的东西，它应当随着这场运动变化的”。①

第三节　美国南方的黑人文艺运动

号召黑人民众
号召所有的黑人民众
不论男人、女人还是孩子
也不论你在哪里
号召你们进来

① Author’s interview with Jeff Donaldson, December 12, 2002, Washington, D.C. quoted in：Margo Natalie Grawford, Black Light on the Wall of Respect, In Lisa Gail Collins & Margo Natalie Craford, eds., *New Thoughts on The Black Arts Movement*, New Brunswick, New Jersey, and London: Rutgers University Press, 2006, p. 38.

非常紧急
黑人们，进来
无论你在哪里
呼叫
紧急呼叫
你，号召所有的黑人
号召所有的黑人进来
黑人们
赶快进来

——巴拉卡（1969）

美国南方素来是非裔美国人生活的“大本营”，“美国黑人是以南部地缘关系为基础的共同体”。[①]然而，美国历史上持续了近百年的黑人大迁徙对美国南方的黑人数量影响较大，其中，第一次世界大战期间及20年代的黑人大迁徙，以及第二次世界大战之后的黑人迁移尤为显著。随着美国南方黑人人口大规模迁出，美国南方黑人在南方总人口所占比例有所减少。但是，在美国南方一些大城市中，黑人仍然相对比较集中，传统的黑人大学在南方黑人乃至整个美国黑人的生活中扮演着举足轻重的角色。鉴于此，本节要对黑人文艺运动在美国南方的发展情况进行剖析。

一、从受冷落到被接受——美国南方黑人文艺运动的开展

对于发生在20世纪六七十年代黑人文艺运动的讨论，美国学界往往很少提及南方的黑人文化活动。在这场运动达到高潮时，南方的艺术家和知识分子常常抱怨即使南方地区在非裔美国历史和文化中拥有巨大象征地位，也很难吸引东北部、中西部和西部地区同仁的目光与关注。[②]然而，即使过去和现在学界对南方地区没有给予足够重视，南方地区的黑人文艺组织、机构及其组织的一些活动在为黑人

① 黄兆群：《论美国黑人》，《民族研究》1993年第5期，第40页。
② James Smethurst, The Black Arts Movement and Historically Black Colleges and Universities, In Lisa Gail Collins & Margo Natalie Craford, eds., *New Thoughts on The Black Arts Movement*, New Brunswick, New Jersey, and London: Rutgers University Press, 2006, p. 75.

草根文化所做出的努力方面仍堪称最为成功的典范之一。这些颇具地方色彩的组织机构及其活动对南方地区诸多方面产生了深远的影响，同时，也有力地推动黑人文艺运动成为一场全国范围性运动。

20 世纪五六十年代，南方的白人权力结构针对非裔美国人的种族隔离已经超越了公共设施的范围，他们不仅不愿意看到甚至公开反对黑人民众完全享受经济、教育和政治权利，南方的非裔美国人为之备受压抑，深感挫败。日益高涨的黑人权力运动和黑人文艺运动得到了黑人知识分子、黑人学生以及南方的普通非裔民众越来越广泛的拥护和支持，一些激进的黑人权力组织在临近街区特别是一些黑人校园如南方大学（Southern University）、北卡罗莱那农业理工州立大学（North Carolina A & T State University）、南卡罗来纳州立大学（South Carolina State）、杰克逊州立大学（Jackson State University）等地组织活动。从而，也导致了许多重要的黑人权力和黑人文艺机构的创立，这些机构包括马尔科姆 • 爱克斯大学和黑人团结学生组织（Student Organization for Black Unity）。[①]这也使得为这些政治立场激进的黑人艺术、左派和黑人民族主义提供集会地点的大学校园的地位愈加凸显。

在工人阶层出身的学生占主体的校园内，如北卡罗来纳农业理工州立大学和南卡罗来纳州州立大学，一些激进的校园组织所组织的活动通常围绕临近街区民众所关注的问题开展，如广为白人商人所推崇并强力推行的吉姆 •克劳黑人法（Jim Crow）即为其重要议题。针对地方当局的做法，他们通常以极端否定和暴力的做法来回应，从而也导致了南方大学、南卡罗来纳州立大学和杰克逊州立大学校园内学生致死事件的发生。警方、地方以及州政治机构以暴制暴，他们的回应进一步激起了传统黑人学校的师生采取更为激进的行动。[②]

就美国南方而言，不同城市内的黑人文艺运动也有着不同的风格和定位，像休斯顿、新奥尔良和迈阿密等城市黑人文艺运动主要扎根于社区，而在诸如亚特兰大、华盛顿特区、巴顿鲁治和那什维尔等城市，黑人文艺运动则主要根植于学

① James Smethurst, The Black Arts Movement and Historically Black Colleges and Universities, In Lisa Gail Collins & Margo Natalie Craford, eds., *New Thoughts on The Black Arts Movement*, New Brunswick, New Jersey, and London: Rutgers University Press, 2006, p. 85.

② James Edward Smethurst, *The Black Arts Movement: Literary Nationalism in the 1960s and 1970s*, Chapel Hill: The University of North Carolina Press, 2005, p. 335.

校的校园里。鉴于上述原因，针对南方黑人文艺运动的研究将重点分析和探讨南方传统黑人大学内这场运动的开展情况。

二、南方传统黑人大学与黑人文艺运动

由于大部分南方黑人被剥夺了选举权，再加上吉姆·克劳黑人隔离法的颁布实施，许多南方重建时的政治和文化机构已经被完全破坏掉。而黑人学院和大学一直被看作南方重建的一大遗产，直到20世纪五六十年代，这些蓬勃发展的学院和大学依然被看作是重建精神的体现。尽管一些重要名校如林肯大学、切尼教师培训学院、中央州立大学（Central State University）坐落于北部地区，但是绝大多数黑人学院和大学坐落在梅森—狄克逊（Mason-Dixon）分界线以南地区，另有部分大学如霍华德大学、摩根州立大学坐落在华盛顿特区和巴尔的摩这些南北两地交界的模糊地带。当时的南方及其他地区存在法律上的种族隔离，许多学院和大学存在事实上的种族隔离现象。正是由于上述原因，相当大比率的黑人大学生与黑人教师集中在美国南方和所谓的南北交界所在州的非裔美国学校内，这为黑人文艺运动在传统黑人大学校园的发展与壮大提供了得天独厚的土壤。此外，老一代的激进分子帮助开辟了对黑人文艺以及黑人权力领导成员的发展至关重要的政治和文化空间，这在国内和国际的民权运动潮流、民族主义和民族解放等各种思想汇集的传统黑人校园内显得尤为重要。

在一些传统的黑人学校尤其是霍华德大学和菲斯科大学内，民权激进主义已有很长的历史。[①]以霍华德大学的学生为例，民族激进主义者于20世纪40年代就发起了针对在公共设施方面进行种族隔离的吉姆·克劳法的运动，并发挥了积极作用。当时他们不顾由于霍华德大学行政管理部门的反对所带来的压力，采取了在便餐馆静坐示威等斗争策略，而这些斗争手段多为后来的积极分子所仿效。

（一）南方传统黑人大学黑人文艺运动的参与者

黑人文艺运动时代，南方传统黑人大学内学生的反抗已经势不可挡，且校方

① James Smethurst, The Black Arts Movement and Historically Black Colleges and Universities, In Lisa Gail Collins & Margo Natalie Craford, eds., *New Thoughts on The Black Arts Movement*, New Brunswick, New Jersey, and London: Rutgers University Press, 2006, p. 330.

无意公开承认其激进历史，鉴于此，激进的教职员工便常常扮演着非官方的历史学家的角色。[①]斯特尔林·布朗（Sterling Brown）把非裔美国文化作为一门严肃的研究课题介绍给大家，此外，他还向非暴力行动组织（Non-Violent Action Group）以及20世纪60年代学生非暴力协调委员会校园内的分支机构的成员揭示以下内容：作为黑人政治行为主义和激进思想中心的霍华德大学的大量历史内容以及当时的行政管理机构针对激进主义而采取的阻挠措施，而后者更类似非暴力行动组织在他们所处年代所遭受的阻挠。[②]

事实上，包括许多来自南方地区以外积极分子在内的大量黑人文艺积极分子，在传统的非裔美国学院和大学任教及就读期间就与政治结缘，并对真正的非裔美国文化传统有了较为深刻的了解。同样，许多来自圣弗兰西斯科、奥克兰、洛杉矶、芝加哥、克利夫兰、纽约、新奥尔良、华盛顿特区等地的年轻黑人艺术家和知识分子也是学生非暴力协调委员会、争取种族平等大会（Congress of Racial Equality）和一些思想激进、以传统的黑人学校学生为主体的民权组织成员，这些人中包括汤姆·邓特（Tom Dent）、索妮亚·桑切斯（Sonia Sanchez）、卡拉姆·雅·萨拉姆（Kalamu ya Salaam）、哈基·马德胡布提（Haki R. Madhubuti）和阿斯基亚·杜尔（Askia Toure）等，他们都是黑人文艺运动骨干成员。而一些来自北方民权组织的积极分子中的艺术家和知识分子，即便他们没有在南方工作和学习的经历，但是总的来讲他们支持南方的学生运动，主动宣传这种精神，并借以同当地的种族主义做斗争。与此同时，他们也深受南方运动的激励和鼓舞，许多在南方生活过的未来的黑人文艺积极分子在学生非暴力协调委员会和其他民权组织内部介绍和强化激进的民族主义思想，试图让南方的运动更趋激进。[③]尽管南方的黑人文艺机构和活动很难吸引南方地区以外人们的注意力，但是南方的黑人文艺运动对于这场全美范围的运动而言更具至关重要的象征意义。

相应地，积极参与校园政治的美国学生也通常拥有参与黑人民族主义组织的

---

① Ekwueme Michael Thelwell, "The Professor and the Activists: A Memoir of Sterling Brown," *Massachusetts Review, Vol.* 40, No.4 (Winter 1999-2000), p. 617-618.

② Ibid., p. 617-618.

③ James Smethurst, The Black Arts Movement and Historically Black Colleges and Universities, In Lisa Gail Collins & Margo Natalie Craford, eds., *New Thoughts on The Black Arts Movement*, New Brunswick, New Jersey, and London: Rutgers University Press, 2006, p. 78

经历，特别是伊斯兰民族组织（Nation of Islam）和民权运动（Civil Rights Movement）等。一些中央州立大学、霍华德大学和其他位于南方诸州以外学校的学生因其在民权运动方面的积极表现被南部传统的黑人学校开除，这些学生中有霍华德大学的埃德·布朗（Ed Brown）。而其他的学生则通常有参与过各种左派组织的经历，如克瓦米·图尔（Kwame Ture）[①]于 1960 年从纽约来到霍华德大学就读前就曾与马克思主义有密切的接触，一方面，他通过在布朗士科学高中（Bronx High School of Science）就读时的同学基恩·丹尼斯（Gene Dennis）[②]和他在一个进步组织布朗克斯科学学生团体（Bronx Science Student Group）的成员身份，接触了包括本杰明·戴维斯（Benjamin Davis）在内的一些黑人共产党领导人，他还参与了一系列的共产党和社会党的活动。

这些传统的黑人大学和民权运动之间存在共生关系，这种关系极大地影响了黑人文艺运动，反过来也改变了这些机构。尽管学校行政机构，特别是学校全体教员最初对他们与运动的公共关系讳莫如深或者表现得非常冷漠，但是这些学校的学生却成为了南方运动的领导核心成员以及骨干力量。[③]来自南方学校的学生在当地组织的静坐抗议、划定纠察线、联合抵制和游行示威方面起到了很大作用，特别是在 20 世纪 60 年代席卷美国南部（以及北方部分地区）的静坐抗议以及联合组建学生非暴力协调委员会方面发挥的作用尤其突出。这些青年学生会在一些组织如全国有色人种协进会青年委员会（NAACP Youth Council）或者南方基督教领导委员会（Southern Christian Leadership Council）的组织下开展活动，同时，他们会创建自己的地方组织。正如黑人文艺运动的领导成员阿米利·巴拉卡、卡拉姆·雅·萨拉姆和阿斯基亚·杜尔所指出的，这些学生用他们的勇敢、斗争精神以及只争朝夕的精神激励了美国其他地方的年轻黑人积极分子、艺术家、诗人

① 又名斯托克利·卡迈克尔（Stokely Carmichael,1941—1998），是民权运动和黑人权力运动的主要领导人。

② 美国共产党全国主席尤金·丹尼斯（Eugene Dannis）之子。

③ James Smethurst, The Black Arts Movement and Historically Black Colleges and Universities, In Lisa Gail Collins & Margo Natalie Craford, eds., *New Thoughts on The Black Arts Movement*, New Brunswick, New Jersey, and London: Rutgers University Press, 2006, p. 77.

和知识分子。[①]

此外，传统的黑人学校也吸引了大量来自全球各地的学生，通过这些学生，非裔美国人拥有了广阔的国际视野。这些留美学生大多来自非洲和加勒比地区。这些学生中许多人有激进思想，有些还是马克思主义者或受过马克思主义者的影响。在来到美国前，他们就曾在自己的祖国和整个亚非拉及加勒比地区投身于解放运动。然而，他们的法律身份使得他们不能直接参与美国的政治运动。尽管如此，土生土长的非裔美国人却能通过这些留学生，对万隆会议后的解放运动、各种形式的激进主义、泛非主义、共产主义、社会主义以及反帝国主义思想有了更深刻的了解，相比 20 世纪 50 年代末 60 年代初的大部分美国校园而言，他们这方面的条件可谓得天独厚。

非常有趣的是，尽管许多黑人文艺运动的参与者后来参加了种族平等大会（Congress of Racial Equality）、学生非暴力协调委员会（Student Nonviolent Coordination Committee）以及美国北方和西部的其他民权运动组织，但是黑人文艺运动的领导成员中几乎无人直接参与南方的黑人学生运动。[②]然而，黑人文艺运动的主要领导者阿米利・巴拉卡，诗人、剧作家、批评家拉里・尼尔以及诗人和批评家 A. B. 斯派曼（A. B. Spellman）等黑人文艺运动重要成员早在 60 年代之前就曾在传统的黑人大学求学。

（二）南方传统黑人大学校方的态度

许多传统黑人学校的行政管理层对学生们持有极端家长式和居高临下的态度，即使是在像霍华德大学一样的精英学校也不例外。[③]颇具讽刺意味的是，在许多像加利福尼亚大学伯克利分校（University of California – Berkeley，UCB）一样的白人大学校园里，这种严厉的家长式管束进而引发了学生们的普遍不满和广大学生对较为激进组织的支持。事实上，校方的管束刺激并进一步强化了学生们的激进主义行为，他们在普通学生中煽动不满情绪，为相对激进的组织提供广泛支

---

① James Smethurst, The Black Arts Movement and Historically Black Colleges and Universities, In Lisa Gail Collins & Margo Natalie Craford, eds., *New Thoughts on The Black Arts Movement*, New Brunswick, New Jersey, and London: Rutgers University Press, 2006, p. 78

② Ibid., p. 80.

③ James Edward Smethurst, *The Black Arts Movement: Literary Nationalism in the 1960s and 1970s*, Chapel Hill: The University of North Carolina Press, 2005, p. 327.

持，这些大学包括俄亥俄中央州立大学（Central State University）。

然而，南方传统的黑人大学通常愿意聘用或留任与共产党左派文化和政治机构保持互动和往来的大学教师，这些人包括约翰·O. 基伦斯（John O. Killens）（菲斯克大学），诗人和小说家玛格丽特·沃克（约翰逊州立大学），诗人麦尔文·托尔森（Melvin Tolsol）（威利学院和蓝斯顿大学），诗人和学者斯特尔林·布朗（霍华德大学），批评家和学者默瑟·库克（Mercer Cook）（霍华德大学），诗人、剧作家兼导演欧文·多德森（Owen Dodson）和诗人兰斯·杰夫斯（Lance Jeffers）（霍华德大学）等。[①]而也有部分老师如沃克、布朗和托尔森等则对 20 世纪 50 年代和 60 年代早期形成的组织敬而远之，对公众支持左派的态度冷漠视之，但是从根本上讲，他们对于自己在 20 世纪三四十年代的政治活动仍然持固有的态度。[②]例如，许多 20 世纪三四十年代激进主义的“老战士”支持由著名非裔美国左派人士创办的《自由之路》(《Freedomways》）期刊。

黑人大学有时也会雇用过去或现在拥有激进思想的教师，同时也大力支持过去或现在和左派有联系的知识分子所发起的大型文学活动。[③]罗西·普尔（Rosey Pool）是一位 50 年代末 60 年代初生活在英国的左派荷兰记者和学者，1962 年由她编辑的文选《超越布鲁斯》(《Beyond Blues》）是那个时代第一本严肃的当代非裔美国诗歌选集，该选集重点推出了政治上激进的黑人诗歌作品。1964 年和 1966 年普尔连续两次在阿拉巴马农业机械大学（Alabama A&M University）组织非裔美国人诗歌节。从 1959 年到 1960 年间，她曾在多所传统的非裔美国人大学校园内作有关非裔美国诗歌方面的讲座，她举办的这些诗歌节和讲座给人们留下了深刻的印象，让人们感觉到政治上和形式上激进的黑人诗歌已经异军突起，令人耳目一新。[④]另外需要指出的是，由于这些传统的黑人学校吸引了来自美国各地乃至全球的学子和校友，上述活动的影响力自然超越了美国南方地区。

---

① James Smethurst, The Black Arts Movement and Historically Black Colleges and Universities, In Lisa Gail Collins & Margo Natalie Craford, eds., *New Thoughts on The Black Arts Movement*, New Brunswick, New Jersey, and London: Rutgers University Press, 2006, p. 79.

② Ibid., p. 79.

③ James Edward Smethurst, *The Black Arts Movement: Literary Nationalism in the 1960s and 1970s*, Chapel Hill: The University of North Carolina Press, 2005, p. 328.

④ Ibid., p. 328.

许多传统的黑人学校不仅愿意承办黑人文艺和黑人文艺影响下的重大活动，还聘用黑人文艺作家、艺术家、学者作为学校的长期职员和访问学者。根据一项不完全统计，这些被聘用的人包括诗人哈基·马德胡布提（Haki R. Madhubuti）、爱慕斯·祖博尔顿（Amos Zu-Bolton）、美国黑人文化组织（Organization of Black American Culture）的画家杰夫·唐纳森（Jeff Donaldson）、华兹华斯·捷瑞尔（Wadsworth Jarrell）、批评家斯蒂芬·亨德逊、A. B. 斯派曼等。[①]在许多情况下，霍华德大学聘用亨德逊和唐纳森等黑人文艺运动的文学艺术家，主要希望他们可以按照黑人文艺和黑人权力的模式对院系进行重新改造。[②]

此外，由于传统黑人大学的黑人师生对校园内和更为广阔的黑人聚居区内的激进民族主义思想、机构及活动非常支持，传统的黑人学校越来越愿意为黑人文艺或受到黑人文艺影响的活动和机构提供制度支持。[③]其中部分原因是教师们不断增加的政治参与极大地推动了这种制度支持。菲斯克会议和阿拉巴马农工大学会议之后，传统的黑人大学经常主办非裔美国人艺术和文学会议以及节庆活动，这些活动包括始于 1972 年的在南方大学举办的黑人诗歌节和 1973 年在杰克逊州立大学举办的菲里斯·惠特利二百年庆典活动等。[④]

（三）黑人文艺运动中的霍华德大学和亚特兰大地区

霍华德大学汇聚了来自美国各地、非洲大陆以及说英语的加勒比地区的黑人学生，在这所大学里，国际民族解放运动与美国社会各种各样的激进主义和行动主义（activism）之间的交锋尤其激烈。[⑤]1957 年加纳获得独立之后，刚刚获得独立的亚非和加勒比地区的自治政府纷纷在华盛顿特区开设大使馆，霍华德大学的

---

① James Smethurst, The Black Arts Movement and Historically Black Colleges and Universities,In Lisa Gail Collins & Margo Natalie Craford, eds., *New Thoughts on The Black Arts Movement*, New Brunswick, New Jersey, and London: Rutgers University Press, 2006, p. 85.

② James Edward Smethurst, *The Black Arts Movement: Literary Nationalism in the 1960s and 1970s*, Chapel Hill: The University of North Carolina Press, 2005, p. 336.

③ James Smethurst, The Black Arts Movement and Historically Black Colleges and Universities,In Lisa Gail Collins & Margo Natalie Craford, eds., *New Thoughts on The Black Arts Movement*, New Brunswick, New Jersey, and London: Rutgers University Press, 2006, p. 85.

④ James Edward Smethurst, *The Black Arts Movement: Literary Nationalism in the 1960s and 1970s*, Chapel Hill: The University of North Carolina Press, 2005, p. 336.

⑤ James Smethurst, The Black Arts Movement and Historically Black Colleges and Universities, In Lisa Gail Collins & Margo Natalie Craford, eds., *New Thoughts on The Black Arts Movement*, New Brunswick, New Jersey, and London: Rutgers University Press, 2006, p. 82.

许多学生都来自这些国家，这些学生被邀在大使馆举办晚会、讲座和招待会等。霍华德大学的学生和民族解放后建立起来的新政府领导人的直接交往为这些有政治头脑的学生注入了活力，并再一次用一种独特的方式，拓展了他们的政治视野。①

尽管各自的风格迥异，斯特尔林·布朗在霍华德大学所起的指导作用与基伦斯②在菲斯克大学所起的作用相似。迈克是布朗在20世纪60年代初教过的一位学生，他还是小说家和非暴力行动组织成员。谈到布朗，迈克回忆道："布朗极其胜任其课堂教学工作，他所开设的文学课即使算不上完全标准，在当时也算得上符合规范。"③然而，正如前文所指出的那样，布朗所组织的有关非裔美国文化、历史、音乐、文学和政治的非官方背景的研讨会，滋养和鼓舞了许多黑人权力和黑人文艺积极分子，这些人包括巴拉卡、A. B. 斯派曼、托尼·莫里森以及迈克·特尔维尔。布朗还是一文学团体的导师，该团体思想趋向先锋主义，并创办了期刊《存在》(《Dasein》)。《存在》小组的积极活动为霍华德大学校园的政治和文化环境带来了生机和活力。与此同时，无论是非暴力行动组织还是《存在》小组都没有得到霍华德大学的正式认可，这一事实凸显了20世纪60年代早期在传统的黑人校园里所存在的矛盾和冲突。④

在巴拉卡的记忆中，霍华德大学是一所"对于一小部分迁就妥协的黑人中产阶级而言，最多不过是一家职业介绍所，从最坏处讲是教堂的一种……"。⑤不过，他仍然对斯德林·布朗的非裔美国音乐课念念不忘："他的课向我们展示了一个事实即音乐可以作为研究对象，这也暗示着黑人有自己的历史。他把音乐提升到艺术的层面，一种不仅可以给人带来身心享受还可以用作学术研究的事物。"⑥

---

① James Smethurst, The Black Arts Movement and Historically Black Colleges and Universities, In Lisa Gail Collins & Margo Natalie Craford, eds., *New Thoughts on The Black Arts Movement*, New Brunswick, New Jersey, and London: Rutgers University Press, 2006, p. 82.

② 非裔美国士兵约翰·奥利佛·基伦斯（John Oliver Killens）以自己在二战美军中的亲身经历创作出版了《于是我们听到了雷声》(《And Then We Heard the Thunder, 1963》)，惊心动魄地揭露与谴责了美国军队对非裔美国军人实行的种族歧视与迫害。

③ James Edward Smethurst, *The Black Arts Movement: Literary Nationalism in the 1960s and 1970s*, Chapel Hill: The University of North Carolina Press, 2005, p. 334.

④ Ibid., p. 330.

⑤ Amiri Baraka, *The Autobiography of LeRoi Jones*, New York: Lawrence Hill, 1997, p. 134.

⑥ Ibid., p. 109-110.

包括临近的斯贝蔓大学、莫尔豪斯学院、亚特兰大大学和莫里森布朗学院等大学在内的亚特兰大地区是黑人文艺和黑人权力艺术家及知识分子云集的特别重要的地区。这些地区学校集中，越来越多的参与黑人文艺运动和黑人权力运动的艺术家和知识分子也通常是这些学校教师群体中的一员，这些促成了诸如黑人艺术中心（The Center for Black Art）和黑人世界研究所（The Institute of the Black World）的成立。

亚特兰大成了一个越来越重要的民族主义思想和活动的全国中心，不过，这一中心缺乏相伴而生、延伸到大学中心（University Center）以外的当地草根机构。1970 年，亚特兰大主办了第一届非洲人民议会（CAP）会议，历史学家卡莫兹·乌达卡（Komozi Woodard）对这次会议给予了很高的评价，称该会议是“现代黑人集会运动”中具有里程碑意义的事件。①正是在亚特兰大举办的这次会议上，非洲人民议会被确立为众多黑人政治和文化团体的广泛思想领域的长期保护伞。②事实上，激进民族主义一直控制着非洲人民议会，直到 20 世纪 70 年代中期，组织内部马克思主义和文化民族主义发生派系冲突，并导致该组织最终走向灭亡。

三、南方黑人文艺运动期间诞生的重要黑人期刊和组织

（一）黑人世界研究所

黑人世界研究所最初隶属于马丁·路德·金纪念中心，而不是某一所黑人学院或大学。黑人世界研究所坐落于亚特兰大，机构成立之初，其组织者有志将之建成一个对进一步发展黑人文艺运动有浓厚兴趣，并对学界兴起的黑人研究进行研究的学术研究中心。发起创建这一机构的是斯贝蔓大学历史学系主任、历史学家文森·哈丁（Vincent Harding）以及莫尔豪斯学院英语系主任斯蒂芬·亨德森（Stephen Henderson）。事实上，有关黑人研究的中心问题，研究所所列的 10 个项目和活动中的第二项就是和民族主义艺术有关的：

① Komozi Woodar, *A Nation within a Nation: Amiri Baraka and Black Power Politics*, Chapel Hill: University of North Carolina Press, 1999, p. 219.

② Ibid., 219.

鼓励正在探寻黑人美学意义和试图培植黑人创造力赖以滋生土壤的有创造性的艺术家。[①]

需要进一步说明的是，尽管黑人世界研究所和金中心（King Center）有联系，但是离开了黑人学校，黑人世界研究所的存在是不可能的，这也是黑人世界研究所在声明中承认的事实。1969 年，黑人世界研究所成为一个独立的组织。该组织在学术上致力于社会和政治分析研究，力图培养非裔美国人的自决、自我认识以及种族平等意识。黑人世界研究所特别重视教育在寻求社会变革的非裔美国人的运动中所发挥的作用。进入 20 世纪 90 年代，黑人世界研究所在文森·哈丁的领导下，开展研究，组织会议、演讲和出版物发行，并进行无线电广播节目制作、录制演讲系列节目和其他视听材料等活动，教育和社会科学最终成为该机构的聚焦点。

（二）《黑人世界》与《第一世界》

最能证明亚特兰大黑人文艺运动优缺点的证据或许可从前《黑人世界》的编辑霍伊特·富勒（Hoyt W. Fuller）和其他创办黑人权力或黑人文艺期刊来取代《黑人世界》的尝试中窥见一斑。[②]《黑人世界》是一本拥有庞大读者群的最重要的黑人文艺和黑人权力运动学术期刊。在一场关于该刊涉嫌反犹太思想的激烈辩论后，其母公司约翰逊出版公司于 1976 年停办了这家期刊。反犹太主义不过是这场激辩中表面化的问题，而真正的问题是发行过《乌木》（《Ebony》）和《煤玉》（《Jet》）等极富影响力期刊的约翰逊出版公司无意继续发行一本思想激进、发行面广但并不盈利的学术期刊。当然，这是富勒和出版公司多年来一直悬而不决的问题。然而，非洲人民议会等重要组织的内讧加速了黑人权力运动的衰败，这一衰落也减少和分化了《黑人世界》的读者群。因此，尽管黑人文艺运动的参与者做出相当大的努力，通过向约翰逊出版公司施压的方式试图维持这本杂志的运转，但这些

---

① James Smethurst, The Black Arts Movement and Historically Black Colleges and Universities, In Lisa Gail Collins & Margo Natalie Craford, eds., *New Thoughts on The Black Arts Movement*, New Brunswick, New Jersey, and London: Rutgers University Press, 2006, p. 86.

② James Edward Smethurst, *The Black Arts Movement: Literary Nationalism in the 1960s and 1970s*, Chapel Hill: The University of North Carolina Press, 2005, p. 338.

努力终成泡影。

随后，黑人艺术家们考虑创办一本新的期刊《第一世界》(《First World》)，创办者希望这场运动完全控制该杂志，不需要依靠冷漠主办人的经济资助，并让这本杂志担当起《黑人世界》所拥有的职责。富勒的出生地亚特兰大汇集了非裔美国人学院和大学以及思想偏于激进的黑人教师，其中包括斯蒂芬·亨德森和富勒的密友理查德·朗（Richard Long）。此外，亚特兰大的马丁·路德·金中心和黑人世界研究所还是全美的民权运动和黑人研究中心，这些都使得亚特兰大看起来像一个开办这家期刊的理想地点。然而，这家期刊于 1977 年炫丽登场后仅维持了几年便于 1980 年关门歇业。1981 年富勒英年早逝，让这家期刊“重新收拾旧山河”的梦想化为灰烬。

尽管《第一世界》还算不上那个时代消失的唯一一本重要的黑人学术或文化期刊，但从某种程度上讲，这家期刊亲尝了造成黑人文艺运动在全国范围内整体衰落的分裂之果。[①]人们早期所做的试图创办一家可以取代《第一世界》的期刊的工作是在亚特兰大之外的地区进行的。需要指出的是，《第一世界》的失败除了黑人权力运动和黑人文艺运动在全国衰落的因素外，同时也因为人们无力在亚特兰大创建可以超越对《黑人世界》的发展至关重要的大学中心区网络以及地方支持网络。[②]应当说，这是一个以亚特兰大整体文化运动为特点的失败。

（三）自由南方剧团及其他

通常来讲，南方的民权运动和黑人文艺文化机构间的界限是模糊不清的。与北方的黑人文化机构大致相同，学生非暴力协调委员会自由歌手（Freedom Singer）和自由南方剧院（Free Southern Theatre）等不单纯是南方民权运动的支持者，这些机构实际上是民权运动突出特点的体现。自由南方剧院（Free Southern Theatre）是一家于 1963 年在传统的黑人大学密西西比陶格鲁学院（Tougaloo College）校园内创办的组织，其创立者是约翰·奥尼尔（John O'Neal）、多丽丝·德比（Doris

① James Edward Smethurst, *The Black Arts Movement: Literary Nationalism in the 1960s and 1970s*, Chapel Hill: The University of North Carolina Press, 2005, p. 339.

② James Smethurst, The Black Arts Movement and Historically Black Colleges and Universities, In Lisa Gail Collins & Margo Natalie Craford, eds., *New Thoughts on The Black Arts Movement*, New Brunswick, New Jersey, and London: Rutgers University Press, 2006, p. 87.

Derby）和吉尔伯特·摩西（Gilbert Moses）。组织的领导人有意将之打造成南方民权运动的文化和教育拓展机构，这一组织和黑人文艺运动特别是黑人戏剧运动（Black Theatre Movement）联系紧密，其中的几位成员在美国国内享有较高声誉。组织的领导人着意把自由南方剧院的活动免费推向美国南方腹地各州（Deep South），介绍给接触不到文化作品和戏剧形式的社区中去。该组织融其美学目标和政治诉求于一身，竭力向人们展示非裔美国文化中的积极元素，借此发出社会抗议的声音。尽管这一组织备受个人和政治矛盾的困扰，但是它仍是美国南方最重要的以社区为基础的黑人文艺活动先驱性组织。自由南方剧院推动了最成功的黑人文艺的区域性展示。①

诗人和批评家 A. B. 斯派曼在移居亚特兰大之后，成为"黑人艺术中心"的重要组织者以及《韵律》期刊的主要创办人，他的这些以草根民众为中心的新举措很大程度上是以接受了激进思想的黑人大学社区为基地，其目标特别针对的是南方以外的支持者。事实上，人们后来发现，像斯派曼一样迁居到美国南方地区并在亚特兰大黑人学校工作的黑人知识分子和当地社区民众总有一定的距离和疏远感，至少他们迁来之初的情形是这样的。《蟋蟀》（《cricket》）是一本总部设在纽沃克的黑人音乐期刊，期刊的编辑是黑人文艺运动的重要领导人巴拉卡、尼尔和斯派曼。在一篇关于亚特兰大情况的报告中，斯派曼清楚地指出，尽管在亚特兰大黑人社区有纽约所缺乏的根深蒂固的音乐和艺术文化，但是亚特兰大的音乐和艺术并不先进。②

20 世纪 60 年代末 70 年代初，在霍华德大学、亚特兰大大学校园内召开过一些重要会议，比较有名的当属在 1968 年召开的面向黑人大学（Toward A Black University）会议。这些会议把许多激进的黑人文化和政治领导人聚到了一起，再一次为黑人政治、教育和艺术提供了国内层面甚至国际层面的结合。

黑人文艺运动时代，作为非裔美国人"精神家园"的美国南方地区成为黑人学生、知识分子以及深受民权运动、黑人权力和黑人文艺运动政治影响的艺术家

① Ibid., p.77.
② James Smethurst, The Black Arts Movement and Historically Black Colleges and Universities, In Lisa Gail Collins & Margo Natalie Craford, eds., *New Thoughts on The Black Arts Movement*, New Brunswick, New Jersey, and London: Rutgers University Press, 2006, p. 86-87.

聚集地，这些黑人艺术家和知识分子在南方地区的城市积极开展非裔美国政治和文化活动，这些活动不仅激励了当地以及这些地区以外的黑人艺术家，也极大地推动了黑人文艺运动在全国范围内的发展。

第四节 监狱中的黑人文艺运动

黑人文艺运动时期，包括黑人在内的许多美国人因参与反战、反殖民扩张、以及反种族主义等活动而锒铛入狱。据统计，1970 年，美国监狱中半数以上的囚犯是非裔美国人。在纽约州，美国黑人占到监狱囚犯总数的 70%左右。[①]美国监狱文化生活也因此发生了深刻变化。此外，当时的刑事司法体系罔顾犯罪的性质，对非裔美国人、土著美国人和拉丁裔美国人采取不公正的待遇，“政治犯”的定义也便发生了彻底的变化。[②]黑人积极分子认为许多非裔美国人被捕入狱是出于政治原因，他们遭受不公正的审判，其处境悲惨，这一切要归因于种族主义和阶级剥削。[③]随着监狱当局、大学、政府和非政府的资助机构开始在美国主要管教机构开展雄心勃勃的文艺和教育项目实验，黑人权力运动在监狱内外将文学、视觉和表演艺术明确政治化。来自政治、文化以及监狱管理的种种影响交织在一起，创造了堪称 20 世纪六七十年代的“监狱文艺运动”。在这场运动中，来自各个种族、各种文化的艺术家和作家名声大噪，引起了广泛关注，创造了惊人的作品销量，并带来了持久影响。如杰克·亨利·阿尔伯特（Jack Henry Abbott）、吉米·圣地亚哥·巴卡（Jimmy Santiago Baca）、卡洛琳·巴克斯特（Carolyn Baxter）、克劳德·布朗（Claude Brown）、爱德华·邦克（Edward Bunker）、埃尔德里奇·克里夫（Eldridge Cleaver）、艾莉卡·哈金斯（Erika Huggins）、乔治·杰克逊（George Jackson）、埃瑟里奇·奈特（Eltheridge Knight）、米格尔·皮妮罗（Miguel Pinero）、

① Darlene Clark Hine &William C. Hine & Stanley C. Harrold, *The African-American Odyssey (Combined Volume) 4th edition*, New Jersey: Prentice Hall, 2010, p. 612.

② Lee Bernstein, Prison Writers and the Black Arts Movement, In Lisa Gail Collins & Margo Natalie Craford, eds., *New Thoughts on The Black Arts Movement*, New Brunswick, New Jersey, and London: Rutgers University Press, 2006, p. 297.

③ Darlene Clark Hine &William C. Hine & Stanley C. Harrold, *The African-American Odyssey (Combined Volume) 4th edition*, New Jersey: Prentice Hall, 2010, p. 612.

阿萨·夏库尔（Assata Shakur）、艾斯伯格·斯利姆（Iceberg Slim）以及皮锐·托马斯（Piri Thomas）等艺术家和作家。①

囚犯，特别是囚犯中的艺术家与黑人文艺运动关系密切，而无论是监狱内外的个人还是机构都为这种联系做出了很大的努力。尽管监狱文艺和教育项目的创办者希望让囚犯们接触文艺并接受教育从而有助于他们的改造，而囚犯中的艺术家们则相信他们自己是为改革服务的艺术家。无论是在他们的作品中，还是在一个种族压迫的社会，他们所提供的象征符号中，囚犯都是黑人文艺运动革命目标的核心。②

一、美国监狱中的教育项目

在整个 20 世纪六七十年代，联邦政府和州政府以及主要的非盈利资助机构为监狱文艺和教育项目提供了关键性的支持。从 1965 年到 1973 年，美国监狱中大学级别的项目增加了 15 倍之多，达到了 182 个。而到了 1982 年，在 45 个州的 350 个项目中，大约 10%的囚犯进入监狱大学。1965 年创立的佩尔助学金项目被认为对监狱中大学教育推动力最大。一直到 1991 年，这一项目都为符合条件的囚犯的大学教育提供资金支持。此外，美国国家文艺基金会出资资助监狱作家出版他们的作品，而其他组织开始所采取的主要举措旨在创建监狱内的独立项目。在爱洛伊斯·史密斯（Eloise Smith）的领导下，加利福尼亚文艺委员会把加利福尼亚州的监狱纳入成立于 1976 年的“社会机构项目艺术家”中，这一项目最终演变为 1981 年的“改造中的文艺计划”（Arts-in-Corrections program）。③

在很多情况下，此类项目都在为美国监狱中日益激进的意识形态提供非暴力的解决方法。在 1968 年监狱暴动的余波下，俄勒冈州监狱开启了一项创意写作项目。1973 年，亚利桑那州狱政局联合国家文艺和人文科学委员会在亚利桑那州监狱成立作家研讨会。同年，美国国际笔会（PEN American Center）为囚犯们举办

① Lee Bernstein, Prison Writers and the Black Arts Movement, In Lisa Gail Collins & Margo Natalie Craford, eds., *New Thoughts on The Black Arts Movement*, New Brunswick, New Jersey, and London: Rutgers University Press, 2006, p. 297.

② Ibid., p. 298.

③ Lee Bernstein, Prison Writers and the Black Arts Movement, In Lisa Gail Collins & Margo Natalie Craford, eds., *New Thoughts on The Black Arts Movement*, New Brunswick, New Jersey, and London: Rutgers University Press, 2006, p. 298.

了第一届文学竞赛，此后，这一项目每年举办一次。位于圣昆丁的贝克莱监狱大学中的加利福尼亚大学（The University of California at Berkeley's Prison College）于 1968 年受到福特基金会的资助，成为日益繁多的美国监狱学位授予项目中最富雄心的项目之一。

长期以来，在监狱内外测定精神状态和智力水平都被当局看作种族分离的一种有效手段，可谓臭名昭著。无独有偶，排斥非裔美国人和在国外出生的美国人参加改良性监禁也有很长一段的历史。1901 年，纽约贝德福德山女子教养所（Bedford Hills Reformatory for Women）宣布成立，然而法官们继续判处绝大多数非裔美国女性和在国外出生的妇女在奥伯恩（Auburn）接受惩罚性监禁。如此看来，大部分法官只把本土出生的白人妇女作为改革的合格候选人。此外，美国南方的监狱农场很可能是奴隶制最富戏剧性的残余物，这些农场往往就是以前的种植园，连女子监狱的监狱长都要求囚犯们称呼他们为女主人（Mistresses）。

尽管美国劳教机构为监狱中的文艺和教育发展做出了巨大的努力，但是不同种族、不同性别的人并没有享有均等的机会。例如，墨西哥裔美国诗人吉米·圣地亚哥·巴卡曾记述 20 世纪 70 年代自己试图参与普通教育开发项目时所遭受到的挫败。巴卡提出申请后，监狱方面拒绝了他的请求，之后，他拒绝接受安排在厨房的工作。因为，每天长达 23 小时他“被囚于地牢中的最安全的密室”。[①]尽管他在狱中能够接受文化教育，但他所接收的教育不过是被迫抄写一位基督教科学家送给他的免费小册子上的文章，以之作为练习读写能力的手段。

以上所举并非孤例。与美国其他地方相比，监狱里的穷人和有色人种比例已经相当高。例如，1973 年，非裔美国人占美国在押囚犯总人数的 40%，但是在 20 世纪六七十年代，监狱教室里穷人和有色人种的比例却并没有这么高。例如，1968 年，圣昆丁监狱中白人占 54%，但参与大学项目的白人占到 70%。非裔美国人占狱中囚犯的 30%，而参与大学项目的占 20.2%。同样，占狱中囚犯 15%的墨西哥裔美国人，参与大学项目的仅占 9.2%。[②]决定这些数字显著差异的关键因素仍然

---

① Jimmy Santiago Baca, *A Place to Stand: The Making of a Poet*, New York: Grove Press, 2001, p. 162.
② Stuart Adams, *The San Quentin Prison College Project*, Berkeley: School of Criminology, University of California, April 1968, p. 27.

是——囚犯能否参与大学教育项目要以测定的精神状态和智力水平为依据。

符合接受此类教育条件的非裔美国囚犯对 20 世纪六七十年代兴起的写作作坊持批判态度。在他们看来，老师们过于妥协让步，完全按照制度要求教给学生能实现个人转变或者这一时代各种解放运动中能实现经济、政治目标的内容。[①]朱诺·巴卡利·琼北（Juno Bakali Tshombe）是马萨诸塞州的一名囚犯，他认为这些项目缺乏政治意义，是意识形态控制和心理战的手段："很明显，政府当局打算'让黑鬼们上演描述彼此生活状况的戏剧或者写出人们不屑一顾的诗歌，但是无论如何决不能让他们创作任何带有政治色彩的东西'"。[②]

相比之下，监狱教育工作者对部分批判内容予以肯定，他们经常谈及"恢复"（rehabilitation）而不是很多运动积极分子所追求的解放。[③]他们相信在惩罚性机构里，"教育"是实现监狱里囚犯的革新、改正或改造的过程或手段。这种教育囊括了可以融入囚犯生活的各种各样的经历，也包含了囚犯们接触到的监狱里每个部门和分支机构所组织的活动，它超越了现在司空见惯的学术和职业教育项目，从而把监狱和管教所基本上打造成为酷似学校的教育机构。

当然，并非所有的项目不受囚犯们欢迎。马萨诸塞州监狱诺福克的艾尔玛·路易斯剧场技术培训项目（Elma Lewis Technical Theater Training Program）就是一个例外。本部设在波士顿的国家非裔美国艺术家中心是一个与黑人文艺运动关系非常密切的组织，而艾尔玛·路易斯则是这一组织的核心人物。路易斯的项目目的独特，对囚犯们的影响深远。当时，诺福克所包含的项目涉猎广泛，小到油燃器修复，大到普通教育开发和大学水平课程。参与过诺福克戏剧项目的冲伯曾感言："只有艾尔玛·路易斯的项目是在致力于获得思考能力的提升，寻求与被囚禁黑人囚犯息息相关的积极方向，让他们为获得自我意识和种族意识而进行卓有成效

① Lee Bernstein, Prison Writers and the Black Arts Movement, In Lisa Gail Collins & Margo Natalie Craford, eds., *New Thoughts on The Black Arts Movement*, New Brunswick, New Jersey, and London: Rutgers University Press, 2006, p. 300.

② Juno Bakali Tshombe, Psychological Warfare at Norfolk Prison Camp, In Elma Lewis, Alfred Howell &Ted Polumbaum, eds., *Who Took the Weight?: Black Voices from Norfolk Prison*, Boston: Little, Brown and Company, 1972, p. 95.

③ Lee Bernstein, Prison Writers and the Black Arts Movement, In Lisa Gail Collins & Margo Natalie Craford, eds., *New Thoughts on The Black Arts Movement*, New Brunswick, New Jersey, and London: Rutgers University Press, 2006, p. 300.

的分析。”[①]该项目的艺术家和作家们自称为“诺福克监狱的弟兄”。很多囚犯将自己的名字改成斯瓦希里或伊斯兰名字，一些囚犯还积极参与伊斯兰民族组织的活动，他们把以利亚・穆罕默德、安吉拉・戴维斯或穆罕默德・阿里的照片挂在牢房里，以示纪念。

由于体制内要求变革的动力越来越大，监狱作家和艺术家接触到了既有天赋又有经验的老师。[②]诺福克项目和黑人紧急文化同盟（BECC）监狱文化组织的监狱文艺项目是黑人文艺运动时期众多项目中非常独特的两个。需要指出的是，制度背景有时使得通过文艺来追求激进的目标相当困难。由于无限期刑罚在司法领域里的广泛应用，有些政府官员对政治活动极不友好，他们会给囚犯判处可以假释的长期监禁。然而，黑人文艺运动经常为追求的共同目标带来视觉和文学修辞方面的活力。对一些囚犯而言，黑人文艺运动帮助他们确定某个项目是否是“驯服”他们的心理战工具或者是通往个人或集体解放的路线。反过来，对监狱外与日俱增的非裔美国艺术家来说，囚犯们成为了一种核心符号。[③]

二、监狱中的黑人文艺运动

（一）美国监狱——黑人社区生活的延伸

事实上，监狱往往会成为催化社会变革的场所。19 世纪中叶，亨利・大卫・梭罗（Henry David Thoreau）的入狱经历使得他创作出了鼓舞人心的作品《论公民的不服从》(《Civil Disobedience》)。尤金・德布（Eugene Debs)、凯特・理查德・奥黑尔（Kate Richards O’Hare)、吉米・霍法（Jimmy Hoffa）以及马丁・路德・金，都以其入狱经历作为受压迫的证据，成为激励其开展黑人解放运动的契机。很明显，这种传统在 20 世纪 60 年代到 70 年代初得到了延续。众所周知，马尔科姆・爱克斯曾在美国马萨诸塞州监狱中服过刑，他在自传中坦言正是他在弗吉尼亚州的诺

① Juno Bakali Tshombe, Psychological Warfare at Norfolk Prison Camp, In Elma Lewis, Alfred Howell &Ted Polumbaum, eds., *Who Took the Weight?: Black Voices from Norfolk Prison*, Boston: Little, Brown and Company, 1972, p. 95.

② Lee Bernstein, Prison Writers and the Black Arts Movement, In Lisa Gail Collins & Margo Natalie Craford, eds., *New Thoughts on The Black Arts Movement*, New Brunswick, New Jersey, and London: Rutgers University Press, 2006, p. 301.

③ Ibid., p. 302.

福克服刑的经历促使其开展宗教政治改革。马尔科姆·爱克斯、休伊·P. 牛顿（Huey P. Newton）、乔治·杰克逊（George Jackson）、埃里卡·休金斯（Ericka Huggins）和安吉拉·戴维斯（Angela Davis）也都一致认为，黑人囚犯不仅在黑人解放运动中发挥了关键作用，在黑人中间也产生了核心影响力。[①]20 世纪 60 年代晚期到 80 年代初期，美国东部海岸的阿提卡爆发了 300 多起监狱犯人暴动事件，其中的 48 个犯人在 1968 年到 1971 年被监狱集中看守。这些监狱起义没有被讥讽为恶劣行径，反而被称为美国历史上民族政治暴动愈演愈烈的重要标志。1972 年，囚犯作家爱德华·邦克（Edward Bunker）在《哈泼杂志》（《Harper's Magazine》）上撰文，称这些起义为“狱墙内的战争”。[②]

1968 年，非裔美国理论家罗恩·卡伦加（Ron Karenga）曾这样写道：“黑人艺术必须揭露敌人，颂扬人民，支持革命。”[③]由此，囚犯便成为了这一新美学形成的重要标志和催生这一新美学的生力军。监狱中的非裔美国囚犯不是非裔美国人社区的弃儿，他们向世人证明了在整个美国历史上，非裔美国黑人仍然深受压迫。有些艺术家有时会受到自身刑事审判遭遇的影响，或是受到马尔科姆·爱克斯、安吉拉·戴维斯、乔治·杰克逊和艾德里奇·克里弗的作品影响，他们用“警官”来比喻“白人的压迫”。在诗歌和戏剧中，囚犯成为了潜在的革命者，而监狱守卫和警察倒成了白人权力结构的冲锋队员。[④]

包括艺术家等在内的激进分子越来越发现政治犯与非政治犯的差别已经变得微不足道。纽约州黑豹党情报局的副局长柴德·夏库尔，在 1970 年发表的一篇题为《美国是监狱》的文章中提到了马尔科姆·爱克斯。文中夏库尔认为监狱之外的生活仅仅是“黑人社区生活的延伸”罢了：

① Lee Bernstein, Prison Writers and the Black Arts Movement, In Lisa Gail Collins & Margo Natalie Craford, eds., *New Thoughts on The Black Arts Movement*, New Brunswick, New Jersey, and London: Rutgers University Press, 2006, p. 302.

② Edward Bunker, “War Behind Walls, ” *Harper's Magazine* , February 1972, p. 39-47.

③ David Lionel Smith, Black Arts Movement, In Colin A. Palmer, ed., *Encyclopedia of African-American Culture and History*, Detroit: MacMillan Reference USA, 2005, p. 327.

④ Lee Bernstein, Prison Writers and the Black Arts Movement, In Lisa Gail Collins & Margo Natalie Craford, eds., *New Thoughts on The Black Arts Movement*, New Brunswick, New Jersey, and London: Rutgers University Press, 2006, p. 302.

> 他们所谓的“教养所”（即监狱）和你们生活的社区同样充斥着这些不堪的东西：毒品、疾病、警察暴行、谋杀和遍地乱窜的老鼠。我们发现那些大部分好战的不满社会的青年都曾在监狱中消耗过他们的青春。80%的囚犯是黑色人种、棕色人种和黄色人种。如果你环顾四周，感慨“我的朋友们都遭遇了什么？我许久没看见他们了”，于是当你被捕了，入狱了，就会发现他们原来在这里。[①]

美国学者罗伯特·安·约翰逊（Roberta Ann Johnson）认为，监狱成为引发黑人权力运动的导火索。[②]在他看来，无论在监狱还是非裔美国人社区，都存在打斗、锒铛入狱、医疗教育条件差以及工作岗位少等各种危机。这些非裔美国人越来越多地看到了监狱内外生活经历和环境的相似之处，于是那些维护社会公平正义活动的主要言论和目标，便由消除种族隔离变成了要求掌握权力。在这一点上，所有黑人囚犯的解放成为为自由抗争的核心组成部分。休伊·P. 牛顿是黑豹党的创立者，其被捕入狱一事曾是黑豹党发起斗争的中心议题，他在悼念约翰娜·杰克逊和威廉·克里斯特时指出：“任何一部由压迫者制定的用来约束被压迫者的法律都不该受到尊重。”[③]在许多非裔美国作家的眼中，囚犯们的生活恰恰是“自由的”非裔美国人经历的写照。因此，解放非裔美国黑人囚犯和消除美国白人霸权同步发展，相辅相成。

对于一些参与黑人文艺运动的作家来说，囚犯远不只是黑人受压迫的标志，几位黑人文艺运动的重要人物都曾被囚禁。早在 1961 年勒鲁瓦·琼斯因受到猥亵指控而被拘捕。后来，他改名为阿米利·巴拉卡并更多地参与到文化民族主义组织当中。此后，他又接连受到了美国联邦调查局和其他刑事司法组织的监视和骚扰。1967 年，他又先后两次被捕，第一次被捕发生在纽沃克暴动当天晚上，第二次则是因为持有武器而被拘留。在关于持枪的审判中，巴拉卡

---

① Zayd Shakur, America is the Prison, In G. Louis Heath, ed., *Off the Pigs! The History and Literature of the Black Panther Party*, Metuchen, NJ: The Scarecrow Press, 1976, p. 247-248.

② Roberta Ann Johnson, “The Prison Birth of Black Power”, *Journal of Black Studies*, Vol.5, No.4 (June 1975), p. 395-414.

③ Lee Bernstein, Prison Writers and the Black Arts Movement, In Lisa Gail Collins & Margo Natalie Craford, eds., *New Thoughts on The Black Arts Movement*, New Brunswick, New Jersey, and London: Rutgers University Press, 2006, p. 303.

因拒绝一个完全由白人组成的陪审团的判决而被指控为蔑视法庭，二是被判在新泽西州莫里斯敦监狱被羁押了 30 天。在最初的持枪案指控中，法官宣读了巴拉卡的一首言辞异常激烈的诗歌《黑人》（1967）。巴拉卡认为仅凭这一首诗歌就给予服刑三年的判决太过严厉。正如巴拉卡所说，“他因为两把枪和一首诗就锒铛入狱了”。最终，巴拉卡被带到新泽西州特伦顿监狱服刑，在那里他与他的中学同窗旧友再度相逢，而且结识了一些 “真正的勇士和许多学者”。巴拉卡很快对其判决提出上诉，并于入狱一周后获得保释。他赢得了上诉，但是狱中的经历却使他看到监狱“真正的作用是成为受压迫的穷人和少数族裔的看管机构”。[①]

三、黑人文艺运动中的监狱作家和艺术活动

许多非裔美国囚犯和有过服刑经历的黑人文艺运动作家把自己的经历融入自己的创造中。巴拉卡曾在自己的著作中讲述自己被审判和服刑的经历。他在美国巴尔的摩市的埃塞克斯监狱服刑期间，创作完成了《提起种族，光辉不再》（*Raise Race Rays Raze*）的一部分，1967 年他把自己对非裔美国警察的尖锐批评编成剧本，取名为《警察》（《Police》），并于 1968 年首次出版。在这一作品中，一个名为“黑警官”的角色谋杀了另一个角色“布莱克 • 曼（Black Man）”。当布莱克曼的兄弟和妻子为他哀悼时，“黑警官”遭到了幸免于难的“布莱克 • 伍曼（Black Woman）”的辱骂：“他和我再没有任何关系了……这个卑鄙无耻的谋杀犯……白人的走狗。”这部独幕剧的结局是，“黑警官”在布莱克 • 伍曼的斥责命令下自杀身亡。人们看到“白人警官们”“垂涎他的尸体，有一些人在他们怪诞的宴会上，甚至将他的肉撕成大块食用”。受其在狱中与非裔美国警官经历的影响，巴拉卡将拘留写成是一次既表现压迫又彰显解放的遭遇。同为黑人，一个是警官，一个却是受害者——结局是两人都难逃一死。一位死于为压迫者服务的过程中，而另一位得到的是暂时的报应。白人警官对这两者的死都无动于衷，这凸显了巴拉卡对于发生在马丁 • 路德 • 金于 1968 年遇刺之后的暴力事件中，他对所遇到的非裔美国警察的看法：“某人或某事造就了他，很明显，我所听到的是在他的头脑中运转

① Amiri Baraka, *The Autobiography of LeRoi Jones*, New York: Freundlich Books, 1984, p. 280.

的磁带的声音。”[①]

除巴拉卡外，还有一些艺术家和作家因政治立场问题而被囚禁。马尔文 • 爱克斯是一位来自于旧金山的剧作家，而且是“黑人之屋”“黑人文艺西方部剧院”以及复苏剧院的创办人，他曾因为拒绝征召令而被禁。1968 年，他以自己的狱中经历为题材，在监狱中完成了剧作《干正事》(《Take Care of Business》)。剧中的维斯曾被人称为“扎着头巾的民族主义者”，而乔 •西蒙则是“一个典型的大学生”，他们两人因被诬告犯有“吸食毒品罪”而被捕入狱。乔的父亲不相信儿子是无辜的，因此拒绝将其保释出狱。维斯羞辱监狱守卫，并以讽刺回击种族主义，而乔则发现礼貌的举止和高等学校的文凭根本无济于事。当两个年轻人意识到他们的黑人身份促使他们有同样的境遇时，阶级差异便开始消融了。

黑人权力运动中，监狱被看作维护白人至高无上统治权力的工具，而狱中囚犯的作用则是瓦解这种独裁专制权。在黑人文艺运动中，许多艺术家同黑人囚犯一起创作了大量作品，这些作品将黑人囚犯的英雄主义和自由解放精神阐释得淋漓尽致。一些重要的黑人文艺运动作家从非裔美国黑人的民俗传说和布鲁斯传统中汲取养分，并运用于他们的创作中。长期以来，这些传统突出同美国刑事司法制度之间进行斗争，许多作品也应运而生，至今仍保留在重建南方（Reconstruction South）的监狱农场中。

詹姆斯 • A • 朗（James A. Lang）是一个来自诺福克的穆斯林诗人，朗在其短篇小说《革命的产生（毁灭？）》(《The（Un?）Making of a Revolutionary》) 中，塑造了这样一个形象：埃迪（Rddie）曾在狱中经历了自己宗教信仰和政治信念的转变。他不满自己失业、大材小用的现状，也无法忍受被派遣到越南参战，于是他转而抢劫银行。在狱中，“黑人的完全解放”一度成为他“唯一的信念”。监狱使他“有机会从一个更宽泛的角度，审视黑人在美国社会所处的困境”。[②]他为此倾注心血并最终认识到“以任何必要的形式”消灭毒贩子和皮条客是他的首要任务。然而，就在他被释放之际，他完全被他的哥哥所吸引：他的哥哥头戴一顶“六

---

① Amiri Baraka, *The Autobiography of LeRoi Jones*, New York: Freundlich Books, 1984, p. 273.

② James A. Lang, The (Un?) Making of a Revolutionary, In Elma Lewis, Alfred Howell &Ted Polumbaum, eds., *Who Took the Weight?: Black Voices from Norfolk Prison*, Boston: Little, Brown and Company, 1972, p. 134.

英寸宽沿、蓝色镶边的白色长毛獭皮帽”，驾驶一辆崭新的凯迪拉克“黄金帝国”豪车，一只手拿着大麻，另一只手揽着两名妓女。他的哥哥已经成为一名“了不起”的皮条客了。故事的结尾给读者留下悬念，埃迪能否经受住诱惑继续他的暴力革命？他是亲手杀死他的哥哥还是学他哥哥一起嗑药？这究竟是革命的毁灭还是使命的完成？这些都成为留待读者去想象和思考的问题。

狱中的作家们坚信，所有黑人囚犯能够而且确实成为了变革的催化剂。埃瑟里奇·奈特是这一时期监狱中涌现出的最为著名的诗人，他希望自己的诗歌，连同他将作品广泛推广到监狱同胞中去的所有努力，能够最终成为革命的助推器，以提高黑人的解放意识。文学评论家帕特里夏· 利金斯·黑尔（Patricia Liggins Hill）强调指出，“奈特希望把自己的狱中经历作为没有自由的空虚世界的缩影，而这也是他的人民正在遭受着的。”[①]

黑人文艺运动期间，监狱中的黑人女性在这场革命中也扮演了重要的角色。1979 年，卡洛琳·巴克斯特（Carolyn Baxter）发表的监狱诗集《狱中独处与其他政府免费服务》（《Prison Solitary and Other Free Government Services》）与世人见面，并广受公众关注。黑豹党成员艾瑞卡·哈金斯（Ericka Huggins）在美国康涅狄格州奈安蒂克监狱（Niantic State Prison）发表了大量诗歌作品，她的作品被收录在安吉拉·戴维斯（Angela Davis）[②]的作品集《假如他们踏着晨曦走来》（《If They Come in the Morning》）中，该文集是戴维斯在马林县监狱（Marin County Jail）服刑期间创作并编辑完成。哈金斯的作品反映了她对社会变革所做出的努力，她认为监狱不过是横在非裔美国黑人面前的众多面墙中的一面而已。诗人表达了扫除所有障碍的愿望，而且她明白黑人需要越过所有的铜墙铁壁才能迈过横在面前的政治经济界限。[③]

监狱文艺运动期间，人们不仅可以看到许多女性作家的身影，同时，在男性

---

① Lee Bernstein, Prison Writers and the Black Arts Movement, In Lisa Gail Collins & Margo Natalie Craford, eds., *New Thoughts on The Black Arts Movement*, New Brunswick, New Jersey, and London: Rutgers University Press, 2006, p. 311.

② 安吉拉·戴维斯是 20 世纪 60 年代美国著名的女政治家和激进人士，美国共产党和黑豹党领导人之一。

③ Lee Bernstein, Prison Writers and the Black Arts Movement, In Lisa Gail Collins & Margo Natalie Craford, eds., *New Thoughts on The Black Arts Movement*, New Brunswick, New Jersey, and London: Rutgers University Press, 2006, p. 308.

作家创作的作品中，女性也成为拥有重要象征意象的角色。尽管一些黑人被囚禁，但他们仍然认为自己可以充当非裔美国黑人女性的守护者。作家伊幔尼·酷基茶古力（Imani Kujichagulia）曾是佛罗里达州监狱的一名犯人。在作品《女士，昂首向前走》（《Stride, Strut Lady》）中，他告诉一名妓女“来，走出寒冷吧，女士/把你的手给我……/告诉我，你的苦恼……女士/我来做你的守护神”。[①]伊幔尼提供的不只是一个温暖的房间，还有一双聆听的双耳。

埃瑟里奇·奈特在他的作品《暴利空间》（*The Violent Space*）中，主要探索白人男性对黑人女性身体的利用。当自己年仅 17 岁的妹妹被一个男人夺取童贞时，诗中的讲述者看到这样的情景无可奈何，只能甘愿掉进吸毒的陷阱来麻痹自己。奈特深受格温多琳·布鲁克斯、索妮亚·桑切斯、达德利·兰德尔和哈基·马德胡布提所创作作品的启发和鼓舞，1968 年出版了作品《狱中诗集》（《Poems from Prison》）。像尼尔和巴拉卡一样，奈特相信，诗歌应该代表黑人社区并带动黑人社区的变革，但是同时，他也承认，单凭一首诗是无法保护自己的女性同胞的。奈特在诗中暗示，他的歌仅仅能带来短暂的宽慰，却不会彻底改变姐妹同胞被蹂躏的现状。他发问道：“究竟谁是真正的囚犯？是那个年仅 17 岁的堕落少女，还是那个骑在她身上的恶魔？又或者是那个被囚禁的黑人，还是那个囚禁黑人的人？”奈特发现，自己的罪行与困扰美国黑人社区的大宗罪行相比，显得越发苍白无力。他曾写道：“有一个人站了出来，一手持枪，一手捧着《圣经》，剥削、奴役和关押其他所有的人（他做到了）。所以，那些被利用、被奴役的人便成为所谓的囚犯。到了该对这些称谓重新定义的时候了，到了该对号入座的时候了。”[②]

妓女这类人，一方面代表了部分非裔美国男性对于其女同胞剥削的意愿，另一方面也显示出其保护者的无能。[③]与此同时，来自“监狱文艺运动”的所有作品集中对“黑王后”（Black Queens）表达了尊敬之情，此类理想化的形象代表着所

---

① Imani Kujichagulia, “Stride, Strut Lady”, In *Bound and Free: The Poetry of Warriors Behind Bars*, Washington D.C.: King Publications, 1976, p. 18.

② Etheridge Knight, *Black Voice from Prison*, New York: Pathfinder Press, 1979, p. 6.

③ Lee Bernstein, Prison Writers and the Black Arts Movement, In Lisa Gail Collins & Margo Natalie Craford, eds., *New Thoughts on The Black Arts Movement*, New Brunswick, New Jersey, and London: Rutgers University Press, 2006, p. 309.

有黑人正在遭受着的压迫。一些作家遵循文学传统，引经据典，将女性作为其民族的象征，作为自由斗争的象征。“黑王后”的形象在黑人文艺运动期间的许多监狱作家的作品中出现过，迈克尔·托马斯在诗歌《致安吉拉》(《Poem to Angela》)中把“黑王后”安吉拉·戴维斯描写成一个彻底的革命者，但是，作为黑人惨痛遭遇的原型形象，她拥有所有作为普遍意义的“黑王后”所共有的特征。[①]黑王后发出的是痛苦的“人性之声”，她也可能会成为革命先驱。

与真实的安吉拉·戴维斯不同的是，“黑王后” 这一文学形象总是被摆在一个距离革命前线很远的观战台上。她在鼓舞黑人去领导革命，去战斗；她是爱和力量的源泉，正如1975年威利·爱克斯（Willi X）在加利福尼亚福森监狱创作的作品《我们人民的灵魂》中所述：

> 我写这些诗行，是为了歌颂爱，因爱而写，我的爱就是给你的爱。爱你的存在，这映照人民灵魂的爱啊！这通过四百年长期斗争让我们看清一切、拯救我们的爱啊！这爱给了我们苟活于世的希望，希望爱能够带我们逃离到一个充满希望的土地上。[②]

威利·爱克斯的作品大多被收录到诗集《被捕者的声音》(《Captive Voices》)中，其作品将黑人在监禁中存活的挣扎与所有黑人男女的共同战斗结合在一起。在他关于“希望国度”的期盼中，他又将现代黑人解放的努力和长期反对奴役、反对“黑人歧视法”、反对压迫的力量紧密联系起来。当然，黑人女性是所有努力的中心。[③]然而，“黑王后”只是为饥饿的灵魂提供了精神食粮，为孤独的人提供了理想。在这样一个男权社会，她很难发挥更大的作用。事实上，“黑王后”让人们洞悉到在没有女性的声音和“祖国”的情况下，男性的阳刚之气司民族主义的

---

① Gomvi Malik, Funky Nigger/Niggar Funky, In *Bound and Free: The Poetry of Warriors Behind Bars*, Washington D.C.: King Publications, 1976, p. 14.

② Willi X, To My Beautiful Woman, In Pancho Aguila, Saul Paul Austin & Charles Butler, eds., *Captive Voices:Echoes off the Walls III, An Anthology of Works By Folsom Writers*, Paradise, CA: Dustbook, 1975, p. 203.

③ Lee Bernstein, Prison Writers and the Black Arts Movement, In Lisa Gail Collins & Margo Natalie Craford, eds., *New Thoughts on The Black Arts Movement*, New Brunswick New Jersey, and London: Rutgers University Press, 2006, p. 310.

内在关系。[1]同许多监狱内外参与黑人文艺运动的作家一样，詹姆斯·朗在诗歌《致前妻》（《For Ex-Wife》）的开首便引出“黑王后”的形象。朗的民族主义拥有很明显的性别界限：女性充当着黑人民族的母亲。人们不清楚，朗在这首诗中所期待拥有的民族是否是家长制的。朗用“母亲”来取代基督教传统的祈祷词“神父”。在朗的心目中，“黑王后”不只是一个客体，她已经成为朗所期待拥有的“祖国”的化身。

正如其作品题目中所指的，诗歌开篇中富有象征意义的“王后”也是他的前妻。这首诗的主旨与诗人埃瑟里奇·奈特的诗歌《暴利空间》（《The Violent Space》）所要表达的中心有异曲同工之妙。朗注意到了这种在牢房内所产生的无助感。尽管“黑王后”这个形象贯穿整个黑人文艺运动，被监禁的作家们仍然为女性在保护自身的同时还服务于整个时代而倍感痛苦。

不得不提的是，作为监狱中的特殊群体，皮条客常常成为黑人文艺运动期间监狱作品中的重要形象去刻画。尼尔并未将潜在的同性恋视为建立政治同盟的途径，而是感觉在众多犯人中皮条客更适合成为潜在的革命力量。[2]然而，为了实现这一点，皮条客们往往需要经历政治立场的蜕变。假如没有这场政治蜕变，他们只能成为白人剥削的“中间人”。在作品《皮条客兄弟》（《Brother Pimp》，1966）中，尼尔表达了对皮条客的怨恨以及对他们能参与斗争的期望。

尼尔将这首诗题献给一个曾经干过皮条客，名叫艾斯伯格·斯利姆（Iceberg Slim）的作家，其作品《皮条客：我的人生故事》（《Pimp: The Story of My Life》）于第二年出版发行。[3]尼尔这首诗与他的众多有关马尔科姆·爱克斯的诗歌都表明他正试图树立从逃犯蜕变为革命者的榜样。“皮条客”这一意象，连同其他囚犯，都作为一种高于男子气概的、超越性之外的意象服务于这场变革。

1969年，克拉伦斯·梅杰（Clarence Major）《新黑人诗歌》（《The New Black Poetry》）的引言中写道，诗歌在把皮条客转变成革命者的变革中，充当着一种很重要的工具。正如拉里·尼尔希望受囚禁的非裔美国人能成长为“革命的皮条客”

① Ibid., p. 310.
② Ibid., p. 306.
③ H.Bruce Franklin, *Prison Writing in 20th Century America*, New York: Penguin, 1998, p. 167.

一样，梅杰认为新诗歌标志着“面向当代资本主义舞台上卓越的皮条客的死亡呼喊”（death cries to the pimp par excellence of the recent capitalistic stages of the world）。[①]朱诺·巴卡利·琼北（Juno Bakali Tshombe）在自己构思两个皮条客的对话中表现了这一主题。第一个问第二个：“一股崛起的黑人力量正在四处蔓延，你注意到了吗？”前者曾遭遇到威胁，有人警告他说，如果“不放弃反革命的东西”，就宰了他。在这之后，他们反复思考着这场民族文化运动给他们的事业带来的巨大影响。接着，他解释道，那一周早些时候，一帮民族主义者就阉割并杀害了三个皮条客，而且还在他们的脑门上贴上警告：任何像皮条生意一样的反革命的活动在民族主义社区再也不会出现了。第一个皮条客一边悲叹着招募妓女越发不易了，一边发誓要将自己的母亲拉到大街上去帮他拉生意。[②]

监狱作家为黑人文艺运动做出了很大的贡献。他们的狱中经历对于希望艺术能提高黑人民族意识并改变黑人境遇的“自由作家”来说，有其关键的隐喻意义。此外，这些作家和艺术家还通过同艾尔玛·路易斯（Elma Lewis）、本尼·安德鲁斯（Benny Andrews）和格温多琳·布鲁克斯等作家或艺术家的联系来参与这场运动。监狱作家的作品不断地回应这样一个主题：监狱归根结底就是一种白色压迫的象征。此外，他们还认为，监狱可以是黑人变革的根据地，而犯人却是因意识改变而引发的革命中的关键参与者。[③]

黑人文艺运动及其创立的机构为20世纪70年代的监狱里的艺术提供了其他重要的环境。哈莱姆工作室博物馆为20世纪70年代囚犯的艺术作品展示提供了一个平台。1977年秋天，艺术家本尼·安德鲁斯在美国最负盛名的非裔美国人社区中心的一家创意博物馆策划了一场名为“回响：监狱和美国”的展览。像艾尔玛·路易斯一样，安德鲁斯认为“这些男女老少的成就可以教育我们每一个人。”[④]诺福克项目无意直接干预主流文艺机构，与之相反，安德鲁斯强调这些作品对观众心

① Clarence Major, *The New Black Poetry*, New York: International Publishers, 1969, p. 11.

② Juno Bakali Tshombe, The Only for Real People (Two Pimps' View of Black People and the National Liberation Movement), In Elma Lewis, Alfred Howell &Ted Polumbaum, eds., *Who Took the Weight?: Black Voices from Norfolk Prison*, Boston: Little, Brown and Company, 1972, p. 8-13.

③ Lee Bernstein, Prison Writers and the Black Arts Movement, In Lisa Gail Collins & Margo Natalie Craford, eds., *New Thoughts on The Black Arts Movement*, New Brunswick, New Jersey, and London: Rutgers University Press, 2006, p. 311.

④ Ibid., p. 301.

目中的“艺术”产生的影响，也正是他所希望的：“监狱中的艺术家丧失了许多基本权利，无论他们的艺术造诣如何，他们也似乎丧失了被视为优秀艺术家的权利。人们不愿意对狱中艺术作品的创作方法保持开放心态。”[①]但是对包容性的渴望因安德鲁斯的努力而越来越强，因而艺术界最显赫的机构大门向非裔美国人的创造性作品敞开。安德鲁斯积极参与黑人紧急时刻文化联盟（Black Emergency Cultural Coalition），这一组织成立于1969年，当时是为了应对大都会艺术博物馆中具有争议的名为“哈莱姆在我心”的展览。由于非裔美国人没有参加展出的设计，且馆长决定展出的非裔美国画家和雕塑家的作品几乎为零，黑人紧急时刻文化联盟对之极为反感。不久之后，黑人紧急时刻文化联盟便成立了自己的监狱艺术项目，与纽约的监狱艺术家通力合作以进一步拓展其政治和美学事项的融合发展。工作室博物馆如同博物馆自身一样为那些原本无机会接触大众的艺术家创造了机会。

此外，黑人文艺运动的艺术家们在将囚犯的悲惨境遇作为创作主题的同时，也在将囚犯培养成为拥有艺术和文学抱负的非裔美国人方面发挥了积极作用。例如，费斯・林戈尔德（Faith Ringgold）在纽约的莱克斯岛与女囚犯们一同工作，创作了一副墙画；本尼・安德鲁斯在哈莱姆工作室博物馆组织了一场犯人文艺品展览；当诗人格温多琳・布鲁克斯仍在牢房创作时，她为著名的非裔美国监狱诗人艾瑟瑞吉・奈特（Etheridge Knight）作指导；此外，各种文艺组织以相似的方式为不胜枚举的监狱项目提供资金支持，并进行前景规划。

“监狱文艺运动”和黑人文艺运动无论在历史上、美学上，还是在意识形态上，都结合到了一起。应当说，这两场运动在本质上具有其相似性。首先，黑人文艺运动中的关键人物与被囚禁的艺术家和作家联系紧密；其次，在美学意识和意识形态信仰方面，监狱作家和艺术家通常学习和借鉴更为自由的同代人，因而也更像他们的同代人。第三，真实的监狱犯人在黑人文艺运动中扮演主要角色。正如马尔科姆・爱克斯所说，“美国是监狱”，而且非裔美国囚犯可以被准确地称

① Lee Bernstein, Prison Writers and the Black Arts Movement, In Lisa Gail Collins & Margo Natalie Craford, eds., *New Thoughts on The Black Arts Movement*, New Brunswick, New Jersey, and London: Rutgers University Press, 2006, p. 301.

为“监狱中的监狱”居民。[①]简而言之，20 世纪 60 年代晚期到 70 年代早期以其前所未有的方式见证了黑人监狱囚犯所受到启发和鼓舞，以及他们积极参与到一场大规模的文化运动中的过程。黑人文艺时代，许多黑人知识分子和艺术家通过其作品努力展现监狱内外黑人生活的一致性，揭露他们在身体和心理上忍受的压迫，控诉他们每天所体验到的种族主义待遇。

① Lee Bernstein, Prison Writers and the Black Arts Movement, In Lisa Gail Collins & Margo Natalie Craford, eds., *New Thoughts on The Black Arts Movement*, New Brunswick, New Jersey, and London: Rutgers University Press, 2006, p. 312.

第三章　黑人文艺运动代表人物及其思想

正如导言部分所指出的，黑人文艺运动造就了一大批黑人作家、诗人、艺术家以及黑人美学理论家，其中，阿米利·巴拉卡被誉为“黑人文艺运动之父”，由他所创作的一些诗歌和戏剧堪称这场文化运动中的经典；拉里·尼尔与巴拉卡联手成立“黑人文艺剧院兼学校”，从而拉开了黑人文艺运动的序幕，尼尔的黑人美学理论至今被视为诠释这场运动思想的圭臬；索妮亚·桑切斯是黑人文艺运动中最优秀的女诗人之一，她以诗歌为武器，为非裔美国人和黑人女性高呼，从而发起了一场语言革命。本章以上述三位黑人文艺运动重要领导者、理论家和骨干成员为切入点，分析这场运动的代表人物及其思想。

第一节　阿米利·巴拉卡及其思想

我们需要“有杀伤力的诗歌”
暗杀者的诗歌
能开枪的诗歌
我们需要一首黑人诗歌
和一个黑人的世界
让世界成为一首黑人诗歌

——阿米利·巴拉卡《黑人艺术》[①]

一、阿米利·巴拉卡生平

阿米利·巴拉卡（Amiri Baraka，1934—2014）是20世纪60年代美国黑人文

① Amiri Baraka and Larry Neal eds, Black Fire: an Anthoogy of Afro-American Writing,Black Classic Press 2007,p.302.

艺运动的先锋，“黑人艺术运动之父”，他还是美国诗人、剧作家、小说家、散文家和音乐批评家。阿米利・巴拉卡（又名勒罗伊・琼斯）出生于新泽西州的纽瓦克，1951 年，在家乡读完中学的巴拉卡获得了罗格斯大学（Rutgers University）的奖学金，但是内心的文化错位感促使他于次年离开罗格斯大学，转而到霍华德大学（Howard University）求学，此间他主攻哲学和宗教学。随后，他又到哥伦比亚大学（Columbia University）以及社会研究新学院（The New School for Social Research）就读。1954 年，尚未修完学业的巴拉卡便到美国空军服役。期间，他因被人指控为共产党员而被开除军籍。随后，他迁至纽约曼哈顿格林威治村（Greenwich Village），开始和垮掉的一代（Beat Generation）、黑山诗人（Black Mountain Poets）以及纽约画派诗人（New York School Poets）的先驱接触。1965 年，马尔科姆・爱克斯遭暗杀后，巴拉卡离开格林威治村，脱离了垮掉派，移居哈莱姆，组织和发起黑人文艺运动。自此，他成为了一名黑人民族主义者。

巴拉卡是美国黑人运动中的一位十分活跃、富有战斗精神的领袖人物，曾担任过非洲人民代表大会国际合作委员会委员和美国黑人政治代表大会总书记。他的激进思想，有时会走向极端，例如他认为白人是黑人革命的敌人，他甚至因此和自己的白人妻子离婚，转而娶了一位黑人姑娘为妻。巴拉卡后来皈依伊斯兰教，并鼓励人们改用阿拉伯语或斯瓦希利语的名字，他自己则改名为伊马姆・艾米里・巴拉卡（Imamu Amiri Baraka），这三个字的意思分别为“精神领袖”“王子”和“祝福”。巴拉卡的文艺见解也十分激进，他的所谓“革命戏剧”常常直接表现对社会的反抗以及种族歧视的仇恨，不能容忍戏剧中的任何含蓄。他说：

> 我们的戏剧要表现牺牲者，使观众更好地理解自己就是这些牺牲者的兄弟。……我们要呐喊，要哭泣，要杀人，要痛苦地在街上奔走，只要它能感动一些人，能感动他们，使他们真正了解这个世界是个什么样子，它能做出什么事来。[①]

到了 20 世纪 70 年代中期，他公开宣布信仰马列主义和毛泽东思想，并成为

① Amiri Baraka, *The Autobiography of LeRoi Jones*, Chicago: A Cappella Publishing, 1997, p. 146.

美国共产党组织的领导人。

巴拉卡一生出版过多部诗集，并在纽约州立大学布法罗分校和纽约州立大学石溪分校（State University of New York at Stony Brook）等多处大学任教。巴拉卡的诗歌和戏剧创作为他赢得了极高的赞誉，但也遭到批评者的谴责和贬毁。在非裔社区内，有人把他和詹姆斯·鲍德温（James Baldwin）[①]相提并论，并称他是同辈人中最令人尊敬的黑人作家之一，也是作品发行最为广泛的黑人作家之一，也有批评家抨击其作品宣传暴力、厌女症、恐同症和种族主义。他还曾因在公共场合朗诵他的诗歌《有人炸毁了美国？》（《Somebody Blew Up America》）引来争议和批评。

二、阿米利·巴拉卡的黑人文艺思想

回顾阿米利·巴拉卡的一生，可以发现他的思想大致经历了三个阶段的变化：垮掉派时期、黑人文艺运动时期和共产主义阶段。下文在分析巴拉卡的思想变化时，将重点介绍他在黑人文艺运动期间的思想。

（一）垮掉派时期——黑人民族思想的前奏

垮掉派时期（Beat Period）指的是自1957年巴拉卡从空军退役到1963年这一阶段。1957年，巴拉卡迁至格林威治村，和“垮掉的一代”、黑山诗人以及纽约画派诗人的先驱交往，并深受先锋派代表人物的影响，其思想为之大变。他一方面创立图腾出版社（Totem Press），出版了一些“垮掉的一代”偶像人物的作品，另一方面，创办《羽根》（《Yugen》）和《漂浮的熊》（《The Floating Bear》）两本文学艺术类期刊，还成立了纽约诗人剧院（New York Poets Theatre）。1960年7月，巴拉卡跟随“古巴公平竞争委员会（the Fair Play for Cuba Committee）代表团访问古巴，并撰文《自由古巴》（《Cuba Libre》）来记述对此次访问的印象。事实上，1960年的古巴之行成为巴拉卡思想转变的重要转捩点，自此，他的思想趋向激进。1961年，他与人合著《良心宣言》（《Declaration of Conscience》）以示对卡斯特罗政权的支持。巴拉卡已经开始深刻地认识到黑人在美国社会所处的地位，

---

① 詹姆斯·鲍德温（James Baldwin）是20世纪50年代美国著名黑人作家和散文家。

他认为50年代与白人文化和平共处的时代已经逝去，并转而强调黑人文化的独特性。1961年，他发表了诗集《20卷自杀笔记序言》(《Preface to a Twenty-Volume Suicide Note》)，该诗集体现了他在诗歌创作中不讲究格律、用词简单但富有音乐美的特点，凸显了他对人生的绝望、异化和对种族关系关注的主题。1962年，巴拉卡在文章《黑人文学的神话》(《The Myth of a Negro Literature》)中指出，作为美国文化要素，黑人遭受到美国人的完全误读。按照巴拉卡的说法，这一误读和黑人文学乏善可陈的原因是：

> 在大多数情况下，那些正在追求某种艺术特别是文学艺术的黑人，实际上是黑人中产阶级成员，这是一个偏离了自己的方向去培植自己的平庸群体，他们过去向美国人证实这种平庸，近来他们又向全世界证实，只要这样，他们就不是真正的他们，也就是说他们不是黑人。[①]

巴拉卡写道，只要黑人作家老是想着成为被人接受的中产阶级，他就不会坦露自己的心声，迎接他的总会是失败。巴拉卡感觉到美国只为被洗脑的人提供空间，而从不为黑人提供舞台。[②]

1963年，巴拉卡以琼斯的名字出版了他的著作《布鲁斯人民：白色美国的黑人音乐》(《Blues People: Negro Music in White America》)[③]，在这部作品中，巴拉卡讲述了布鲁斯和爵士乐在非裔美国文化中的重要地位。该书于1999年再版，巴拉卡在该书的再版序言部分写道，自己想展示的是：

> 音乐就是真相，是事实上已经表达过的富有创造性的管弦乐编曲，是非裔美国人生活的反映。……音乐在解读历史正如历史在解读音乐一样，这两者都是人民思想的表达和内心的反应。[④]

---

① Amiri Baraka, *Home: Social Essays,* Akashic Books, 2009, p. 129.

② Reginald Martin, Historical Overviews of The Black Arts Movement, In Cathy Davidson & Linda Wagner Martin, eds., *The Oxford Companion to Women's Writing in the United States*, New York: Oxford University Press, 1995, p. 8.

③ LeRoi Jones (Amiri Baraka), *Blues People: Negro Music in White America*, New York: Harper Perennial, 1999.

④ LeRoi Jones (Amiri Baraka), *Blues People: Negro Music in White America*, New York: Harper Perennial, 1999, p. IX-X.

巴拉卡认为尽管黑人奴隶把他们的音乐传统从非洲带到美洲大陆，布鲁斯仍是对生活在美国的黑人的变化的表述："如果非洲的俘虏成不了美洲的俘虏，布鲁斯就不可能存在。"[①]

（二）黑人文艺运动时期——黑人民族主义思想的集中展现

巴拉卡思想发展的第二阶段是黑人民族主义阶段（1964—1974）。在这一历史时期，他推崇暴力革命，贬低白人文化，对黑人民权运动强调运用抗议和请愿等和平手段来争取黑人权益的主张持批评态度。他宣扬激进黑人民族主义，支持黑人权力运动，并领导了黑人文艺运动，被誉为"黑人文艺运动之父"。在这一历史阶段，巴拉卡不仅以实际行动组织和领导这场运动，更用他手中的笔阐释其黑人民族主义思想。

1965 年 2 月，马尔科姆・爱克斯被刺身亡后，巴拉卡内心受到很大的冲击，他毅然与白人占主导地位的垮掉派彻底断绝了关系，并迁至纽约哈莱姆，是年春天，由巴拉卡等人创建的"黑人文艺剧院兼学校"在纽约的黑人住宅区宣布成立，"勒鲁瓦・琼斯是'黑人文艺剧院兼学校'之父，而黑人民族主义运动则是该组织之母。"[②]当年夏天，"黑人文艺剧院兼学校"的成员来到大街上，进行戏剧表演、诗歌诵读，开办爵士乐会，举办展览，并围绕巴拉卡和其他黑人作家创作的诗歌和戏剧作品发表演讲，而这些作品均突出"粉碎美国由各种族组成国家的幻想，唤醒黑人去了解自身生活的意义"的主题。该组织还通过演出"每周一剧"的方式来强化非裔美国人的身份。"黑人文艺剧院兼学校"的成立标志着"黑人艺术运动"正式拉开帷幕。由于这一率先创建的"人民的剧院"所开展的活动本质上非常激进，其组织曾接受过哈莱姆青年争取无限就业机会协会（Harlem Youth Opportunities Unlimited）[③]的反贫项目基金，由此剧院在政治上成为激烈的反对目标，并在维持了短短的 7 个月后，于 1966 年宣布解散。然而，由"黑人文艺剧院兼学校"所开创的全新模式却极大地影响和启迪了众多非裔美国剧团的创作模式。

---

① Ibid., p. 17.

② Daphne S. Reed, LeRoi Jones, "High Priest of the Black Arts Movement", *Educational Theatre Journal*, Vol. 22, No. 1, (Mar., 1970), p. 54.

③ 哈莱姆青年争取无限就业机会协会，简称 HARYOU，是一个于 1962 年成立的社会激进组织，该组织的宗旨在于帮助哈莱姆地区的青年黑人提高教育和就业机会。

此时，巴拉卡的黑人分离主义立场更加极端。备受争议的《黑人知识分子危机》一书的作者哈罗德·克鲁斯认为哈莱姆“黑人文艺剧院兼学校”崩溃的另一原因是巴拉卡对克鲁斯所谓的“民族主义翅膀的恐怖边缘”的接受态度。举例来说，巴拉卡强烈反对黑人加入任何白人参加的电视、广播和讨论性节目。同样，按照这一观点所包含的极端逻辑，白人也会被禁止进入黑人剧院。实际上，这一极端政策不仅受到原来的哈莱姆组织的支持，之后在许多大城市建立的相当一大部分的黑人艺术剧院也都支持这一政策。他们的理由是白人的出现无形之中会影响黑人观众的享乐，而且，白人无论如何也不能有座位观看演出，据其所述，唯一合适的理由是这些表演是专门为黑人所准备的。[①]

在之后的岁月里，巴拉卡在纽瓦克成立了一家黑人社区剧院——“精神之屋”（the Spirit House）。1967 年，巴拉卡被控非法携带武器和在纽瓦克骚乱中拘捕而被拘，并被判 3 年监禁。他的诗歌《黑人》也被作为犯罪证据在法庭上宣读，不久，上诉法院根据他的律师的辩护推翻了判决。纽瓦克骚乱后不久，巴拉卡通过无线广播和纽瓦克的警长以及政治家安东尼·因佩里亚莱（Anthony Imperiale）就骚乱发表评论，他们 3 人把这些骚乱的原因归咎到“由白人领导的所谓激进团体”“共产主义者和托洛茨基分子”的身上，此事引来争议。同一年，他的第二本爵士乐批评方面的书籍《黑人音乐》（《Black Music》）出版。1967 年，巴拉卡在洛杉矶拜访了莫拉纳·卡伦加（Maulana Karenga）并成为其哲学思想的支持者，也正是在此时，他自己更名为伊马姆·艾米里·巴拉卡（Imamu Amiri Baraka）。

巴拉卡坚信文学艺术在黑人斗争中所发挥的作用，并特别重视黑人戏剧的地位。应当说，巴拉卡是黑人文艺运动时代涌现出的最有影响力的剧作家。巴拉卡认为戏剧具有鲜明的群众性，容易为普通黑人民众所理解和接受。在他的倡导下，黑人剧院真正成为黑人的舞台：黑人们可以在这里演奏音乐、朗诵自己创造的诗歌、表演自编的舞蹈、进行戏剧表演，也可以在此演讲、集会、交流和学习。黑人剧院正在成为对黑人文艺运动产生重要影响的文化中心。

---

① Daphne S. Reed, LeRoi Jones, “High Priest of the Black Arts Movement”, *Educational Theatre Journal*, Vol. 22, No. 1, (Mar., 1970), p. 54.

巴拉卡于 1964 年所写的《革命的戏剧》是一篇对黑人文艺运动产生很大影响的文章，在这篇文章中，巴拉卡较为详细地阐述了他的黑人戏剧理论和思想，他指出黑人戏剧理当具有革命性和政治性："革命的戏剧应该迫使产生变化。它就应该是变化。……革命的戏剧必须揭露，把这些人的内心显示出来，看到黑人的灵魂深处。"①

巴拉卡重视黑人文化所传递的精神力量，并以之作为对抗白人文化的工具。他希望能创作出表现世界精神、蕴含强大力量的戏剧，他强烈批判对技术过度依赖的白人文化，并预言白人终将全部灭亡。与此同时，他主张革命的戏剧要为黑人民众勾画美丽的图景，提供强大的精神支持。

巴拉卡是一位多产的剧作家，通过他在这一历史阶段所创作的剧作，可以管窥他的黑人民族主义思想。巴拉卡曾创作过一部引人关注的争议性戏剧《荷兰人》（《Dutchman》）。该剧于 1964 年问世，并于同年赢得了最佳美国戏剧奥比奖（Obie Award），被改编执导的电影也于 1967 年公映，并引起轰动。《荷兰人》是给巴拉卡带来荣耀和轰动效应的代表作品，巴拉卡为此而成为美国知名人士，这部作品也成为对黑人文艺运动产生巨大影响的经典之作。剧中故事背景是一节地铁车厢，男主人公克莱是个年约 20 岁的黑人知识青年，坐在旁边的白人姑娘相貌漂亮但举止轻佻，她对一旁阅读杂志的克莱百般挑逗，间或以黑鬼辱骂，克莱忍无可忍，动手打了她两记耳光，并称他根本不惧怕白人，他现在可以杀掉包括她在内的任何白人，克莱声称他们那些白人尽管喜欢听黑人歌星贝西·史密斯的歌曲，可是他们根本听不懂。他说，算账的日子终归会到来，当黑人团结起来，他们会一起对付他们不共戴天的敌人。当克莱发泄完后正要下车之际，他被露拉用刀捅死并被抛尸车外。车到下一站停靠时，又上来一位黑人青年，他的年纪和相貌与克莱相仿，腋下也同样夹着一本书，男青年和露拉相对而视。此时，剧情临近尾声，但是给人的感觉是同样的悲剧又将重演。

《荷兰人》中融入了浓郁的黑人民族主义的悲剧色彩，地铁里的黑人和白人乘客隐喻了一个默认罪恶、容忍谋杀，甚至鼓励谋杀的社会。作品中字里行间透

---

① 胡亚敏：《论阿米利·巴拉卡及其短剧<荷兰人>》，《外国文学》，2011 年第 5 期，第 19 页。

出的信息是露拉的挑衅绝非一种偶然的、因人而异的行为，纵然克莱没有遇上露拉，其他黑人还会遇上像露拉一类的人，同样的悲剧照样会发生。在作者看来，种族问题根本无法通过“爱”的方式来解决。

《奴隶》（《The Slave》，1964）是巴拉卡于同年写完的另一剧本，该剧描写的是一场种族战争。剧中的主角沃尔克·维塞尔斯是位黑人革命军的领袖，他不仅被描写成社会环境的受害者，而且也是自己的种族仇恨心理的受害者。这种仇恨心理不仅致使他丧失理智地杀人，而且也成为他寻求更公正、更完善、更符合人性的社会努力的一套枷锁。剧中充斥暴力和杀戮，并因而招来不少非议。继《奴隶》之后，巴拉卡又创作完成了《吉罗》（*Jello*,1965）、《实验死刑队一号》（《Experimental Death Unit#1》，1965）、《贩奴船》（*Slave Ship*，1967）、《生活的大德》（《Great Goodness of Life》，1970）等近20个剧本。这些作品有的围绕黑奴反抗白人主子展开，有的则表现黑人民众的复仇心理，也有的歌颂美国黑人革命力量。

除了戏剧创作以外，巴拉卡还创作了不少诗歌作品。他的诗歌也常常直接表现对种族主义的反抗和仇恨，意识形态色彩浓厚。刚刚脱离了垮掉派的巴拉卡曾借助诗歌对民权运动中的和平主义者和主张取消种族隔离的人提出严厉的批评。此时他创作的诗歌变得更加富有争议，如他于1965年写的一首题为《黑人艺术》的诗表达了他要诉诸暴力建立黑人世界的愿望。他在《马尔科姆·爱克斯的遗产和黑人民族的到来》（《The Legacy of Malcolm X, and the Coming of the Black Nation》）一文中称“黑人是一个种族，一种文化和一个民族。”1967年，他发表了反映其黑人民族主义思想的诗集《黑色魔法》（《Black Magic》），在这本诗集中，巴拉卡讲述了他抛弃白人文化，称颂和拥抱黑人民族主义事业的历程。他的思想深受黑人权力运动的影响，他坚持认为美国白人的存在是造成黑人备受歧视和压迫的根源，白人文化是邪恶而病态的文化，从而说明建设黑人文化，培养黑人文化意识的必要性。

巴拉卡的黑人民族主义思想深受马尔科姆·爱克斯的影响，1968年，巴拉卡在他和拉里·尼尔合编的黑人文艺运动经典文献《黑色火焰：非裔美国作家作品选》的序言中指出：“这部书中我们的大部分作者是马尔科姆的儿子和女儿……事实上，恰恰是马尔科姆的遇害才促使我们中的许多艺术家离开格林威治村和其他类似的各种族混居、附庸风雅者汇聚之地来到哈莱姆和其他黑人聚居区，去担负起黑人解放运动中我们应负的责任。”[①]他激进的黑人民族主义思想无论在他的生活还是他的诗歌、散文和戏剧作品中均有体现。

巴拉卡曾对自己的诗歌创作之路作过总结：诗歌创作早期阶段——充满悲观失望的情绪，“死亡”成为主题；全力进行“破坏”阶段——诗歌内容充斥对美国生活方式不满；“黑人艺术”阶段。巴拉卡诗歌的真正引人之处并不是他的理论说教，而是音乐感。他曾引用“我们的宇宙产生于节奏”一说专门写诗。巴拉卡的后期诗歌借鉴爵士音乐的即兴演奏法，不拘形式，自由发挥，在语调、音高、音长、节奏等方面刻画表达力丰富的黑人口语，经常写出诗行长短悬殊、排列怪异的诗歌。这一时期的巴拉卡创作了不少有影响力的诗歌和戏剧作品，在这些作品中，他彻底否定白人文化，甚至宣传通过毁灭白人文化的方式来建立黑人文化与黑人意识。

他在 1965 年发表的诗歌《黑人艺术》中，大声呼吁：

我们需要“有杀伤力的诗歌”
暗杀者的诗歌
能开枪的诗歌
能把警察扭至小巷缴获他们的武器并要他们性命
扯下他们的舌头并把它们送回爱尔兰的诗歌
……
我们需要黑人的诗歌，以及一个
黑人的世界
让整个世界成为一首黑人诗歌
让所有黑人读出这首诗
默默地
或高声地[②]

---

① Amiri Baraka, Black Fire: An Introduction, In Amiri Baraka & Larry Neal eds., *Black Fire: an anthology of Afro-American writing*, Baltimore, MD:Black Classic Press, 2007, p. XVII.

② Amiri Baraka, Black Art, In Amiri Baraka & Larry Neal eds., *Black Fire: an anthology of Afro-American writing*, Baltimore, MD: Black Classic Press, 2007, p. 303.

《黑人艺术》一诗很快成为黑人文艺运动的重要诗歌宣言。巴拉卡的慷慨陈词和正在兴起的武装自卫以及黑人民众高喊出的推动与白人权力体系作斗争的“武装自己还是伤害自己”（arm yourself or harm yourself）的口号不谋而合。巴拉卡把诗歌看作行动的武器而不是逃避现实的工具。在诗歌中，他呼吁用暴力反对那些造成社会不公的人们。这首诗歌宣言表达了黑人想要建立黑人国家的愿望，影响了大批黑人作家。

巴拉卡有着强烈的民族使命感，他认为黑人艺术家要扮演好毁灭他所知道的美国的角色，黑人艺术家要担负起准确报道、反映社会本质和自身状况的任务，其他人会为他表现出的准确性所震撼。黑人会在这一过程中逐渐变得强大起来，而白人则会开始战栗、诅咒，并变得疯狂，因为他们会沉浸在自己邪恶的肮脏之中。[①]在巴拉卡看来，要想结束黑人所受到的不公，有时要采取非人道的手段，他推崇暴力革命，认为枪杆子是赢得自由的最有利武器，只有通过武力建立起来的新国家，才能保证杀戮不再。

20世纪60年代末70年代初，巴拉卡写了一些强烈反对犹太人的诗歌和文章，从而引发争议。当巴拉卡看到一些黑人作家即他所谓的“投降派”公开驳斥他所倡导的黑人文艺运动时，他决定脱离这场运动。他相信黑人文艺运动的创始者所做的工作既必要有益，又全新且属于黑人，而那些不想看到黑人诉求得到满足的人们却被“安排”到现场来破坏这场运动。[②]1974年，巴拉卡开始在思想上放弃黑人民族主义的思想，并成为一名马克思主义者和支持第三世界解放运动的人士。

（三）抛弃黑人民族主义，转而信仰共产主义

20世纪70年代中期，黑人文艺运动走向衰败之际，巴拉卡逐渐认识到以倡导黑人性和黑人民族主义为主要内容的黑人文艺运动未能给普通黑人民众的生活带来根本改变，同时他也发现黑人群体所存在的阶级差别。1974年是巴拉卡思想发生巨变的一年，他开始重新审视黑人民族主义思想，把民族主义思想理解为一种种族主义思想，并最终抛弃了黑人民族主义思想，开始信仰共产主义。他曾在

---

① William Harris J, *The LeRoi Jones/Amiri Baraka Reader,* New York: Basic Books, 1991, p. 169.

② Reginald Martin, Historical Overviews of The Black Arts Movement, In Cathy Davidson and Linda Wagner Martin eds., *The Oxford Companion to Women's Writing in the United States*, New York: Oxford UP, 1995, p. 8.

《纽约时报》上发文称："把白人说成是敌人的黑人民族主义是狭隘的民族主义，这种所谓的民族主义认为'只要不是黑人就是敌人'，这是病态的或者有罪的思想，事实上，这种思想是一种法西斯主义。"[①]自 1974 年之后，他创造了许多反映马克思主义思想的诗歌集、戏剧和散文。在巴拉卡看来，社会主义艺术的目标是摧毁资本主义社会，创建一个社会主义社会。巴拉卡曾说道：

> 我认为，基本上讲，我现在的目标与过去作为一名民族主义者的目标是相似的，这看起来似乎矛盾，但是它们的相似之处在于我始终把艺术作为一种武器，现在我只不过把革命用马克思主义来定义而已，我曾一度用民族主义来定义革命，但是民族主义的斗争经历让我发现无论是在理论上还是在思想上我都走向了死胡同，民族主义的思想必须要发展为共产主义的思想。[②]

在巴拉卡看来，社会主义艺术是展示给黑人民众的，他相信社会主义艺术在美国有着最大的革命潜力。1974 年之后的巴拉卡宣布放弃黑人民族主义思想，转而信仰共产主义，并全身心投入支持反帝国主义的第三世界国家解放运动中。1979 年，他在纽约州立大学石溪分校非洲研究系任教，并开始撰写个人传记。1980 年，他对自己以前的反犹太言论深刻反省，并宣称自己是反犹太复国主义者。此后，他在多所大学任教，1985 年巴拉卡重返纽约州立大学石溪分校，并成为该校非洲研究方面的荣誉教授。巴拉卡曾获得多项大奖，1989 年，其作品获美国图书奖和兰斯顿·休斯奖。1999 年，巴拉卡结束了在纽约州立大学石溪分校 20 年的教学生涯后宣布退休。退休之后的巴拉卡仍然活跃在艺术和文化领域。2002 年 7 月，获得"新泽西的桂冠诗人"称号，一年后，当局迫于政治压力被迫取消他的这一称号。2002 年，巴拉卡被收录入最伟大的一百位非裔美国人名单。2014 年 1 月 9 日，巴拉卡病死于纽瓦克。巴拉卡的作品，特别是在不同时期，宣传对妇女、同性恋者和犹太人进行强奸和施以暴力的主张引发了很大的争议。作家杰瑞·沃茨（Jerry Watts）撰文称巴拉卡的恐同症和厌女症源自他试图掩盖其自身同性遭遇的

---

① 胡亚敏：《论阿米利·巴拉卡及其短剧〈荷兰人〉》，《外国文学》，2011 年第 5 期，第 18 页。
② Harris J, *The LeRoi Jones/Amiri Baraka Reader,* New York: Basic Books, 1991, p. 169.

努力。沃茨还写道，巴拉卡“知道其广为人知的同性恋经历会削弱其富有斗争精神的形象”。巴拉卡想通过成为树立一个人所共知的痛恨同性恋者的形象，试图抹掉人们把同性恋和他的过去相联系的记忆。

巴拉卡一生的思想历经三次重大的转变，他的某些激进思想也引发了批评和非议。但他始终致力于传承和发扬黑人文化，宣传黑人自豪感，尤其是 20 世纪 60 年代，作为“黑人文艺运动之父”的巴拉卡对非裔美国人乃至整个美国都产生了深远的影响。

第二节　拉里·尼尔及其思想

一、拉里·尼尔生平

拉里·尼尔（1937—1981），非裔美国诗人，20 世纪六七十年代黑人文艺运动著名精神领袖和理论家。尼尔出生于亚特兰大市，1961 年毕业于宾西法尼亚的林肯大学，两年后，获得文学硕士学位，并在该校荣获爱森伯格奖。毕业后，尼尔教授“非裔美国文学和历史文化”课程，与此同时，尼尔致力于探索和发现具有非裔美国人特色的美学，并撰写理论文章，这些文章成为了人权运动中涌现出的非裔美国作家的思想指南。从 1963 年到 1969 年间，他在纽约城市大学、格斯西方保卫大学、耶鲁大学以及卫斯廉大学（*Wesleyan* University）等一些大学执教。1964 年他在宾夕法尼亚大学修完了民俗学课程，这门课程促进了他写作技能的提升，其中课程中涉及的民俗故事、俚语和街头唱诗塑造了尼尔诗歌的独特风格。1970 年，他荣获了为非裔美籍评论研究设立的古根海姆奖（Guggenheim Fellowship）。

1964 年，尼尔放弃了在费城的德莱克塞尔理工学院（Drexel Institute of Technology）任教的机会，从费城搬到了纽约。1965 年，尼尔在苏格山区九摩尔梯田购置了住宅，同时其作品也吸引了在黑人文艺运动时期颇受欢迎的文学界人士，这些人包括阿米利·巴拉卡、伊什梅尔·里德、昆西·特鲁普、阿斯契亚·穆罕默德·图尔、霍特·福勒、斯坦利·克鲁齐、亨利·杜马斯等。期间，尼尔为当时的进步期刊《解放者》杂志撰稿，后来他成为该刊物的文艺编辑。自 1964 年到 1966 年间，尼尔对许多文化事件进行过报道，还采访过许多作家、艺术家和音乐家。20 世纪 60 年代，尼尔致力于激进政治活动，他曾任黑豹党教育主管，同时也是革命行动运动（Revolutionary Action Movement）成员。

自 1964 年开始，尼尔与阿米利·巴拉卡公开合作，全身心投入黑人文艺运动的组织，发动和领导工作。巴拉卡撰文回忆，称他是在 1961 年一次抗议暗杀鲁木巴斯贵族的示威游行中认识尼尔的。尼尔曾发表《勒鲁瓦·琼斯的成长》一文，介绍了巴拉卡从一位诗人转变为一位革命艺术家的历程。1965 年，两人又同阿斯契亚·图尔一道，成立“黑人文艺剧院兼学校”。“黑人文艺剧院兼学校”的宗旨是把艺术和非裔美国民众结合起来。为此，他们推出了大量新剧，把包括巴拉卡的《杰鲁》与《荷兰人》在内反映黑人反抗斗争生活的作品呈现给黑人观众。他们还发起和组织了一系列的诗歌朗读会，并举办了各类音乐会。由于剧院的主张与传统剧院的价值观念相冲突而导致政府投资中断，再加上剧院内部派别斗争激烈，甚至升级为枪战，剧院最终被迫关闭，然而“黑人文艺剧院兼学校”在黑人文艺运动中所起到的引领作用却不可低估。

尼尔是一位著述颇丰的评论家，通过他的早期作品《剧院中的黑人》（1964）、《文化前沿》（1965）、《黑色火焰：非裔美国作家作品选》（1968）以及《黑人文艺运动》（1968），尼尔阐述了在黑人权力时代发展黑人文学艺术的重要性。其中，由尼尔和巴拉卡主编的《黑色火焰：非裔美国作家作品选》是黑人艺术运动的重要文献。作品中囊括了许多知名非裔美国人士的作品，这些作者有社会评论家、诗人和剧作家等，比较著名的有詹姆斯·博格斯、爱德·柏林斯、索妮亚·桑切斯、斯托克利·卡米克尔、约翰·亨瑞克·克拉克、哈罗斯·克鲁斯、亨利·杜马斯和霍特·福勒等。

尼尔曾对罗琳·汉斯贝利和奥内特·科尔曼等艺术家发表过评论性文章。他的评论性散文上至社会热点、美学理论、文学话题，下至刊登在诸如《解放者》《黑人文摘》《本质》和《黑人世界》等期刊上的其他题材的文章，内容十分丰富。尼尔共著有两部剧本——《号角声中的伟大巨人》（1976）和《身在偏远旅馆：道德剧》（1980）。此外，他还著有两本诗集，分别为《黑色布加洛舞》（《Black Boogaloo:

Notes on Black Liberation》）（1969）和《胡毒巫术比波普爵士乐鬼》（《Hoodoo Hollerin' Bebop Ghosts》）（1974）。尼尔的诗歌大多蕴含非裔美国人的神话、历史及语言要素，且非常重视思想内容，常常充满着复杂性和矛盾特质。他的诗歌在他生活的年代被频频编入选集，但是却很少受到批评家的关注。1989 年，尼尔的作品被汇编成书，书名为《关于自由未来的评论：黑人文艺运动作品集》。此外，拉里·尼尔还主编过几本报刊杂志，主要有《黑人诗歌期刊》《蟋蟀》《解放者》。其中，他同巴拉卡、斯皮尔曼合作创办的《蟋蟀》杂志，是一本专门研究美国黑人音乐并倡导黑人民族主义哲学的期刊。尽管该刊物发行三期后，便终止出版，但是作为黑人作家试图定义其艺术形式和美学概念的一本工具期刊，《蟋蟀》杂志发挥了应有的作用。尼尔的论文除了涉及艺术、艺术家、哈莱姆、马尔科姆之死等话题外，还充当了文学音乐评论家的角色。他曾撰写文章，对拉尔夫·艾里森、萨拉·尼勒·赫斯顿、查理·帕克等的文章进行评述。此外，尼尔还负责出版了赫斯顿的自传《路上的尘埃》，并于 1971 年整理出版了她的小说《约娜的葫芦藤》。

尼尔曾于 1976 年至 1979 年任哥伦比亚文艺与人文委员会执行主任，该委员会是一个资助艺术家和组织的城市机构，旨在鼓励黑人社区黑人文艺的发展，这些组织包括位于马萨诸塞州罗克斯伯里的艾尔玛路易斯学校。20 世纪 70 年代末，尼尔重新审视自己关于黑人文化的观点，并开始相信黑人艺术表达领域在不断拓展，这是黑人艺术在白人文化环境中存在的更为包容的一种表现之一。

拉里·尼尔身兼作家、文学音乐评论家于一身，但是作为 20 世纪六七十年代黑人艺术运动的主要领导者的身份更加广为人知，事实上，他在非裔美国人及文学界的重要地位主要是通过领导和组织黑人文艺运动而树立起来的。

二、拉里·尼尔黑人文艺思想

（一）重视黑人传统文化

拉里·尼尔是一个思想复杂的人，在政治高度敏感的 20 世纪 60 年代，他的思想中汇集了各种矛盾元素，他曾陶醉于现代派艺术家的成就，也曾为法农（Fanon）、马克思、毛泽东、卡布拉尔和马尔科姆·爱克斯的思想所深深吸引。

但是，在黑人文艺运动时代，无论是在他的诗歌和戏剧作品还是在他的思想论著中，人们都可以见证他对黑人传统文化的赞誉和推崇。他认为绝对有必要把历史分析作为革命行动的基础，同时，他认识到革命的真正精神潜藏在黑人文化中，特别是黑人宗教和黑人音乐中。1974 年，尼尔在接受访谈时指出自己阅读了大量的非洲口头文学作品和书面文学作品，也阅读了许多非洲神话传说，这些作品对尼尔产生了很大的影响。尼尔认为他正用非洲人的思想武装自己，并投身非洲人的解放斗争，致力于非裔美国人的解放斗争、非洲文化和非洲思想中。①

尼尔的两部诗集中的作品追根溯源融入了非洲和黑人民俗元素，充分体现了他对黑人传统文化的关注。他的第一部诗集《黑色布加洛舞》聚焦非洲人失去与他们的神灵和祖先的联系，从而也迷失了自我的历史性时刻；他的第二部诗集《胡毒巫术比波普爵士乐鬼》则讴歌和赞美了黑人民间文化和民间故事。尼尔曾在 1966 年和 1967 年的《黑人文摘》上发表文章论述黑人音乐的作用，他坚信，美国黑人音乐所拥有的向心力有助于黑人美学的发展。

（二）阐释黑人文艺思想

黑人文艺时代，拉里·尼尔不仅领导和组织了包括“黑人文艺剧院兼学校”在内的重要活动，他还撰写了一些理论文章，来阐释和解读黑人文艺运动及黑人美学思想。谈到黑人艺术的性质时，尼尔指出：

> 黑人文艺运动对任何脱离自己社区的艺术家的观点都持完全反对的态度。黑人艺术是黑人权力观念在精神和美学上的姊妹。就此而论，黑人艺术所构想的是一种直接围绕美国黑人的需求和抱负而展开的艺术。为了完成这一工作，黑人文艺运动提出对西方文化美学进行彻底地重组。它提出拥有属于自己的象征主义、神话、批评和肖像学。②

黑人文艺运动和黑人权力运动是 20 世纪 60 年代同时兴起的两场运动，两场运动你中有我、我中有你，有着千丝万缕的联系，尼尔厘清本质，指出两场运动

① Charles H. Rowell, “An Interview With Larry Neal,”*Callaloo*, No. 23, Larry Neal: A Special Issue (Winter, 1985), p. 13.

② Larry Neal, The Black Arts Movement, In Addison Gayle, Jr. ed., *The Black Aesthetic*, Garden City, New York: Doubleday & Company, Inc., 1971, p. 257.

的关系："从更广阔的领域来看，黑人文艺和黑人权力的概念都和非裔美国人的自决和民族意识有关。两种观念都是民族主义的，黑人文艺运动关注的是艺术和政治的关系，而黑人权力运动关心的是政治的艺术。"①在他看来，这两场运动在发展的过程中开始走向融合：

> 非裔美国剧作家、诗人、舞蹈设计、音乐家和小说家正在自己的作品中具体表达根植于黑人权力运动观念之内的政治价值观。黑人权力的信条是黑人用自己的语言定义这个世界的需要，黑人艺术家已经表达了相同的美学观点。两种运动都认为从精神上讲，美国社会事实上存在两种人，一种是黑人，一种是白人。借此，黑人艺术家表达了他们的主要职责是围绕黑人民众的精神和文化需求进行创作。因此，当代作家中这一新的群体的主要推动力是他们所面对的各种矛盾，这些矛盾源自充斥种族主义的西方社会里的黑人自身经历。目前，这些作家正在重新评估西方美学、作家的传统作用和艺术的社会功能。在这种重新评估中，发展黑人美学的需要是含蓄的。西方美学已经走到了尽头。在这种衰败的体系下，几乎不可能构建任何有意义的东西，我和许多黑人作家都持有这一观点。我们呼吁发起一场艺术和观念上的文化革命，我们要么彻底改变根植于西方历史的文化价值观，要么将之彻底摧毁。我们可能会发现，我们不可能将之彻底改变。事实上，我们所需要的是一套全新的观念体系。②

尼尔在《黑人文艺运动》一文中表达了对两场运动文化上的自信："正是对这种异己情感的自然反应才赋予了黑人文艺运动和黑人权力运动的文化态度。一种深刻的伦理感使得黑人艺术家质疑这种艺术和人们的行动各不相同的社会。黑人文艺运动相信你的伦理和美学是一致的，而西方社会伦理和美学间的矛盾是行将衰败的文化症候。"③尼尔进一步强调指出，黑人文艺运动和黑人权力运动都与非裔美国人渴望自决和民族归属感息息相关。黑人艺术重在强调艺术与政治的关系，而黑人权力则寓艺术于政治。黑人艺术运动提出了单独的象征意义、神话学、批

① Ibid., p. 257.
② Larry Neal, The Black Arts Movement, In Addison Gayle, Jr. ed., *The Black Aesthetic*, Garden City, New York: Doubleday & Company, Inc., 1971, p. 257.
③ Ibid., p. 259-260.

判和偶像文化。那些持有同该运动相关观点，其艺术作品反映黑人文艺运动思想的个人，都深知他们和大多数美国白人的现实观大不相同。“黑人艺术在美学层面和精神层面上是黑人权力的姊妹。”[①]事实上，在有关黑人文艺运动和黑人权力运动关系论述方面，尼尔的上述观点已被奉为最经典的解读。

尼尔认为“黑人文艺”是一个拥有古老根源的字眼，他认为第一个从正面意义的角度来使用该字眼的人是勒鲁瓦·琼斯。[②]

我们不公平
不公平
我们是黑色的魔术师
我们创造的黑人文艺
在我们心中黑色的实验室里
白色的就是白色的
死人一般的白色
白昼不会拯救他们
我们拥有黑夜[③]

在尼尔看来，“黑人文艺”中的诗歌“具有具体功能，它是一种行动，一种没有抽象的概念。诗歌是物理实体：拳头、匕首、当飞机用的诗歌和能够射击的诗歌。”他认为，“对黑人文艺运动的艺术家而言，艺术不仅要有美感，而且要有功用。更为重要的是，一个人的伦理和美学几乎没有不同之处。艺术家对于自己的艺术和其艺术对于族群的影响有社会责任感。”[④]

“抗议”文学是兴起于20世纪三四十年代的一种非裔美国文学形式，就文学形式和黑人文艺运动的关系，尼尔开诚布公的指出：“黑人文艺运动回避‘抗议’文学，直接围绕黑人民众展开。”[⑤]文中，尼尔引用奈特的观点剖析“抗议文学”

---

① Ibid., p. 257.
② Ibid., p. 259.
③ Larry Neal, The Black Arts Movement, In Addison Gayle, Jr. ed., *The Black Aesthetic*, Garden City, New York: Doubleday & Company, Inc., 1971, p. 260.
④ Lynn Washington, Black Aesthetic, In Yolanda Williams Page, ed., *Icons of African American Literature*, New York: Greenwood Press, 2011, p. 39.
⑤ Larry Neal, The Black Arts Movement, In Addison Gayle, Jr. ed., *The Black Aesthetic*, Garden City, New York: Doubleday &Company, Inc., 1971, p. 258.

的本质：

> 现在，任何一位掌握了某种特定艺术形式的黑人，如果他坚持白人美学，自己的作品面向的是白人群体，那么从某种意义上讲，他是在抗议。抗议行动中所隐含的信息是：他们相信一旦主人们意识到抗议者的“不满”（这一字眼暗含着向上帝的祈求和恳求），改变便会来临。只有当人们不再抱有这种想法以及结束抗议时，黑人艺术才能真正开始。[①]

尼尔认为奈特澄清了“抗议”文学和黑人文艺运动中黑人文艺的本质不同，直陈“抗议文学”诉诸于白人道德观的本来面目。

在其早期作品《剧院中的黑人》和《文化前沿》等文章中，尼尔宣称在一个充斥种族主义的社会，为发展黑人艺术而区分文化形式的必要性。1968 年，尼尔的《黑色火焰：非裔美国作家作品选：非裔美籍作家作品选集》与《黑人文艺运动》进一步发展了这一观点。尼尔认为，发展黑人艺术的目的在于对“西方文化美学的激进重组”施以影响，以此来部分净化欧洲之外的文化与受黑人艺术表现影响的美国白人文化。其中，尼尔与阿米利・巴拉卡一起编辑的《黑色火焰：非裔美国作家作品选：非裔美籍作家作品选集》被认为是定义黑人文艺运动美学思想的最早尝试。

在这场由年轻黑人艺术家组织并发起的运动中，创造能够推动黑人解放的艺术形式成为运动的主要宗旨。尼尔将这场运动描述成为一场“反对一切使艺术家脱离社会观念”的运动。他提出，黑人作家、可塑性强的艺术家和音乐家应该直接说出美国黑人的需求和渴望，而不是把自己的想法和白人主流文化混在一起。

（三）剖析黑人美学思想

尼尔还在自己的著述中对黑人美学进行了较为深入的专门论述。在他的《黑人文艺运动》一文中，他引用了奈特的“黑人美学”观：

① Ibid., p. 258.

> 除非黑人艺术家建立自己的“黑人美学”，否则他们没有任何希望。接受白人美学就是接受和承认不容黑人生存的社会的合法性。黑人艺术家必须创作新的艺术形式和新的价值观，演唱新的歌曲（或净化旧曲）。黑人艺术家要和其他黑人当权者一道，创造新的历史、新的象征、神话和传奇（以及用火净化旧的历史、象征、神话和传奇）。在创作自己的美学方面，黑人艺术家必须确保黑人美学只为黑人民众。另外，黑人艺术家必须加速其作为西方意义上个体的解体，可以想见，由于他们接受过“个体经验”的哺育，这一过程可能非常痛苦。①

尼尔非常赞同奈特有关“黑人美学”发展的上述观点，即倡导摈弃白人美学，创立属于黑人自己的美学。尼尔还进一步阐述了自己的美学观点：

> 谈到美学，我们不仅仅指艺术创作、讲故事、写诗歌以及戏剧表演过程，我们同样也意指摧毁白人看待世界的方式。当然，如果我们宣称黑人是在为解放而战，那么，作为人，我们所有的一切总会和解放有关联。更准确地讲，当勒鲁瓦·琼斯、埃瑟里奇·奈特、索妮亚·桑切斯、艾德、斯普里格斯、唐·李等艺术家宣称黑人艺术必须围绕黑人的生活和精神存在展开时，他们说的并不是“抗议”艺术，也不是在白人观众面前喊叫和自慰的艺术。那是黑奴文学和民权文学之路。不！即便那是过去一些黑奴作家所做的，他们并不是说的那些事情。相反，他们谈论的是直接面向黑人的艺术，这是一种从我们的情感和世界观上来讲，向我们诉说的艺术，这是一种证明我们的生活方式积极方面的艺术。看！这是一种让我们看到我们的美丽和丑陋的艺术，让我们更为深刻了解我们彼此以及我们状况的艺术；一种把我们联合起来，让我们袒露痛苦的弱点和长处的艺术；最后，这是一种为我们提供解放的未来愿景的艺术。②

在《黑人文艺运动》一文中，尼尔讨论了“新”黑人美学。他认为，除了直

① Larry Neal, The Black Arts Movement, In Addison Gayle, Jr. ed., *The Black Aesthetic*, Garden City, New York: Doubleday &Company, Inc., 1971, p. 258.

② Eleanor W. Traylor, “And the Resurrection, Let It Be Complete”: The Achievement of Larry Neal (A Bibliography of a Critical Imagination), *Callaloo*, No. 23, Larry Neal: A Special Issue (Winter, 1985), p. 42.

接面向非裔美国人族群的艺术之外，这场运动的参与者要创造一种“针对西方文化美学激进的重新组合方式”。[①]

尼尔还进一步谈到“黑人美学”的具体内容，他认为黑人美学应包括以下几方面的内容：其一，我们假定已经存在这样一种美学的基础；其二，这种美学本质上包含非裔美国人的文化传统，但是这种美学最终暗含的东西要比传统的更广泛。它包含第三世界的大部分可用要素。黑人美学背后的动机是摧毁白人的东西、摧毁白人观念和白人看待世界的方法。新的美学主要是建立在提出以下问题的伦理基础之上：我们和白人压迫者的世界观究竟谁的最终更有意义？何为真理？或者更准确地来讲，我们要说出谁的真理？是压迫者的还是被压迫者的？这些都是基本的问题。过去几十年里，黑人知识分子未能提出这些问题。此外，国内和国际事务要求从我们的自身利益来评价世界。很明显，人类生存的问题是当代人经历的核心。黑人艺术家必须用有可能使用的最强的措辞致力于现实。在这个动荡的世界里，道德和美学必须正面互动，并且和对于充满精神的世界需求相一致。因此，黑人文艺运动是一个伦理运动。此处的伦理是从被压迫者的角度来说的。第三世界和非裔美国人所面对的许多压迫可以直接追溯到欧美人的文化情感。这种情感，本质上是反人类的，直到最近，它已经控制了大部分黑人艺术家和知识分子的心灵。这种情感必须被摧毁，这样富有创造力的黑人艺术家才能在社会转型中发挥有意义的作用。[②]

作为黑人文艺运动的重要领导人和理论家，他为这场运动作了精彩的理论宣传和方向指导。尼尔一生致力于政治和写作事业，但始终坚持对艺术的严格要求和对文学的坚定信念。

---

① Lynn Washington, Black Aesthetic, In Yolanda Williams Page, ed., *Icons of African American Literature*, New York: Greenwood Press, 2011, p. 39.

② Larry Neal, The Black Arts Movement, In Addison Gayle, Jr. ed., *The Black Aesthetic*, Garden City, New York: Doubleday &Company, Inc., 1971, p. 259.

第三节　索妮亚·桑切斯及其思想

一、索妮亚·桑切斯生平

索妮亚·桑切斯（Sonia Sanchez，1934—），美国著名的非裔女诗人，剧作家和教育家，黑人文艺运动的先驱。1934 年 9 月 9 日，索妮亚·桑切斯出生于阿拉巴马州的伯明翰市，原名威尔索妮亚·德拉尔沃（Wilsonia Driver）。桑切斯一岁时母亲就离开了人世，幼时的桑切斯由祖母和其他亲戚带大。

1943 年，桑切斯和姐姐一起搬到纽约市的哈莱姆区，与父亲和继母共同生活。1955 年，桑切斯在曼哈顿的亨特学院（Hunter College）获得政治学学士学位，随后，她在纽约大学（New York University）师从路易斯·博根（Louise Bogan）进行了研究生阶段的学习，主攻诗歌写作。在纽约大学就读期间，桑切斯在格林尼治村组织了一个作家研习班，黑人文艺运动主要领导人和骨干成员阿米利·巴拉卡（Amiri Baraka）、哈基·马德胡布提（Haki R. Madhubuti）以及拉里·尼尔（Larry Neal）都是研习班的成员。此外，在出版家和黑人诗人达德利·兰博尔（Dudley Randall）的引导和推动下，桑切斯与马德胡布提、尼基·乔万尼（Nikki Giovanni）、埃瑟里奇·奈特（Etheridge Knight）三位思想激进的青年诗人一起组建了著名的黑人文艺运动组织——“锐评四重奏”（Broadside Quarter）诗社。

桑切斯的诗歌挑战代沟隔阂，为不同年龄阶段的读者所喜闻乐见。她也是一位严肃认真、富有独创精神的多产作家，迄今为止，索妮亚·桑切斯一共创作完成十几本诗集，包括《放松我紧绷的皮肤：新诗选集》（《Shake Loose My Skin：New and Slected Poems》）、《鼓声悠扬：爱情诗集》（《Like the Singing Coming Off the Drums：Love Poems》）、《你家里有狮子吗》（《Does Your House Has Lions?》）、《在朋友家里受伤》（《Wounded in the House of a Friend》）、《身为女人：新诗选集》（《I Have Been a Woman：New and Selected Poems》）、《在辽阔的天空下》（《Under a Soprano Sky》）以及《邻家女孩和手榴弹》（《Home girls and Hand Grenades》）等。索妮亚·桑切斯还曾编辑出版过非裔美国女诗人诗歌集，并创作过数十种儿童读物，出版了一些戏剧作品。索妮亚·桑切斯不仅著述颇丰，且曾在美国 500 多所大学和学院做过演讲，到过非洲、古巴、英国、加勒比、澳大利亚、尼加拉瓜、中国、挪威和加拿大等国家和地区游历。她获得过多项殊荣，1993 年桑切斯被授予皮尤协会艺术奖（Pew Fellowships in the Arts）。

黑人文艺运动时代，桑切斯在政治上积极参与民权运动，是黑人文艺运动的积极分子和骨干成员。

二、索妮亚·桑切斯的黑人文艺思想

（一）从种族融合到分离主义的转变

20 世纪 60 年代初，美国民权运动如火如荼，轰轰烈烈。此时的桑切斯已经是一位很有影响力的诗人、作家和政治积极分子。起初，桑切斯支持种族平等大会（Congress of Racial Equality）的哲学观点，主张取消种族隔离的民权思想，然而，桑切斯在黑人穆斯林领袖马尔科姆·爱克斯和黑人社区其他激进活动分子的影响下，逐渐接受到了当时盛行的政治激进主义，认为美国黑人永远不可能被白人真正接受。自此，其思想立场逐渐走向了分离主义，后来，桑切斯转而从分离主义的观点出发来关注黑人文化遗产问题。

桑切斯在黑人文艺运动的重要杂志上发表了很多诗歌，这些杂志包括《解放者》（The Liberator）、《黑人诗歌杂志》（《Journal of Black Poetry》）、《黑人对话》（《Black Dialogue》）以及《黑人文摘》（《Negro Digest》）。在她的早期诗集《回家》（《Homecoming》，1969）和《我们是坏人》（《We a BaddDDD People》，1970）中，桑切斯对“白人的美国”和“白人的暴力”进行了猛烈抨击，发出了黑人战斗的声音。之后，她继续描写黑人在社会和精神上所受的压制，并将之称为“新奴隶制度”。她的作品还聚焦性别歧视、虐待儿童以及不同时代和不同阶级间人与人之间冲突的主题。

桑切斯在其诗歌中表达了她对以白人为中心的学校体系的蔑视，同时她也提出了提高教育水平以及呼吁设立黑人研究课程的建议。1965 年，桑切斯在旧金山州立大学（San Francisco State University）执教，次年，她在该校开设非裔美国文学课程，成为美国历史上首位在白人占主导地位的大学开设了非裔美国文学课程的学者。1971 年，她加入了伊斯兰民族组织（Nation of Islam），1976 年她因该组织对女性的歧视与压迫，而脱离了这一组织。桑切斯从不避讳自己在诗歌创作中所表现出的政治倾向。在接受赫伯特·莱布维茨（Herbert Leibowtz）的采访时，桑切斯说:“如果你像有些批评家一样把我描述成一位抒情诗人，我会接受这一称谓；但我也是一个锋芒毕露的政治诗人。我不得不说，这是一个抒情的世界，更是一个可怕的世界。[①]在多次采访中她都形象地将自己的诗比作掷向社会政治的利器，可见其强烈的政治参与意识。

（二）以语言做武器的黑人文艺运动骨干成员

桑切斯深知黑人在现代美国政治和文化生活中所处的边缘地位，作为一位接受过诗歌方面高等教育的女诗人，桑切斯深知语言的强大力量，她是黑人文艺运动时代较早认识到语言革命重要性的一位非裔美国女诗人。为了体现她对美国白人文化的蔑视和对于黑人文化的推崇，她的很多诗歌是用美国黑人的语言写成的，以区别美国英语的语法和发音。她在诗歌创作上进行大胆创新，对诗歌的音韵、诗歌的结构排列、词法和句法的构成等进行颠覆性和革命性的改造，借以唤醒读者对黑人英语的重视，打破白人英语对黑人思想的桎梏，凸显黑人的政治话语权。例如，在她的诗歌中，无论是标题、开首单词，还是表示“我”这一概念的“i”，都无一例外采用小写形式；另外，她创作的诗歌的诗行排布常常是杂乱的、无序的。

1985 年，她在接受赫伯特·莱博维茨采访时，曾回忆道：“玩文字游戏是我幼时的爱好，正如我喜欢到外面跑啊、跳啊，玩文字游戏是我生活的一部分。词语是如此的美丽和富有创意，我喜欢一头扎进词语堆里。”[②]在她的诗作《居家女孩和手榴弹》中，桑切斯把语言具有的表现力和手榴弹联系到一起，试图引爆语言的破坏功能。她说：“我把语言当成手榴弹，来打破关于人、我们自己、我们的生活和思维方式的神话。”[③]桑切斯声称自己语言的革命性来自诗人 e·e·卡明斯

① Herbert Leibowtz, “Exploding Myth: An interview with Sonia Sanchez”, *Parnassus*, (Winter 1985), p. 357.
② Herbert Leibowtz, “Exploding Myth: An interview with Sonia Sanchez”, *Parnassus*, (Winter 1985), p. 357.
③ Ibid., p. 360.

（e e cummings）带来的影响。在诗歌创作中，桑切斯通常采用毫无规律的支离破碎的诗行排布来暗示一个无序、混乱和令人不安的世界。如她的诗歌《总结》（《Summary》）片段：

thru the new york times.
i thought
shd i have
thought anything
that cd not
be proved. i
thought and
was wrong. Listen.
fool
black
bitch
of fantasy. life
is no more than
gents
and
gigolos (99% american)
liars
and
killers (199% american)
dreamers
and drunks (299% american)
(ONLY GOD IS 300% AMERICAN)
i say①

① Sonia Sanchez, summary, In LeRoi Jones & Larry Neal, eds., *Black Fire: an anthology of Afro-American writing* , Baltimore, MD: Black Classic Press, 2007, p. 252.

全诗的诗行结构完全背离了传统的诗行组织形式，且在单词的拼写、大小写、标点符号等方面进行了颠覆性的变革。桑切斯坚持认为，不管是“严酷现实”还是“美好现实”，美国白人都用他们的英语去表达或掩盖。与其他占主导地位的语言一样，白人英语总是想方设法把自己的文化传统强于其语言的使用者身上，尤其是美国的少数族裔。在桑切斯看来，挑战传统的最重要和最有效的方式就是要挑战代表这种传统的语言结构。

桑切斯突破常规的诗行排列和独特的单词拼写给读者的视觉留下了极强的震撼和冲击力。同时，她的诗歌还融合了音乐的元素，每每读来都会给听众带来突破常规的感觉，让人感觉到一名黑人诗人所发出的强而有力的声音。1970 年，她的诗歌《我们是坏人》向读者问世，桑切斯把爵士乐的节奏律动融入诗歌，诗中发出的是黑人对于现实世界的不满，发出的是充满叛逆的呐喊：

aaa-ee-ooo-wah/wah
aaa-ee-ooo-wah/wah
aaa-ee-ooo-wah/wah
aaa-ee-ooo-wah/wah
git em with yo bad sel.f don. rat now.
go on& do it. Dudley. ratnow. yeah.
aaa-ee-ooo-wah/wah.
aaa-ee-ooo-wah/wah.
we a BAAAADDDpeople
& every day
we be gitting
BAAAADDER.①

桑切斯希望自己的诗歌可以实现直接改变人的思维，从而提升非裔美国人的政治敏感度。黑人文艺运动中另一位重要诗人唐·李认为，桑切斯的诗歌将“深深影响思维迟钝的人，有望为黑人开启一道思想之光”。②她在 1969 年出版的第一

① Sanchez Sonia, *We A BADDDDD People*, Detroit, Michigan: Broadcast Press, 1970, p. 53.
② Sanchez Sonia: *Home Coming,* Detroit, Michigan: Broadside Press, 1969, p. 6.

本诗集《回家》中，大胆地对控制美国舆论的主流报刊进行了抨击，丝毫不留情地揭露了美国主流社会话语的欺骗性：

我已经知道
并不像
他们在报纸上说的一样[①]

可以说，桑切斯在黑人文艺运动时代发起了一场语言革命。作为黑人文艺运动时期颇具影响力的诗人，桑切斯以诗歌作为表达自己对黑人民权和政治诉求的有力武器，更以诗歌创作作为参与黑人文艺运动的主要形式。在她的诗歌作品中，许多非裔美国人的政治领袖成为讴歌的对象，如马尔科姆·爱克斯、马丁·路德·金、法尼·罗·哈默、黑豹党领袖波比·赫顿等。桑切斯受过正规和系统的诗歌写作教育，她喜欢借用惠特曼式的诗歌表现形式来渲染气势，从而增强其政治表现力和感染力，以此表现非裔美国人为争取政治地位所拥有的势不可挡的强大政治力量。无疑，桑切斯已经把诗歌锤炼成为政治斗争的武器。

（三）为女性呐喊，发出女性的最强音

桑切斯的思想中不仅包含着强烈的黑人意识和政治激情，同样也拥有作为一位女性所特有的敏锐的性别意识。在接受访谈中，桑切斯曾说道："女性的感觉、思维和世界观与男性截然不同。"[②]非裔美国诗人达德利·兰德尔（Dudley Randall）在为《我们是坏人》所做的序言中，曾作过非常中肯的评价："桑切斯的诗歌有着很强的政治性，但是，在我看来，她的诗歌最动人之处莫过于那些关于男人和女人、女人和毒瘾的主题。很显然她在写这部诗集时内心正受到煎熬之苦，她的痛苦促使她放声歌唱，有时甚至高声尖叫。"[③]桑切斯的诗歌《一位毒瘾姐妹的夏日私语》（《summer words of a sistuh addict》）就充分体现了她的性别政治意识。在这首诗中，置于句首的"sunday"和"i"并不大写，个别单词的拼写变形夸张，这些是从诗歌形式上对传统英语的反叛，同时也和诗中黑人女子周日去教堂做礼拜之后"吸毒"的那种恍惚状态相得益彰；从内容上讲，诗人有意把"星期天""教

① Ibid., p. 9.
② Herbert Leibowtz, "Exploding Myth: An interview with Sonia Sanchez", *Parnassus*, (Winter 1985), p. 357.
③ Sanchez Sonia: *Home Coming,* Detroit, Michigan: Broadside Press, 1969, p. 10.

堂”和“吸毒”放在一起，通过对宗教的无力和毒品的强大的鲜明对比以暗示女性精神的空虚，从而也把这位黑人女子所面临的来自个人、家庭和社会三方面的问题交织在一起，显示出黑人女性的痛苦和迷惘。联系到作者桑切斯的个人经历，人们会发现这首诗从某些方面讲堪称是桑切斯个人生活经历的真实写照。桑切斯的第二任丈夫埃瑟里奇·奈特是一个“瘾君子”，她的个人痛苦大都与奈特有关。桑切斯曾专门为自己的丈夫写诗，在一首题为《致埃瑟里奇》（《poem for etheridge》）的诗中，桑切斯用极其夸张的拼写形式显现出黑人女子的焦虑和牵挂，并用埃斯利奇的悲剧警示天下男人。

桑切斯诗歌使用了黑人的日常语言，摒弃了正统的英语语法和发音规则，不拘一格，不受局限，也是对黑人语言的一种颂扬与宣传。因此，可以说她对黑人文学的发展所作出的贡献是巨大的。必须指出的是，桑切斯在诗歌语言方面的反叛表现以及通过女性视角所表达出的诉求实则和她作为一位黑人文艺运动积极分子的身份密切相关。

索妮亚·桑切斯多年以来坚持不懈地参加政治活动，为推动对黑人的学术研究、维护黑人族群的权利作出了突出的贡献。她是 20 世纪最具影响力的黑人女作家之一，也是民权运动及黑人艺术运动的领军人物。桑切斯为了非裔美国人的权利而奔波不息，她获得的很多荣誉和奖项不仅是对其文学成就的肯定，也是对她的政治敏锐性和积极性的褒扬。

第四章 黑人文艺运动的主要内容

黑人文艺运动兴起于纽约，其真正走向成熟是在湾区（Bay Area）和中西部地区（Midwest），这场运动是一场与政治、社会运动平行发展并与不断发展中的黑人社会生活紧密联系的文化运动。[①]黑人文艺运动宣扬“黑人美学”和黑人文化民族主义思想，是一场旨在提升黑人民族自豪感、彻底消灭“黑鬼意识”的“新黑人运动”。黑人文艺运动激励了美国黑人开办自己的印刷社，创办自己的杂志、期刊，并成立自己的艺术机构，也促使美国大学内创建了许多非裔美国人研究项目。此外，黑人文艺运动时期，非裔美国人在戏剧、诗歌、舞蹈、音乐以及视觉艺术领域也取得了令人注目的成就。

第一节 黑人文艺运动的精神内涵

黑人文艺运动因其倡导的独具特色的美学思想又被称作“黑人美学运动”。在这场运动中，黑人艺术家倡导黑人美学，颂扬黑人文化民族主义思想，这两种思想紧密相连，交织在一起，共同构建起黑人文艺运动的思想体系。自1965年阿米利·巴拉卡和其他黑人文艺运动骨干成员创办“黑人文艺剧院兼学校”以来，包括黑人戏剧、诗歌和音乐等文学艺术作品开始在美国国内乃至国际上产生较大影响，各种通俗和学术性的黑人刊物纷纷问世，黑人文艺空前繁荣。

从1968年到1971年，黑人文艺运动的骨干成员和领导者拉里·尼尔、阿米利·巴拉卡、艾迪生·盖尔、霍伊特·富勒、罗恩·卡伦加等在《黑人文摘》《黑人世界》期刊上刊载了大量论述“黑人美学”等黑人文艺思想的文章，一些重要的文章还被结集出版，这些内容涉及黑人美学的界定、功能、技巧和评价等。

① 施咸荣：《美国黑人的三次文艺复兴》，《美国研究》，1988年第4期，第73-88页。

这些文章的作者不仅是黑人文艺运动的重要成员，同时也是重要的黑人美学家和思想家，他们不仅领导和参与各种黑人文艺活动，也通过著述宣扬黑人文艺运动思想。应当说，这些著述集中概括和体现了黑人文艺运动的精神内涵，成为这场运动留给世人的重要精神遗产。

一、颠覆西方美学，构建黑人美学观

黑人文艺运动重要理论家拉里·尼尔在其被誉为“黑人文艺运动宣言”之作《黑人文艺运动》中对西方美学进行了审视和颠覆性的评价：

> 西方美学已经走到了尽头：在这种衰败的体系下，几乎不可能构建任何有意义的东西，我和许多黑人作家都持有这一观点。我们呼吁发起一场艺术和观念上的文化革命，我们要么彻底改变根植于西方历史的文化价值观，要么将之彻底摧毁。我们可能会发现，我们不可能将之彻底改变。事实上，我们所需要的是一套全新的观念体系。[①]

在此基础上，尼尔进一步提出对西方文化美学进行彻底重组，主张拥有属于非裔美国人的象征主义、神话、批评和和肖像学的观点。黑人文艺理论家反对主流欧洲中心模式的白人文艺思想、美学观以及“融合诗学”，抨击“为艺术而艺术”的唯美主义思想，重视艺术在提高黑人社会文化觉悟方面的作用。罗恩·卡伦加毫不讳言其针对西方美学的观点：

> 因为我们无法接受“为艺术而艺术”的错误原则。事实上，世上不存在“为艺术而艺术”的事物，所有的艺术反映了其包孕其中的价值体系。如果艺术家的创作只为自己而非他人，他只会把自己封闭起来，其绘画、写作或演奏也只能为了自己。……总之，……如果这件艺术品首先不具备功能性即用处，我们的评价对之不会有利。[②]

---

① Larry Neal, The Black Arts Movement, In Addison Gayle, Jr. ed., *The Black Aesthetic*, Garden City, New York: Doubleday & Company, Inc., 1971, p. 258.

② Ron Karenga, Black Cultural Nationalism, In Addison Gayle, Jr. ed., *The Black Aesthetic*, Garden City, New York: Doubleday & Company, Inc., 1971, p. 32.

从 1965 年到 1974 年，阿米利·巴拉卡发表和出版了包括剧本、诗集、论文集、短篇小说集、文选等在内的多种作品，他还建立了各种社区组织，创办出版社和期刊等，这些都为黑人美学的发展发挥了重要作用。在题为《黑人文学的神话》一文中，巴拉卡批评了那种希望融入美国主流文化、模仿白人中产阶级的黑人文学，并指出，黑人作家要从作为美国黑人情感史的牺牲者和记录者的角度，利用其所有的美国体验，去发展其合法的文化传统。[①]

被誉为黑人美学"精神之父"的霍伊特·富勒在 1968 年发表的《走向黑人美学》一文中对黑人美学进行了界定："黑人美学是一种把反映黑人经历独特之处和当务之急的黑人艺术作品区别开来进行评价的体系。"[②]在富勒看来，黑人在文学领域内的造反与在街头的造反一样明显，黑人革命作家与"文学主流"间的决裂非常必要、干净和决绝。[③]他认为："黑人批评家有义务和责任走近那些持这些品质存在观点的黑人作家的作品，并且知道不能指望白人读者和白人批评家去认同黑人风格和技巧的微妙和重要之处，同时，也不能指望他们会对之产生共鸣。他们有责任反驳白人批评家，有责任把事物放到合适的视角去分析和解读。"[④]

朱利安·梅菲尔德（Julian Mayfield）在《你碰我的黑人美学，我就碰你的》（《You Touch My Black Aesthetic and I'll Touch Yours》）一文中指出：虽然很难直接定义什么是"黑人美学"，但却"很容易从反面的角度定义它"，例如，"黑人美学并非像许多人想象的那样，是黑人发明出来挫败白人的一种谈话方式或一种秘密语言。""如果存在黑人美学，那么黑人美学是对新规划的追寻，因为所有源自犹太—基督精神的陈旧规划都给我带来失败。黑人美学寻求一种全新的精神品质，或重新获取遗失的、被深埋在非洲过去的旧的精神品质。"[⑤]

由艾迪生·盖尔编辑的文集《黑人美学》是最重要的黑人文艺文集之一。盖

---

① LeRoi Jones, "The Myth of a 'Negro Literature'", *The Saturday Review*, April 20, 1963, p. 20. http://www.unz.org/Pub/SaturdayRev-1963apr20-00020:21 2015-04-13。

② Hoyt W. Fuller, Towards A Black Aesthetic, In Addison Gayle, Jr. ed., *The Black Aesthetic*, Garden City, New York: Doubleday & Company, Inc., 1971, p. 8.

③ Hoyt W. Fuller, Towards A Black Aesthetic, In Addison Gayle, Jr. ed., *The Black Aesthetic*, Garden City, New York: Doubleday & Company, Inc., 1971, p. 3.

④ Ibid., 1971, p. 11.

⑤ Julian Mayfield, You Touch My Black Aesthetic And I'll Touch Yours, In Addison Gayle, Jr. ed., *The Black Aesthetic*, Garden City, New York: Doubleday & Company, Inc., 1971, p. 23-30.

尔在文集的前言中阐述了他的黑人美学观。他认为美国黑人作家心中的黑人美学是“一种起矫正作用的事物，一种帮助黑人摆脱被污染的美国主义（Americanism）主流的方式，一种提供合乎逻辑的、缜密辩论的方式……。”[①]他还进而表达了在美国的每个黑人社区实现去美国化（de-Americanization）的愿望。

卡伦加则对黑人美学进行大胆阐释，他在《黑人文化民族主义》一文中指出：

> 黑人艺术和黑人社区其他所有事物一样，必须要对革命现实进行积极回应。黑人艺术必须成为并一直是推动我们快速并创造性改变的革命机器的一部分。我们一直在说，并继续说，我们现在发起的这场战斗是改变黑人头脑的战斗，如果我们输掉这场战斗，那么我们就无法赢得暴力战斗。黑人艺术变得非常重要，它在黑人生存中发挥了应有的作用，而没有陷入无意义疯狂、荒废的西方世界的泥沼中。为了避免这种疯狂，黑人艺术家和有志成为艺术家的黑人必须接受这一事实：我们需要的是一种美学，一种黑人美学，一种评判艺术作品的美和正确性的标准。[②]

卡伦加之后对黑人艺术进行的剖析更令人震撼：“黑人艺术必须揭露敌人，赞美人民和支持革命。黑人艺术必须像琼斯的诗歌那样是行刺者的诗歌，这些诗歌具有杀伤力，能够射出子弹。”[③]尼尔则进一步明晰了“黑人美学”的具体内容，把黑人美学和黑人文化传统、第三世界、伦理基础等联系起来，从而拓展了黑人美学的内涵和外延。

此外，黑人文艺思想家也对黑人艺术家和批评家提出了要求，表达了期望。在《目前黑人文学的功能》（《The Function of Black Literature at the Present Time》）一文中，盖尔一针见血地指出，那些不赞同文化领域存在种族隔阂并寻求美国社会认可的黑人艺术家的结局是被转化成为“碳化版的白人”（carbon copies of white

① Addison Gayle, Jr., Introduction, In Addison Gayle, Jr. ed., *The Black Aesthetic*, Garden City, New York: Doubleday & Company, Inc., 1971, p.xxii.

② Ron Karenga, Black Cultural Nationalism, In Addison Gayle, Jr. ed., *The Black Aesthetic*, Garden City, New York: Doubleday & Company, Inc., 1971, p. 31.

③ Ron Karenga, Black Cultural Nationalism, In Addison Gayle, Jr. ed., *The Black Aesthetic*, Garden City, New York: Doubleday & Company, Inc., 1971, p. 32.

men)。[①] 富勒指出，新的黑人批评家“将能够清楚地表达和阐释这种新的美学，最终发起早就该进行的攻击，向白人批评家限制性的臆说发起进攻”。[②]

二、宣扬“黑色即美丽”和“黑人性”，传播黑人文化民族主义

在黑人艺术家眼里，几百年来，美国社会通过无尽的方式告诉黑人，他们是丑陋的。白色的皮肤、直发和鹰钩状的鼻子，这些构成了美的唯一标准，现在黑人已经对此提出反抗。这一趋势尚未达到雪崩的时刻，但是未来已经非常清楚：越来越多的黑人正挣脱模仿的枷锁，自豪地展露出属于自己的肤色、毛发和他们的自然特征。[③]在一首写给巴拉卡的诗中，诗人约瑟夫·布什（Joseph Bush）呼吁欣赏黑人之美：

我们都将要从那些假发的后面走出来
开始停止使用绝不能成为我们参考标准的美的标准
从我们的头发中洗掉过多的油膏，从漂白的囊袋中走出来
作为非白种人——黑人
去致力于对我们有意义的工作[④]

在这一点上，富勒的言辞更富激情：

> 整个美国的青年黑人男女都为一种信念所深深感染。他们高呼：“我们是黑色的，我们是美丽的”。……他们深深地为使其坚持下来的力量之奇迹所震撼，为从精神上击败久拖不止、蓄意强加在他们身上的压迫而震撼，他们正睁大双眼，聚精会神地去重新发现自己的遗产和历史。[⑤]

黑人文艺时代，觉醒的非裔美国人把“黑色即美丽”看作是充满情感的信条（affectionate shibboleth），在他们看来，“在美国，黑色代表着任何一个血管中流

① Addison Gayle, Jr., The Function of Black Literature at the Present Time, In Addison Gayle, Jr. ed., *The Black Aesthetic*, Garden City, New York: Doubleday & Company, Inc., 1971, p. 386.
② Hoyt W. Fuller, Towards A Black Aesthetic, In Addison Gayle, Jr. ed., *The Black Aesthetic*, Garden City, New York: Doubleday & Company, Inc., 1971, p. 9.
③ Ibid., p. 8.
④ Ibid., p. 8.
⑤ Hoyt W. Fuller, Towards A Black Aesthetic, In Addison Gayle, Jr. ed., *The Black Aesthetic*, Garden City, New York: Doubleday & Company, Inc., 1971, p. 7.

淌着黑人血液的人的自我和灵魂。”[①]“黑色是我们使用的一个高度意象化的字眼，我们要用它摧毁构建在使黑色和白色两极化复杂意象之上的神话。”[②]

黑人权力运动和黑人文艺运动响亮地提出了“黑色即美丽”的口号，这个口号蕴含的意义是：非裔美国人对自己的种族、自己的先辈、自己的历史感到自豪，并提倡一种以平等和没有个人贪婪或剥削他人的欲望为基础的世界观。[③]对于非裔美国人而言，“黑色即美丽”并不是一个简单的口号，他们需要发掘其内涵，赋予其不同寻常的含义。艾迪生·盖尔曾有非常重要的论述：

> 接受“黑色即美丽”这一表达形式紧随其后的必须是严肃的学术研究和艰辛的努力，黑人批评家必须发掘深藏这一表达之下的内涵，揭示深埋黑人经历中未被探索之地的美的宝藏。[④]

此外，非裔美国艺术家还提出“黑人性”的观点，并将之作为黑人文艺思想体系中的重要术语。关于黑人性，包括杜波依斯等许多非裔美国学者均有表述。在黑人文艺时代的非裔美国艺术家看来，黑人性指身份被识别为黑人和自我识别为黑人的那些人在身体上和文化上的状况、品质和条件。从哲学和文化的角度看，黑人性是非洲文化传统的标记，它与西方文化的标准是背道而驰的。它的表现涉及许多方面，诸如“偏好口头性语言和言语的节奏和音乐性，甚至在写作时也是如此；强调集体的身份、社区的重要性大于个人；理性与非理性、自然与超自然的无缝融合，一种把发展视为是圆周的或者循环的而不是线性的普遍观点。”[⑤]霍伊特·富勒认为为了取得黑人社会内部的团结和力量，黑人民族必须找回并尊崇自己独特的文化之根，需要一种摆脱白人种族主义文化价值观念影响的“神秘的黑人性”。[⑥]

---

① James A. Emanuel, Blackness Can: A Quest for Aesthetics, In Addison Gayle, Jr. ed., *The Black Aesthetic*, Garden City, New York: Doubleday & Company, Inc., 1971, p. 193.

② Ibid., p. 194.

③ 程锡麟：《黑人美学》，《外国文学》，2014 年第 2 期，第 106-117 页。

④ James A. Emanuel, Blackness Can: A Quest for Aesthetics, In Addison Gayle, Jr. ed., *The Black Aesthetic*, Garden City, New York: Doubleday & Company, Inc., 1971, p. 202.

⑤ 程锡麟：《黑人美学》，《外国文学》，2014 年第 2 期，第 110 页。

⑥ 程锡麟：《一种新崛起的批评理论：美国黑人美学》，第 74 页。

在许多黑人文艺运动参与者看来，艺术就是政治。而卡伦加则干脆宣称“艺术的真正功能是利用自己的手段去发动革命。”[①]黑人艺术家决心致力于面向黑人的艺术，并由此实现黑人解放的使命。巴拉卡曾宣称：“黑人必须寻求黑人政治，寻求对其文化、对其内化和对于世界判断有益的世界秩序（the ordering of the world）。黑人艺术家急需通过坚持黑人情感、黑人灵魂和黑人判断力去改变其人民所认同的形象。”[②]黑人文化民族主义把爵士乐看作融入个人意识、经济独立、对政治有益的艺术形式。例如，黑人文艺运动中的文化民族主义者培养对于现代爵士音乐家的鉴赏力，并将爵士音乐家塑造为追求黑人自由的标志。巴拉卡认为爵士乐和其他黑人音乐是黑人发展起来的用以毫无保留地描绘黑人经历的语言。他和其他文化民族主义者相信音乐可以促进黑人身份认同，提升对于政治斗争极为重要的黑人自豪感。[③]

三、根植并服务黑人社区，重视和颂扬黑人传统文化

黑人文艺运动的思想家极其重视黑人传统文化尤其是黑人音乐在重塑黑人形象，提升黑人自豪感，教育黑人民众方面所发挥的独特作用。巴拉卡在《黑人文学的神话》一文的开篇中指出：

> 所谓“黑人文学”平庸一说是美国文学最为公开的秘密。如果存在某种令人印象深刻的平庸之处，黑人在大多数美国“高雅艺术”领域的贡献确有几处非同寻常的特例。只有音乐而且非常显著的要数布鲁斯、爵士乐和黑人圣歌这些“黑人音乐”才能算得上美国黑人作出的重大贡献。[④]

在黑人艺术家看来，爵士音乐家的音乐通常淳厚而质朴，但是，它同样也可以充满原始的野性力量和令人眼花缭乱的复杂元素。爵士乐看起来是对西方和谐、

---

① Hoyt W. Fuller, Towards A Black Aesthetic, In Addison Gayle, Jr. ed., *The Black Aesthetic*, Garden City, New York: Doubleday & Company, Inc., 1971, p. 9.

② Darlene Clark Hine &William C. Hine & Stanley C. Harrold, *The African-American Odyssey (Combined Volume) 4th edition*, New Jersey: Prentice Hall, 2010, p. 622.

③ Ibid., p. 624.

④ LeRoi Jones, “The Myth of a ‘Negro Literature’”, *The Saturday Review*, April 20, 1963, p. 20.http://www.unz.org/Pub/SaturdayRev-1963apr20-00020:21 2015-04-13。

节奏、旋律和曲调概念的挑战，爵士乐需要即兴而作，采用任何启迪你的信息去创造属于你自己的表达形式，其重点不是原创，而是个人表达。①巴拉卡认为美国黑人是非洲音乐传统与黑人在美国的生活体验相融合的产物，是黑人从非洲奴隶到美国奴隶、从自由人到公民的变迁记录。他提出要把黑人音乐融入黑人文学之中，以展示黑人音乐在白人美国中的“力量和活力”。他认为黑人音乐的非洲视角最能表达非洲裔美国人及其文化的“基本特征”，未来的黑人作家要通过极力仿效黑人爵士乐和布鲁斯音乐家才会有所成就。巴拉卡对黑人音乐的强调是极有见地的，因为黑人音乐是黑人文化传统中最基本、最有活力的因素之一，对黑人文学作品的形式、内容和风格都产生了巨大的影响。②

尼尔在《黑色火焰》一书的后记中反复强调黑人音乐在动员和激发黑人民众方面的关键作用，他认为黑人音乐一直远远超前于黑人文学，黑人音乐是对黑人是什么和黑人感受的最具支配性的展示。③同时，他斩钉截铁地就黑人文学和黑人社区间的关系表明了自己的立场：“黑人文学必须成为社区生活方式中不可分割的一部分，我相信黑人文学一定也会成为潜藏着黑人整个历史中的神话和经历的不可分割的一部分。”④巴拉卡则坚持认为艺术要精确地描写生活；艺术要指导大众；艺术要提高社会意识；艺术来源于社区并为社区服务。⑤

谈到黑人艺术特点，卡伦加提出：“所有黑人艺术无论有任何技术上的要求，都必须有使它具有革命性的三个基本特征，即它必须具备功能性的、集体性的和责任性。”⑥他对艺术的集体性进行了详细的阐述：

---

① Darlene Clark Hine &William C. Hine & Stanley C. Harrold, *The African-American Odyssey (Combined Volume) 4th edition*, New Jersey: Prentice Hall, 2010, p. 624.
② 程锡麟：《黑人美学》，《外国文学》，2014 年第 2 期，第 110-111 页。
③ LeRoi Jones, “Black Art”, In LeRoi Jones & Larry Neal, eds., *Black Fire: an anthology of Afro-American writing* , Baltimore, MD: Black Classic Press, 2007, p. 653-654.
④ Ibid., p. 653.
⑤ Amiri Baraka, *Raise, Race, Rays, Race: Essays Since 1965*, New York: Random House , 1972, p. 248.
⑥ Ron Karenga, Black Cultural Nationalism, In Addison Gayle, Jr. ed., *The Black Aesthetic*, Garden City, New York: Doubleday & Company, Inc., 1971, p. 32.

> 简而言之，黑人艺术必须来自人民并必须以比现实生活更为美丽多彩的形式返回到人民群众中去。这就是艺术：日常生活赋予了形式和色彩。黑人艺术家能够发现没有什么主题能够比得上黑人民众本身，没有以此为主题并将此主题发扬光大的黑人艺术家会发现其创作何等贫乏，因为任何人的存在无法脱离其生存的环境。如果一位艺术家把自己的存在归因于非裔美国人的环境，那么他的艺术同样无法脱离这一环境，因此他的艺术也必须为生存在这一环境的人民负责。①

非裔美国人一直背负着历史留下来的奴隶身份的烙印，黑人文艺时代，非裔美国人一方面努力寻求在西方异文化的生态环境中生存，另一方面，黑人解放运动的浪潮不断冲击着他们的心灵，让他们产生了通过传统文化求得自身身份认同和民族意识提升的强烈愿望，而 20 世纪 60 年代特殊的历史背景为非裔美国人充分表达诉求、发出压抑的心声提供了广阔的舞台。

20 世纪 80 年代，施咸荣先生在《美国研究》杂志上发文，率先对黑人文艺运动进行梳理研究。通过大量的文献史料，他得出结论，认为黑人文艺运动的“中心内容是标榜黑人权力（Black Power）的文化民族主义和鼓吹“黑人美学”（Black Aesthetic）的分离主义。”②施先生的总结切中肯綮，点出了问题的本质。然而，通过笔者的研究发现，在这场运动中，黑人文艺运动的理论家所追寻的文化民族主义与其宣扬的分离主义，其本质是对“黑人权力”的苦苦追寻，而这些无一不是黑人文艺运动的参与者们寄希望借助黑人文学艺术及其宣扬的“黑人美学”这一载体来实现的。

第二节　黑人文艺运动的主要文艺成就

伴随黑人文艺运动兴起的文学艺术形式可谓多姿多彩，异彩纷呈，而诗歌、戏剧、音乐、舞蹈和视觉艺术因其独特的艺术魅力和对后世的影响更令人瞩目。

---

① Ron Karenga, Black Cultural Nationalism, In Addison Gayle, Jr. ed., *The Black Aesthetic*, Garden City, New York: Doubleday & Company, Inc., 1971, p. 33.

② 施咸荣：《美国黑人的三次文艺复兴》，《美国研究》，1988 年第 4 期，第 80 页。

一、诗歌

黑人文艺运动的许多成员把诗歌看作响应黑人民众需求的最有效工具。1965年，阿米利·巴拉卡所写的诗歌《黑人艺术》（Black Art）被称作黑人文艺运动中文学运动的宣言之作。诗歌在这场运动中广受青睐，一是因为诗歌的结构形式比较简洁，诗人们可以较快地完成创作，让自己的作品在较短的时间里和读者见面，以便有力地传递想要表达的信息。巴拉卡和哈基·马德胡布提（Haki R. Madhubuti）[①]同样也认识到诗歌的方便性：用不大的空间传递巨大的能量。[②]尼基·乔万尼（Nikki Giovanni）在自己的诗歌《为了桑德拉》（*For Saundra*）中，描写自己不能写一首关于大自然美妙韵律诗歌的境况，全诗短短一百二十余字，便淋漓尽致地向人们揭露了白人和黑人民众的生活环境中所存在的不平等现象。二是因为诗歌很容易吸收大众语言，这也是这场运动中诗人们的目标所在。诗人们在创作中经常采用布道词、日常交谈以及爵士乐和布鲁斯音乐中的语言。由于黑人民众是这场运动的重要组成部分，因此，在努力重塑非裔美国人形象的过程中，证明他们日常风俗及其语言的价值具有非常重要的意义。[③]底特律和芝加哥的出版社间的联系和交流对尼基·乔万尼、埃瑟里奇·奈特、索妮亚·桑切斯等青年诗人创作出黑人文艺运动最富才华和实验性的作品发挥了推动作用。这些诗人创作的作品与非裔美国人的方言土语产生了共鸣，非裔美国人的民间语言把布道的节奏旋律和流行音乐以及黑人“街头演说”糅合在一起，形成了一种充满生机与活力的新诗歌形式：自由、充满对话元素、激进活跃，酷劲十足。[④]值得一提的是，在诗歌创作中，索妮亚·桑切斯和恩托扎克·香格（Ntozake Shange）等诗人深谙语言的力量，不断大胆甚至颠覆性革新诗歌的语言表现形式，成为黑人文艺运动时期诞生的诗歌的一大特色。

正是由于诗歌的独特价值，诗人是黑人文艺运动艺术家中的最大群体。这场

① 又名唐·L·李（Don Luther Lee），黑人文艺运动的骨干成员之一。

② RaShell R. Smith-Spears, Black Arts Movement, In Yolanda Willimas Page, ed., *Icons of African American Literature: The Black Literary World*, New York: Greenwood Press, 2011, p. 47.

③ Ibid., p. 48.

④ Darlene Clark Hine &William C. Hine & Stanley C. Harrold, *The African-American Odyssey (Combined Volume) 4th edition*, New Jersey: Prentice Hall, 2010, p. 624.

运动中著名的诗人包括阿米利·巴拉卡、哈基·马德胡布提、索妮亚·桑切斯（Sonia Sanchez）、阿斯基亚·杜尔（Askia Toure）、汤姆·邓特（Tom Dent）、A. B. 斯派曼（A. B. Spellman）、鲍勃·卡夫曼（Bob Kaufman）、尼基·乔万尼、乔伊纳·科德兹（Jayne Cortez）、伊什梅尔·里德（Ishmael Reed）、雷蒙德·帕特森（Raymond Patterson）和罗伦佐·托马斯（Lorenzo Thomas）等。当代美国文学评论家经常批评黑人文艺运动忽视了女性作家的存在，有趣的是在四位最重要和最受人欢迎的黑人文艺运动诗人巴拉卡、乔万尼、马德胡布提和桑切斯中，有两位是女性。此外，由非裔女诗人玛丽·埃文斯（Mari Evans）创作的诗歌《我是一个黑人妇女》（《I Am A Black Woman》），也是黑人文艺运动期间广为收录和传颂的名篇。

二、戏剧

与之前的美国文化运动相比，黑人文艺运动更注重表演。黑人文艺运动活动的两大特点是黑人戏剧团体的发展及黑人诗歌在表演和创作数量方面的激增。[①]在这场运动中，被称为“黑人文艺运动之父”的巴拉卡旗帜鲜明地把将黑人戏剧作为政治斗争和推动黑人运动的武器。1965 年，巴拉卡在哈莱姆黑人社区与人联手成立了“黑人文艺剧院兼学校”，该团体的成立标志着黑人艺术运动正式拉开帷幕，尽管这一团体维持的时间不足一年，然而由它开创的先例却深深影响和激励了美国许多黑人剧团的成立及其创作模式。非裔美国人民俗艺术团（The Afro-American Folkloric Troupe）是于 1962 年在旧金山成立的一家艺术团体，它开创了普遍为今人接受的诗歌戏剧节目表演形式，在黑人文艺运动时代的非裔美国人中拥有很大的影响力。

黑人文艺运动时期的戏剧和诗歌与社区组织和社区重大问题息息相关。[②]黑人剧院通常是艺术活动的中心，这些剧院里开展的艺术活动不仅包括传统的西方戏剧演出和新发展起来的仪式戏剧（ritual drama）演出，还包括诗歌、舞蹈和音乐

① Kalamu ya Salaam, “*The Magic of Juju: An Appreciation of the Black Arts Movement*”, Chicago: Third World Press, 2013, p. 120.

② Ibid., p. 124.

表演。传统戏剧通常带有现实性特征，其作品展示的是生活的片段，观众仅仅是旁观者，而黑人仪式戏剧往往让观众参与表演，并将音乐和舞蹈融入其中。同时，黑人剧院也为社区集会、演讲、学习小组和电影放映提供了场所。在整个美国，地方黑人社区形成了包括位于芝加哥，由瓦尔·格雷·沃德（Val Gray Ward）创办的库姆巴研习所（Kuumba Workshop）和巴拉卡创办的精神之屋剧院（the Spirit House）等属于黑人自己的戏剧团体。通过举办研讨会、出场客串、时装秀、艺术展、独舞表演、游行和大众媒体聚会（mass media parties）等形式，这些组织走入了黑人民众的生活。进入 20 世纪 70 年代，黑人文艺运动剧院和文化中心在全美发展非常活跃。

阿米利·巴拉卡是黑人文艺时代最著名的剧作家，他创作了包括《盥洗室》（《The Toilet》，1963）、《荷兰人》（《Dutchman》，1964）、《奴隶》、《吉罗》（《Jello，1965》）、《贩奴船》（《Slave Ship，1967》）、《实验死刑队一号》（《Experimental Death Unit#1》，1965）和《生活的大德》（《Great Goodness of Life》，1970）等十多部重要的黑人文艺戏剧作品，其代表作品《荷兰人》为他赢得了奥比大奖，使得他成为美国知名人物，也对这场运动产生了巨大影响。此外，在黑人文艺时代众多黑人剧作家中，艾德·布林斯是另一位重要的代表性剧作家，他是黑人文艺运动时代高产的黑人剧作家，也是受过奖励最多的黑人剧作家。1968 年夏天，由布林斯编辑的特刊《戏剧评论》登载了黑人文艺主要积极分子索妮亚·桑切斯、罗恩·米尔纳（Ron Milner）和小伍迪·金（Woodie King，Jr.）等的大部分文章和戏剧作品，该卷成了黑人文艺教科书。深受巴拉卡影响的布林斯在其戏剧作品中，描绘了普通的黑人生活，剖析了阻止黑人民众无法实现其自身解放和发挥其全部潜能的内在因素，向读者展示了种族主义如何把黑人经历和意识扭曲致畸。

三、音乐

在黑人文化领域，由于音乐通常是非裔美国人首先掌握的一门艺术，黑人音乐家则成为率先对黑人民众产生影响的群体。同样，尽管艺术创作在各个领域都深受黑人文艺运动的影响，但黑人音乐的革新理念在很多方面先于这场运动的其他艺术形式，处于前沿地位。在黑人文艺运动时代，包括福音音乐（gospel）、布鲁斯、爵士乐以及流行音乐在内的黑人音乐一直被视作引领非裔美国文化的表达方式，其重大创新和发展对所有美国流行文化产生了影响。虽然福音音乐是民权运动中“自由之歌”（Freedom Songs）的主要源泉，但是爵士乐和节奏布鲁斯（Rhythm & Blues）是黑人文艺运动的主要音乐形式。[①]其中，爵士乐对知识分子更具吸引力。在黑人文艺运动蓬勃发展时期，黑人流行音乐家通过举办演出和音乐会以筹集资金，宣扬黑人自豪感。正如“自由之歌”所发挥的作用一样，黑人权力时代的灵魂音乐（soul music）成为团结黑人民众的一支力量。[②]

黑人文艺运动时代是一个演艺人员不能把艺术和政治分开去单纯做一名演艺人员的时代。被称为“灵魂乐教父”（Godfather of Soul）的詹姆斯·布朗（James Brown）是帮助人们领会黑人文艺运动时代音乐巨变的关键人物。尽管他是黑人文艺运动时代的一位政治立场倾向保守的非裔美国歌手，但是他对音乐进行了创新，其创新中吸收了黑人文艺运动的美学原则，也吸收了与黑人文艺运动的目标相一致的政治原则，并取得了很大的成就。[③]布朗的一曲《大声说“我是黑人，我为此骄傲”》（《Say It Loud—I'm Black and I'm Proud》）在这场运动中具有里程碑意义，被称作黑人文艺运动时代的“圣歌”。

人们普遍认为，黑人文艺运动时代最具影响力的爵士乐手是约翰·科特恩（John Coltrane），詹姆斯·布朗也曾受到过他的影响。正值黑人文艺运动摆脱形成期的外壳并成为一种全国性的自觉现象之际，科特恩的爵士乐发展到了顶峰。科特恩音乐创新直接引发了文学创新，其中，最广为人知的例子是哈基·马德胡布提的名诗《不要哭泣，要喊出来》（《Don't Cry, Scream》）。在这首诗中，他把科特恩的萨克斯韵律和实际“发声”当作文学创造手段。科特恩的整个艺术生涯反映了他对黑人文艺运动的两大美学根源非裔美国人的布鲁斯文化和非洲音乐美学的认真研究。由于黑人文艺运动艺术家和科特恩拥有相同的创作根源，黑人文艺

① Kalamu ya Salaam, "A Primer of the Black Arts Movement: Excerpts from the Magic of Juju: An Appreciation of the Black Arts Movement", *Black Renaissance/Renaissance Noire,* (June 2002), p. 47.

② Darlene Clark Hine &William C. Hine & Stanley C. Harrold, *The African-American Odyssey (Combined Volume) 4th edition*, New Jersey: Prentice Hall, 2010, p. 625.

③ Ibid., p. 47.

运动艺术家对科特恩的音乐作品反响强烈，受到的影响也很大。[①]

四、舞蹈

相比之下，黑人舞蹈对美国文化的影响比不上黑人音乐所产生的影响，但是其影响力在某些方面不逊色于黑人文学或者黑人视觉艺术。[②]从影响范围上讲，黑人文艺运动期间，美国黑人舞蹈的影响不仅限于音乐会和职业艺术家的圈子，而更多的是影响黑人民众。长期以来，美国社会普遍存在黑人身体即使通过训练也无法胜任欧洲舞蹈传统表演的说法，而亚瑟·米切尔的哈莱姆舞蹈剧院（Arthur Mitchell's Dance Theatre of Harlem，DTH）通过自身的表演让这一偏见不攻自破，哈莱姆舞蹈剧院也因此而名声大震。

相对于职业黑人舞团来说，黑人文艺运动时代的黑人流行舞蹈对美国舞蹈文化产生的影响更大，而黑人流行舞蹈倾向于依赖善款继续生存，这种近乎完全的依赖，无疑决定了黑人职业舞蹈的发展方向。黑人文艺运动期间，黑人流行舞蹈对芭蕾舞、现代舞团、百老汇音乐和电视音乐节目等在内的各个领域产生了广泛的影响。从长期受尊崇的以白人为中心的表演秀节目“美国室外演奏台”（American Bandstand）到以黑人为中心的经典电视节目“灵魂火车”（Soul Train），这些节目中展示的所谓黑人“本土”舞蹈，是由来自不同社区的业余舞蹈者参与表演的，这种舞蹈深深地影响了职业编舞者和舞蹈演员，并成为他们获取艺术灵感的主要源泉。[③]黑人流行舞蹈的创始者主要来自黑人社区，其舞蹈技巧也和黑人社区息息相关，同样，在美学和政治上受欧洲中心思想影响的黑人职业音乐会舞蹈也毫无疑问地受到了黑人文化的影响。当代黑人舞蹈设计师、“城市丛林女子舞蹈团”（Urban Bush Women Dance/Theatre Company）的创建者杰威拉·乔·左拉（Jawole Willa Jo Zollar）曾坦言她深受黑人文艺运动的熏陶和影响。

阿斯塔尔姐弟（The Astaires）和特拉沃尔塔乐队（Travoltas）的舞蹈在黑人

① Kalamu ya Salaam, “A Primer of the Black Arts Movement: Excerpts from the Magic of Juju: An Appreciation of the Black Arts Movement”, *Black Renaissance/Renaissance Noire,* (June 2002), p. 47.

② Ibid., p. 47.

③ Kalamu ya Salaam, *The Magic of Juju: An Appreciation of the Black Arts Movement*, Chicago: Third World Press, 2013, p.125.

文艺运动期间非常受人欢迎，然而，詹姆斯·布朗是当时当之无愧的最有影响力的舞者，包括职业舞蹈演员在内，在本土舞蹈的竞技场上没有人的舞技可以和詹姆斯·布朗相提并论。在黑人文艺运动时期有四家活跃的大舞蹈团，它们分别是：艾文·艾利美国舞团（Alvin Ailey American Dance Theatre）、亚瑟·米切尔的哈莱姆舞蹈剧院、埃立欧·波玛尔舞团（Eleo Pomare）和罗德·罗杰斯舞团（Rod Rodgers）。尽管面临着持续不断的管制和约束，在 20 世纪最后的 30 年里，黑人舞蹈在美国舞蹈中的表现依然引人注目。

五、视觉艺术

在视觉艺术领域，美国的传统一贯重视离群索居、孤军作战并和他们的前辈们格格不入的艺术家，而组建由拥有黑人文艺运动视野的艺术家组成的团体自然是视觉艺术领域发展过程中非常重要的事件。[①]黑人文艺运动期间，在众多视觉艺术团体中，非洲眼镜蛇（AFRI-COBRA） 和以纽约为基地的维斯团体（Weusi group）是最重要的团体。

赛密勒·路易斯（Samella Lewis）是黑人文艺时代的一位资深的非裔美国女艺术家，她清楚地认识到记录视觉艺术发展的重要性。她一方面发掘、整理一些重要的非裔美国艺术家的视觉艺术作品，同时还积极为一些视觉艺术家百蒂·萨尔（Betye Saar）等举办展览和出版专集，1970 年，赛密勒·路易斯还创办了《非裔美国艺术国际评论》（《International Review of African American Art》）[②]，这是一份旨在宣传包括视觉艺术在内的非裔美国人艺术的期刊，该期刊和《黑人学者》（《Black Scholar》）是仅有的两家直到今天仍在定期出版的黑人文艺运动时代诞生的期刊。

在黑人文艺运动视觉艺术领域，最著名的当属位于芝加哥市南部的“尊敬之墙”（The Wall of Respect）。这座大型的室外壁画墙由美国黑人视觉艺术家于 1967 年完成。这座壁画起初以“黑人英雄”为主题，其后创作的壁画内容都是回应黑

---

① Kalamu ya Salaam, “A Primer of the Black Arts Movement: Excerpts from the Magic of Juju: An Appreciation of the Black Arts Movement”, *Black Renaissance/Renaissance Noire*, (June 2002), p. 53.

② 该刊的前身为 *Black Arts: An International Quarterly*。

人文艺运动时代时事的应时之作。“尊敬之墙”是一件文化产物，正是这一文化载体，把生活在附近的人们、绘制壁画的艺术家、在墙旁诵读自己作品的诗人、再现和保存这座墙体文化风貌的摄影师，以及生活在芝加哥南部其他区域并为这一文化中心所深深吸引的许多黑人文艺运动参与者联系起来。这座矗立在芝加哥的墙画直接催化和导致了一场规模可观的墙画运动——到 1975 年，先后有一千多座墙画在全美的市中心平民区绘制完成。

第三节　出版物和文学会议

黑人文艺运动的思想之所以得到广泛传播并为人接受，主要得益于面向全美发行的杂志所发挥的作用，这些杂志不仅为成长壮大中的黑人作家提供了发表一般性文章的机会，也为他们发表宣言和批评类文章提供了空间。[①]同时，黑人作家和艺术家还通过各种文学会议宣传其文艺思想，从而为统一思想、凝聚共识创造了便利条件。

一、出版物

总部设在加利福尼亚的《黑人对话》(《Black Dialogue》)（1965）是第一家明确以文学为主要内容的重要黑人文艺运动刊物。《黑人对话》《灵魂之书》(《Soulbook》）和《黑人诗歌期刊》(《The Journal of Black Poetry》）这三本非常重要的期刊被誉为“西海岸三期刊”(West Coast Trio)，其中以《黑人诗歌期刊》最负盛名，该刊主要登载历史和政治方面的文章、综述、访谈和诗歌等。

《黑人文摘》(《Negro Digest》)（或《黑人世界》(《Black World》)）[②]是发行范围最广的黑人文艺运动刊物，同时该刊也是美国历史上最大的黑人文学杂志，这本期刊对推动富有创造性的年轻黑人艺术家的创作发挥了很大的作用。1961

① Kalamu ya Salaam, *The Magic of Juju: An Appreciation of the Black Arts Movement* , Chicago: Third World Press, 2013, p. 120.

② 《黑人世界》创刊于 20 世纪 40 年代，该杂志最初仿照《读者文摘》的模式，并面向非裔美国人社区内的黑人民众发行，后来发展成为一本面向全球发行的杂志。1970 年《黑人文摘》更名为《黑人世界》。

年，深谙黑人文学的富勒成为这本期刊的编辑，1970 年，他把该刊的名字中的“Negro” 改为“Black”，以此来代表整个“非洲裔”民众。这一名字的改变标志着非裔美国人和非洲移民社区以及非洲本身等同起来。①卡拉姆·雅·萨拉姆指出：“就发表黑人文艺创作性文学作品而言，任何一本杂志的重要性都无法和总部设在芝加哥市由约翰逊创办的《黑人文摘》或《黑人世界》相提并论。”②1976 年，《黑人世界》宣布停刊，这一事件通常被看作黑人文艺运动走向衰落的标志。

黑人文艺运动期间，美国各地诞生了几百种文学期刊，许多期刊存世的时间非常短暂，个别期刊仅仅发行过一次，然而除了这几百种短期发行的期刊外，《灵魂之书》《黑人对话》《黑人诗歌期刊》《黑人文摘》（或《黑人世界》）和《黑人书籍会刊》（《Black Books Bulletin》）是创造了迄今为止最大的黑人文学读者群的几本期刊。③ 通过这些期刊，黑人文艺运动产生了国际影响，这种影响在移民社群和非裔作家、学者中特别突出。此外，黑人文艺运动期间，还诞生了上百种“黑人文艺”出版物，这些出版物大部分维持的时间不足十年，但是却激励了人们去关注非洲问题并公开鼓励反西方的新文学和新的批评形式。④然而，1976 年后，美国国内已经没有地方发表和鼓励发表黑人文艺运动方面的理论批评文章。锐评出版社（ Broadside Press）⑤一度出现中断，《黑人世界》《黑人诗歌期刊》《黑人对话》都退出了历史舞台。余下的大部分期刊有的以学术研究为中心，有的则走向了黑人文艺运动的对立面，也有的期刊则兼有以上两类期刊的性质，然而，只有《黑人学者》仍为视野广阔而积极的“黑人文艺”文学批评提供发表见解的空间和机会。⑥

---

① Darlene Clark Hine &William C. Hine & Stanley C. Harrold, *The African-American Odyssey (Combined Volume) 4th edition*, New Jersey: Prentice Hall, 2010, p. 624.

② “Negro Digest /Black World: Exploring the Archive 1961-1975”, https://coral.uchicago.edu/display/chicago68/Negro+Digest-Black+World 2013-08-12。

③ Kalamu ya Salaam, *The Magic of Juju: An Appreciation of the Black Arts Movement*, Chicago: Third World Press, 2013, p. 121.

④ Ibid., p. 124.

⑤ 黑人文艺运动两大主要的出版社是位于底特律市的由达德利·兰德尔（Dudley Randall）创办的的锐评出版社和位于芝加哥市的由哈基·马德胡布提（Haki Madhubuti）创办的第三世界出版社。锐评出版社再版了老一辈的黑人诗人格温多琳·布鲁克斯、玛格丽特·沃克、斯特尔林·布朗等的作品，而第三世界出版社也出版了大量黑人文艺诗人和作家的作品。

⑥ Kalamu ya Salaam, *The Magic of Juju: An Appreciation of the Black Arts Movement*, Chicago: Third World Press, 2013, p. 121.

除了定期出版的期刊杂志外，有 8 本书奠定了黑人文艺运动的基础，它们是：阿米利·巴拉卡（Amiri Baraka）和拉里·尼尔（Larry Neal）编辑的《黑色火焰：非裔美国作家作品选》(《Black Fire：an anthology of Afro-American writing》)（1968)、达德利·兰德尔（Dudley Randall）和玛格丽特·G. 伯罗斯（Margaret G. Burroughs）编辑的《致马尔科姆·爱克斯：有关马尔科姆·爱克斯生活和死亡的诗歌》(《For Malcolm X: Poems on the Life and Death of Malcolm X》)、托尼·凯德·班芭拉（Toni Cade Bambara）编辑的《黑人妇女》(《Black Woman》)（1970)、艾迪生·盖尔（Addison Gayle）编辑的《黑人美学》(《The Black Aesthetic》)(1971)、达德利·兰德尔编辑的《黑人诗人》（The Black Poets）（1971)、斯蒂芬·亨德森（Stephen Henderson）的文选《理解新黑人诗歌》(《Understanding the New Black Poetry》)（1972)、阿布拉哈姆·查普曼（Abraham Chapman）编辑的《新黑人的声音》(《New Black Voices》）和尤金·B. 雷德蒙德（Eugene B. Redmond）所著《鼓声——非裔美国人诗歌的使命——一段重要的历史》(《Drumvoices, The Mission of Afro-American Poetry, A Critical History》)（1976)。这些书籍的编纂者中，许多都是黑人文艺运动的骨干成员和领导人。

二、文学会议

构成黑人文艺运动内容的还有一些极其重要的文学会议，这些文学会议是在美国传统上的黑人大学菲斯克大学和霍华德大学的校园里召开的。在霍华德大学举办了 5 次非裔美国作家大会，这些会议的组织者包括斯蒂芬·亨德森（Stephen Henderson)、约翰·奥利佛·基伦斯（John Oliver Killens）和哈基·马德胡布提，他们于 20 世纪七八十年代在霍华德大学工作过。在罗伯特·海顿（Robert Hayden）所在的菲斯克大学举办的基伦斯会议上，人们为民权运动和更早时候的那些愿意接受和支持新兴起的黑人文艺运动的黑人作家和那些反对黑人文艺运动的作家划清了界限。[①]

① Kalamu ya Salaam, “A Primer of the Black Arts Movement: Excerpts from the Magic of Juju: An Appreciation of the Black Arts Movement”, *Black Renaissance/Renaissance Noire,* (June 2002), p. 42.

20 世纪 70 年代，这样的会议在全国范围内召开过多次。通过这些聚会，黑人文艺运动的作家强化了黑人的血缘意识和团队精神，他们达成共识，认为没有面对面的互动交流，血缘意识和团队精神将不复存在。①

伴随着这场运动兴起的多样化的文学艺术形式，充分展示了非裔美国人的文学和艺术才华，也为黑人文艺时代的非裔美国人带来了自豪感，他们高呼“我骄傲，我是黑人！”的口号，拥抱自己心目中的黑人性（Blackness），从而也为他们争取自身权力的运动注入了强大的精神血液。

① Ibid., p. 126.

第五章　黑人文艺运动的嬗变

作为一场蔓延全美的文化运动，黑人文艺运动在孕育和发展过程中在许多地区呈现出诸多共性，其中，非裔美国人主办的期刊和出版物在这一方面发挥了至关重要的作用。詹姆斯·爱德华·斯梅瑟斯在其专著中指出："快速浏览一下《黑人诗歌期刊》上登载的信函和《黑人世界》发表的有关黑人戏剧的大范围报道，这些材料不仅揭示了这场运动的地域分布，也揭示了这场运动交流和合作（以及辩论）的发达网络，这是黑人文艺运动的成熟所在。"①通过这些期刊和出版物，美国各地的黑人文艺运动积极分子可以比较清楚地了解其他地区黑人文艺运动的开展情况。对于一些以激进非裔美国人政治和艺术思想知名的城市黑人艺术家和知识分子而言，他们真正感受到自己不仅是这场民众运动的一部分，更是一个崛起民族的一部分。此外，在纽约、费城、波士顿、底特律、芝加哥、洛杉矶、旧金山、奥克兰、伯克利、圣路易斯、华盛顿、克里夫兰、新奥尔良、休斯顿、迈阿密、亚特兰大、纳什维尔等黑人思想和机构汇集之地，年轻的黑人艺术家和知识分子经常聚到一起，讨论联合国建立、中国革命、万隆会议、奠边府、古巴革命、亚非独立运动等国际大事，并结合这些国际大事研究和思考新黑人艺术的发展问题。然而，黑人文艺运动在各地的发展千差万别，更兼其本身包孕很大的思想和美学矛盾，这场运动注定会走向瓦解，并实现其嬗变。

第一节　黑人文艺运动的衰落

黑人文艺运动又被人称作"60 年代运动"，然而其衰落开始于 1974 年，此时

① James Edward Smethurst, *The Black Arts Movement: Literary Nationalism in the 1960s and 1970s*, Chapel Hill: The University of North Carolina Press, 2005, p. 367.

许多黑人权力运动成员已经受到美国政府的拉拢，这场运动逐步走向瓦解。而这场运动正式走向衰落通常被认为发生在1976年，1976年4月，《黑人世界》停刊被看作是黑人文艺运动步入衰亡的一刻。沿循黑人文艺运动的发展脉络，特别是通过考查这场运动进入20世纪70年代以来的发展情况，笔者认为黑人文艺运动的衰落归因于内外两方面的因素。

从内部因素来讲，黑人文艺运动成员内部存在不同“派系”，他们之间的观念差异和分歧引发了诸多矛盾。早在20世纪50年代末和60年代初，马克思主义者和民族主义者之间就出现了思想上的分裂，而他们之间的思想分裂极易使资本主义和商业化完全分裂这场运动。[①]遍观黑人文艺运动10年历程，笔者发现从“黑人文艺剧院兼学校”创立到《黑人世界》停刊，内部冲突几乎贯穿始终。1966年初，拉里·尼尔遇刺以及针对阿斯契亚·图尔、索妮亚·桑切斯的暴力威胁使得成立不久的“黑人文艺剧院兼学校”的个人和思想冲突达到顶峰，这成为该组织最终走向衰落的重要因素。自此，哈莱姆便失去了黑人文艺运动中心特别是在诗歌领域的地位。“尊重之墙”是20世纪六七十年代第一个最富影响力的黑人文艺和黑人权力墙画作品。当时，这幅墙画是芝加哥南区颇受非裔美国人青睐的重要文化和政治活动集会地，同时，也启发和激励了美国广大居民区由众多社会力量参与的几千副墙画作品创作。不幸的是，墙画的成功却导致了组织内部关于如何对待主流媒体和机构的意见分歧。随着威廉·沃克（William Walker）自荐为“尊重之墙”的看护人，内部冲突进一步恶化，致使诺曼·帕里什（Norman Parish）所绘制墙画部分被人粉白，并在没有组织内部协商的情况下替换成先前和美国黑人文化组织（Organization of Black American Culture）没有关系的一位艺术家的作品。虽然因技术问题而重新绘制诺曼·帕里什墙画部分的理由充分，但这一场突然替换墙画内容的事件极大地破坏了组织内部的团结。

在黑人文艺时代，内部冲突不仅限于上述地区，而是整个美国，同时，此类内讧不仅限于组织内部，不同组织之间也爆发过剧烈冲突。在加利福尼亚就

---

① Kalamu ya Salaam, “A Primer of the Black Arts Movement: Excerpts from the Magic of Juju: An Appreciation of the Black Arts Movement”, *Black Renaissance/Renaissance Noire,* (June 2002), p. 42.

曾发生过各种派系的民族主义间以及不同种类革命民族主义间的暗斗事件。美国西海岸黑豹自卫党曾和“我们”组织就对黑人议会（Black Congress）的主导权问题大动干戈。起初，两组织间的冲突大多停留在口头层面，后来，逐渐升级为枪战，并造成人员伤亡。在众多冲突中，最臭名昭著的莫过于发生在 1969 年的加利福尼亚大学洛杉矶分校（University of California，Los Angeles）校园内的黑豹自卫党和“我们”组织积极分子间的枪战事件，这次枪战导致了两名黑豹党领导成员死亡和一名“我们”组织成员受伤。尽管其中缘由各执一词，但这次冲突引发致死的消息给洛杉矶乃至黑人政治社区带来了极大震撼，使得黑人议会陷入瘫痪，加剧了“我们”和黑豹自卫党组织的紧张气氛，同时，也使两大组织蒙受了很大损失。颇具讽刺意味的是，尽管“我们”组织的领导人莫拉纳·卡伦加（Maulana Karenga）力推“团结作战”（Operational Unity）的理念，旨在平息派系内斗，然而终以失败告终。“我们”组织和黑豹自卫党以及其他政治和文化组织间的冲突阻碍了洛杉矶黑人文化运动稳定而持续的发展。此类冲突在其他地区时有发生，比较有名的冲突发生在旧金山湾区和纽约，广为人知的如射杀拉里·尼尔事件，而冲突最为猛烈的要数洛杉矶地区。另一件发生在 1966 年，指的是从圣弗兰西斯科“黑人之屋”的政治和文化中心驱逐马尔文·爱克斯（Marvin X）、艾德·布林斯（Ed Bullins）以及其他艺术家的事件。或许这些内讧事件可以让人联想到 20 世纪 40 年代不稳固的黑人政治和文化组织，然而，这些冲突成为文化民族主义者和革命民族主义者之间众多斗争的缩影。①并最终成为吞噬这场运动的关键性要素。

从外部因素来看，美国联邦政府以“美国国内收入署”（Internal Revenue Service，IRS）、美国联邦调查局（FBI）和反情报计划（COINTELPRO）的名义经常对运动成员进行监视，这些机构曾对他们的生活进行过无数次入侵性调查。黑人文艺运动的艺术家和积极分子被政府看作反叛者和革命分子，他们屡遭录像、监视和非法监禁等不公正的待遇，这些政府行动削弱了该运动的领导力量并造成

① James E. Smethurst, *The Black Arts Movement: Nationalism in the 1960s and 1970s*, Chapel Hill: The University of North Carolina Press, 2005, p. 248.

了运动内部成员间的不和。[①]在洛杉矶，尽管主要黑人文艺运动组织拥有一般的共同统一战线政策，然而地区组织领导权以及思想意识主导权之争，很快瓦解了该地的黑人文艺运动，而这些冲突的积极策动者是联邦情报局以及其他联邦、州属及地方法律执行机构。和早期的黑人文艺机构一样，“尊重之屋”未能摆脱短命的宿命，其背后就存在联邦和地方政府暗箱操纵的破坏活动。在卡伦加的“我们”组织和黑豹自卫党以及其他政治和文化组织间的冲突方面，美国联邦情报局和其他执法部门以及情报机构在煽动冲突方面起到了非常重要的推波助澜作用。他们曾建议像其他地方一样，把用于帮助南加利福尼亚文化机构和项目发展的美国联邦、州以及地方反贫困的资金用来创立某一种官僚体制，以最终逐渐破坏激进和独立的文化活动。[②]

另一方面，资金问题也成为这场运动日渐式微的重要因素。无论这场革命是一场文化革命还是一场政治革命，如何为这场革命提供资金的问题从未得到满意的回答。尽管黑人文艺运动的活动一直持续到 20 世纪 80 年代早期，但是到了 1976 年，黑人文艺运动在黑人社区所拥有的可以维持的有效政治和经济基础几乎已经荡然无存。根据卡拉姆・雅・萨拉姆的说法，主流媒体代理人物色作品最具卖点的艺术家来推销，他们的推销方式是黑人出版社和剧院无法做到的，因为黑人出版社和剧院缺乏资金和与这些主流媒体组织沟通的畅通渠道，这样一来，美国主流媒体有效地削弱了非裔美国艺术家们的职业关系并推动了这场运动走向衰败。[③]

第二节　黑人文艺运动的演化

黑人文艺运动在发展的过程中，常常因颂扬黑人男性、种族排外和恐同症而受到批评。从黑人艺术家发声的一致性而言，这场运动绝不是一场思想统一的运

① RaShell R. Smith-Spears, “Black Arts Movement”, In Yolanda Williams Page, ed., *Icons of African American Literature:the Black Literary World*, New York: Greenwood Press, 2011, p. 50.
② James E. Smethurst, *The Black Arts Movement: Nationalism in the 1960s and 1970s*, Chapel Hill: The University of North Carolina Press, 2005, p. 312.
③ RaShell R. Smith-Spears, Black Arts Movement, In Yolanda Williams Page, ed., *Icons of African American Literature:the Black Literary World*, New York: Greenwood Press, 2011, p. 50.

动，他们的异议表达很富创造性，他们对于自由美景的勾画充满着矛盾。[①]

与此同时，到了20世纪70年代初，作为黑人文艺运动政治聚焦点的“黑人权力”日益式微，“女权主义”开始成为新的政治焦点，同时也成为黑人文艺运动后期的主要理论和政治关注点。1970年，玛雅·安吉罗（Maya Angelou）出版了自传体小说《我知道笼中鸟儿为何歌唱》(《I Know Why the Caged Bird Sings》)，这部小说向读者揭露了作者遭受性虐的痛苦经历以及在黑人社区黑人妇女隐忍沉默的窘境，其他黑人女作家也纷纷仿效，并由此引发了20世纪70年代黑人女性文学的复兴。黑人女权主义文学作品的不断涌现使得黑人美学很快实现了其关注点的重大转变。其中，恩托扎克·尚治的作品《彩虹艳尽半边天》(《For Colored Girls Who Have Considered Suicide / When the Rainbow Is Enuf》)的问世成为黑人文艺运动实现其嬗变的标志性事件。非常重要的一点是这部作品是黑人文艺运动戏剧作品的转型之作，它预示着性别政治的到来，这一转型深刻且及时。[②]1974年12月尚治在加利福尼亚伯克利市一家女子酒吧“狂饮者”(Bacchanal) 首次把自己的作品《彩虹艳尽半边天》介绍给众人，之后，黑人文艺运动的主要戏剧制作人小伍迪·金（Woodie King, Jr.）对这部作品进行了改编，并使这部作品首次在纽约与观众见面，1976年9月《彩虹艳尽半边天》一举轰动百老汇。1980年，小伍迪·金在接受媒体采访时，谈到《彩虹艳尽半边天》所带来的轰动：

> 我们在新联邦剧院上演了这部戏剧——这是一部风靡一时的剧作！剧院所在街区排满等候的观众。我们和约瑟夫·帕普（Joseph Papp）[③]谈好合作事宜并将该剧搬到百老汇上演，这部戏剧巡回演出达两年之久，……取得的成功是巨大的。[④]

面对这一聚焦点的转变，黑人文艺运动的支持者被迫反思和评估他们把政治

---

① Darlene Clark Hine &William C. Hine & Stanley C. Harrold, *The African-American Odyssey (Combined Volume) 4th edition*, New Jersey: Prentice Hall, 2010, p. 622.

② Kalamu ya Salaam, *The Magic of JUJU: an Appreciation of the Black Arts Movement*, Chicago: Third World Press, 2009, p. 206.

③ 约瑟夫·帕普（Joseph Papp）（1921—1991）美国著名戏剧制作人及导演。

④ Woodie King Jr., *Black Theatre Present Condition*, New York: Woodie King, Jr. and National Black Theatre Touring Circuit, 1981, p. 99.

重点放在追求黑人权力方面的错误。无论是黑人权力的坚定支持者还是放弃者，无论他们是否支持黑人美学，也不管他们是男性还是女性，非裔美国艺术家不得不进行反思，并重新做出判断和选择。《黑人学者》杂志曾就上述问题专辟论坛进行讨论，从这场难免充斥不同声音的辩论中，人们不难看出以下端倪：随着黑人权力作为政治聚焦点的地位日渐衰落，女权主义成为新的政治聚焦点，也成为黑人文艺运动的理论和政治关注点，黑人女性文学开始成为黑人文艺运动新的引领者。在许多重要的黑人文艺运动参与者和批评家看来，《彩虹艳尽半边天》和《紫色》等作品是属于黑人的作品，这些作品和巴拉卡的戏剧《贩奴船》一样“黑”。但是在萨拉姆看来，女性文学更强调性别政治和社群内部的关系。黑人女性文学正确地解读了黑人性，将人性和各种关系重新置于我们的理论和社会生活关注点的中心而非边缘地带。[①]

黑人文艺运动始于对权力的追寻，而黑人女性文学教给我们真正的权力不是“政治”权力而是人际关系的权力——从最基本的两人之爱到家庭、朋友、同志乃至世界大家庭成员间的关系。[②]黑人女性文学对于“权力”进行的重新定义是颠覆性的。无疑，大多数黑人文艺运动参与者是这一颠覆性定义的反对者。尽管反对声不断，但是最终大部分黑人文艺运动支持者选择放开视野去拥抱黑人女性文学。

从 1975 年到 1980 年的过渡期间，黑人文艺运动主要领导人和男性批评家阿米利·巴拉卡、拉里·尼尔、斯蒂芬·亨德森以及莫拉纳·卡伦加（Maulana Karenga）等人在他们的重要作品中承认甚至欢迎黑人女性文学的崛起。

毋庸置疑，黑人文艺运动大男子主义的聚焦点和崛起中的黑人女性作家激进的反性别歧视之间存在差异和分歧，其中的一些矛盾不仅限于理论层面，有时这种差异和分歧几乎不可调和。

许多黑人女性文学作品由主流出版公司出版，而这些出版公司得到的常常是黑人文艺运动作家的无视或抵制，然而这种矛盾并未否定大多数黑人女作家和这

① Kalamu ya Salaam, *The Magic of Juju: an Appreciation of the Black Arts Movement*. Chicago: Third World Press, 2009, p. 207.
② Ibid., p. 207.

场运动有着密切联系或深受这场运动影响的事实。尚治在谈及自己和黑人文艺运动的关系时，曾旗帜鲜明地指出："我是黑人文艺运动的女儿（即便它们不知道它们会拥有这样一位女儿）！"[①]

由于黑人女性文学对黑人文艺运动的缺点和不足持强烈的批评态度，有时人们会倾向于把这两种文学完全割裂开来。然而，黑人女性文学以性别斗争取代了种族聚焦点外，它也强调（黑人女性）领导权，强调（广大黑人妇女的）自决、自尊和自卫斗争以及社会参与。从美国著名的黑人女权组织"卡姆比河集体"（Combahee River Collective）[②]的成立宣言中可以看出黑人文艺运动和黑人女权运动之间的分歧和共同之处：

> 我们中的许多人都积极参与这些运动（民权、黑人民族主义和黑豹党），他们的思想、目标以及用以实现其目标的斗争手段深深地影响和改变了我们的生活。我们通过这些运动所获得的经验和体会以及有关白人男性左派外围经验引导我们去发展反种族主义的政治，这种政治不同于白人女性的政治和反性别歧视者的政治，也不同于黑人和白人男性的政治。[③]

萨拉姆认为这一集体的自我定义标志着她们和黑人权力与黑人文艺运动的决裂以及黑人妇女群体的形成。[④]"我们拒绝被作为偶像和女王，也不愿意被抛在十步之遥。被当成人，真真正正的被看作人，足矣！"[⑤]此外，她们清楚地发出团结和斗争的呼吁：

---

① Ntozake Shange, Artists' Dialogue, In Alan Read, ed., *The Fact of Blackness, Frantz Fanon and Visual Representation*, Seattle: Bay Press, 1996, p. 159.

② "卡姆比河集体"组织的名字源于著名废奴主义者非裔美国人哈莉特·塔布曼（Harriet Tubman）于 1863 年 6 月 2 日在南卡罗莱纳州南部罗亚尔港地区组织领导的游击队行动，该行动解放了 750 多名奴隶，是美国历史上唯一一次由妇女筹划和领导的军事行动。

③ Combahee River Collective, The Combahee River Collective Statement, In Baraka Smith, ed., *Home Girls, A Black Feminist Anthology*, New York: Kitchen Table Women of Color Press, 1983, p. 273.

④ Kalamu ya Salaam, *The Magic of Juju: an Appreciation of the Black Arts Movement*, Chicago: Third World Press, 2009, p. 209.

⑤ Combahee River Collective, The Combahee River Collective Statement, In Baraka Smith, ed., *Home Girls, A Black Feminist Anthology*, New York: Kitchen Table Women of Color Press, 1983, p. 275.

> 尽管我们是女权主义者和女同性恋者，我们感觉进步黑人男性是团结的，我们并不拥护作为分离主义者的白人女性所倡导的分化。作为黑人，我们所面临的形势迫切要求我们在种族事实面前团结起来。在这方面，白人女性当然无须和白人男性形成团结，除非是作为种族主义压迫者所形成的负面团结。我们和黑人男性共同斗争反对种族主义，同时，我们也和黑人男性一起同性别歧视作斗争。①

黑人女权主义和黑人权力两条路线之间的斗争在黑人文艺运动组织内部以及不同组织之间乃至个人间的辩论非常激烈。有人把黑人女性文学的到来看成是黑人文艺运动文学走向衰落的诱因，而事实证明，在 1975 年到 1980 年过渡期间，黑人女性文学让日渐衰落、以男性为主导的黑人文艺运动文学黯然失色，而黑人女性文学通过黑人女性的经历维持其对黑人民众的聚焦。正如萨拉姆所指出的："黑人女权主义者对于黑人文艺运动的批评标志着黑人文艺运动走向成熟而非瓦解。"②

黑人文艺运动脱胎于黑人权力，但是黑人女权主义改变了黑人文艺运动，而这一嬗变标志着黑人文学自此不再以"黑人文艺"冠之。事实上，这种嬗变并非否定黑人文学，缩小黑人文学的发展空间，相反，它拓展了黑人文学，是对黑人文学的一种发展。黑人妇女解放运动则是黑人文艺运动直接而自然的产物，从美学上讲，黑人女性文学很大程度上是黑人文艺运动的延伸。黑人文艺运动脱胎于"黑人权力"，但是黑人女权主义改变了这场运动，这种改变标志着此后的黑人文学不能再泛泛地称为"黑人文艺"。因此，这种转变不仅是名称的转变（从"黑人文艺"到"妇女文学"或"黑人妇女写作"）还有聚焦的转变（从男性为主导的政治权力到女性为领导的围绕男权主义、种族主义和阶级优越论的三重聚焦的斗争）。③事实上，这种转变不仅没有否定和弱化黑人文学，反而拓展

---

① Combahee River Collective, The Combahee River Collective Statement, In Baraka Smith, ed., *Home Girls, A Black Feminist Anthology*, New York: Kitchen Table Women of Color Press, 1983, p. 275.

② Kalamu ya Salaam, *The Magic of Juju: an Appreciation of the Black Arts Movement*. Chicago: Third World Press, 2009, p. 207.

③ Kalamu ya Salaam, "A Primer of the Black Arts Movement: Excerpts from the Magic of Juju: An Appreciation of the Black Arts Movement", *Black Renaissance/Renaissance Noire,* (June 2002), p. 57.

和推广了黑人文学。

黑人文艺运动是民权运动时代的产物，但是这场运动和民权运动有着重大的不同，同样，黑人女性文学是黑人文艺运动的直接产物，但却与黑人文艺运动拥有重大差异。[①]从整个国家层面上讲，尚治的《彩虹艳尽半边天》堪称黑人女性写作风暴的序曲，这部作品完全改变了黑人文学，也改变了黑人文艺运动。

① Kalamu ya Salaam, *The Magic of Juju: an Appreciation of the Black Arts Movement*, Chicago: Third World Press, 2009, p.205.

第六章　黑人文艺运动的历史评价

黑人文艺运动前后持续了 11 年，尽管这场运动持续的时间不能算久远，但其影响力却逐渐为人们认识和接受。准确地讲，黑人文艺运动是一场根深蒂固的群众运动，这场群众运动在规模和影响力方面远远超越了美国历史上任何一场类似的文化运动。卡拉姆·雅·萨拉姆曾对黑人文艺运动作过以下评述："在美国历史上，还从未见证过如此一场影响范围遍及全国、以群众为中心的激进艺术运动。"①"我们决不应当忽视这一事实，即不论黑人文艺运动有何不足，这场运动是现代美国和整个世界范围内文化斗争的催化剂和开端。"②

首先，黑人文艺运动是美国历史上继哈莱姆文艺复兴之后又一场影响巨大的文化运动。非裔美国人为争取自我解放和平等权利进行了几百年的不懈努力，在这一系列的斗争中，黑人文艺运动所发挥的作用更为独特而持久。如果说哈莱姆文艺复兴是一场由美国黑人中的新型知识精英发起并得到美国白人支持，旨在寻找双重身份认同的文化思想运动，那么黑人文艺运动则是一场深受民权运动和黑人民族主义影响并由新黑人"自导自演"，影响遍及全美，以群众为中心的激进文化运动。

黑人文艺运动也被称作黑人权力运动的艺术分支或"艺术之翼"。这场运动试图通过激进的方式建立一种证明黑人民间传统和挑战白人文学传统的文学艺术形式，并使之成为评判黑人文学艺术价值的最终裁决者。诚然，作为黑人解放基本工具的黑人文化根本不是 20 世纪 60 年代末出现的一个新概念，由被奴役的黑人所创造的文化滋养和维持了美国黑人的生存能力，并最终从束缚中赢得了自由。

① Kalamu ya Salaam, "A Primer of the Black Arts Movement: Excerpts from the Magic of Juju: An Appreciation of the Black Arts Movement", *Black Renaissance/Renaissance Noire,* (June 2002), p. 58.

② Kalamu ya Salaam, *The Magic of Juju: An Appreciation of the Black Arts Movement*, Chicago: Third World Press, 2013,

实质上，到了20世纪60年代末，这场运动和黑人权力运动已经把文化提升到追求解放和权力的中心地位。拉里·尼尔曾指出，黑人文艺运动的目标在于创造一种围绕非裔美国人需求和追求而展开的艺术。这场运动的艺术家不仅相信承认非裔黑人族群的精神和文化需求的必要性，同时，他们认为通过其艺术形式来响应这些需求是他们的义务和责任。①对于黑人文艺运动的艺术家而言，一个重要的需求再创了一种符合美国黑人经历和情感的标准。这些艺术家把自己和黑人族群与主流美国社会区别开来，并对西方美学、作家的传统作用和艺术的社会功能进行重新评估。

黑人文艺运动造就了不少非常激动人心的诗篇、戏剧、舞蹈、音乐、视觉艺术和二战后的美国小说”。此外，尼基·乔万尼、索妮亚·桑切斯、玛雅·安吉罗（Maya Angelou）、霍伊特·富勒（Hoyt W. Fuller）和罗萨·盖伊（Rosa Guy）等著名非裔美国作家参加了这场运动。一些享誉世界文坛的作家如托尼·莫里森（Tony Morrison）和伊什梅尔·里德（Ishmael Reed）等通过其作品表达了对这场运动的艺术和主题的高度关注。

其次，黑人文艺运动是改变美国文化面孔的一股积极而强大的力量。几百年来，作为美国社会大家庭一员的非裔美国人及其文学艺术常常被美国主流社会脸谱化乃至丑化，非裔美国人越发感觉有必要抗议他们在文学艺术领域被描绘的方式，他们试图借助黑人文艺运动寻求非裔美国人在文化艺术领域内的独立。这场运动首先通过音乐、文学特别是诗歌，鼓励所有的人不仅去挑战各种形式的文化商品化和文化帝国主义，而且去接受自己的文化价值。黑人文艺运动中创作出的许多诗歌和戏剧作品普遍采用为广大黑人民众理解的平实语言形式，在他们心目中，“致力于同一文化、文艺和学问的非裔美国人共享同一种黑人本源意识。”②黑人文艺运动不仅宣传了美国的黑人文化，而且成功地证明了美国境内的黑人、散居海外的黑人以及非洲黑人的文化。归根结底，拓展和提升流行文化是黑人文艺

① Larry Neal, The Black Arts Movement, In Addison Gayle, Jr. ed., The Black Aesthetic, Garden City, New York: Doubleday &Company, Inc., 1971, p. 257.

② Kaluma ya Salaam, “Historical Overviews of The Black Arts Movement”, In William L. Andrews, Frances Smith Foster and Trudier Harris, eds., *The Oxford Companion to African American Literature*, New York: Oxford University Press, 1997, p. 501.

运动的另一主要遗产。黑人文艺运动所宣称的目标之一是激励和帮助组织黑人民众。这场运动也正是用“民间”语言向黑人民众发声，为黑人民众代言。特别值得一提的是，黑人诗歌朗读鼓励非裔美国人能采用方言对话和交流，包括黑人作家玛雅·安吉罗（Maya Angelou） 和罗萨·盖伊（Rosa Guy）在内的哈莱姆作家协会成员的作品中均有表现。

非裔美国人普遍识字的历史不过百年有余，然而，无论黑人文艺运动有多少功过是非，它都用事实告诉人们非裔美国人不仅会阅读还会写作，在文学艺术领域，黑人不仅可以模仿而且可以创新。正是因为有了黑人文艺运动，黑人民众才有可能相信不管他们是否接受过高等教育，他们都有可能成为一名作家和艺术家，这和在音乐领域的情形相似，黑人文艺运动的作家们有的是完全自学成才、非科班出身的“天才”作家，也有的作家是接受过良好教育和专业指导。

此外，黑人文艺运动打开了先前为黑人关闭着的大门，这场运动对职业艺术和艺术管理领域产生了深远的影响。事实上，尽管“融入美国社会”并不是这场运动的最初目标，然而，这场运动对于黑人权力的聚焦的确为非裔美国人融入美国社会创造了诸多机会。黑人文艺运动把文学和艺术的大门向没有接受教育的人打开，藉此，这场运动把完全不同的观点和价值观引入黑人文学和艺术领域。造成这种差异的原因在于：无论从内容还是本质上讲，这些来自非中产阶层的作家和艺术家的创作更接近黑人民众，更少矫揉造作之气。

黑人文艺运动直接导致了有更多的非裔美国人和其他少数族裔群体的人们成为作家、艺术家、演艺人员以及出版商、制片人和企业家。黑人文艺运动呼吁成立由黑人指导的“黑人机构”，这极大地鼓励了非裔美国人去从事馆长、艺术史学家和艺术批评家的职业。在当今美国社会，许多非裔美国人可以在全美以及地方主要文艺组织、商业文艺企业、非盈利性慈善和政府机构担任馆长、管理人员、执行理事、资深制作人和专业顾问等角色，这些都直接受益于 20 世纪六七十年代的运动和斗争。通过在公共和准公共资助机构负责传承和保护黑人文化的非裔美国人，黑人文艺运动在争取黑人文化复兴方面起到了先锋作用。

最后需要指出的是，黑人文艺运动的重要影响还在于它对美国多元文化产生了深刻而持久的影响。美国诗人学会称“包括美国的印第安人、拉丁裔美国人、男女同性恋者和年青一代的非裔美国人都受益于黑人文艺运动。”[①]西海岸学校的黑人文艺运动出版物奠定了基础并成为现在所谓的多元文化主义发展的温室。尽管里德既不是这场运动的辩护者，也不是这场运动的倡导者，但他对黑人文艺运动的评价中洋溢着赞美之情：

> 我认为黑人文艺运动激发了众多黑人拿起手中的笔来写作。另外，没有黑人文艺运动也就不可能有多元文化运动。拉丁裔、亚裔及其他美国人都认为他们开始写作的动机是出于20世纪60年代黑人文艺运动的榜样示范作用。黑人所树立的榜样给人的启示是：你不一定非要选择同化，你可以做你自己的事情，你可以融入自己的背景、自己的历史、自己的传统和自己的文化中。我想这是对文化霸权的挑战，黑人文艺是对文化霸权的沉重打击。[②]

正是通过20世纪60年代的黑人文艺运动，非裔美国人在文学和艺术领域展示了自己的存在。美国黑人的戏剧团体、诗歌创作、音乐和舞蹈都以黑人文艺运动这一“舞台”并通过不同的媒体形式进行展示，从而教给其他少数族裔如何表达其观点和文化差异。

仍需指出的是，我们在肯定这场运动积极一面的同时，还要看到其盲目反西方文化、性别歧视和激进民族主义排外倾向的一面。同时，我们尚需全面客观地评价这场运动所催生出的一些文学作品的艺术价值。诚然，黑人文艺运动的作家和艺术家们的确创作出了不少经典作品。然而，赏读这一历史时期的非裔美国文学作品也会发现，该阶段的文学创作整体水平不算太高，且作品质量参差不齐。非裔美国作家以文学艺术形式表达其政治诉求，这一点无可厚非，然而，一些作家和诗人为发泄其心中的积郁和怒火，常常用充斥性暴力的语言，过于直白地表达自己的思想情感，许多作品的政治性已经远远超过了其文学性，这恐怕是黑人文艺运动之所以招致诟病，未能引起足够重视的一大因素。

---

① “A Brief Guide to the Black Arts Movement”, http://www.poets.org/viewmedia.php/prmMID/5647 2013-09-09。

② Kaluma ya Salaam, “Historical Overviews of The Black Arts Movement”, In William L. Andrews, Frances Smith Foster and Trudier Harris, eds., *The Oxford Companion to African American Literature*, New York: Oxford University Press, 1997, p. 501.

黑人文艺运动走向衰落已近半个世纪，世界在发生变化，非裔美国人的物质和文化生活也已经发生了很大的变化。然而，黑人文艺运动所留下的自决、创新精神，以及立足现实有意识地选择并继承民族遗产的精神将成为世界人民的一笔宝贵财富。正如美国学者拉舍尔·R. 史密斯-斯皮尔斯（RaShell R. Smith-Spears）所指出的："非裔美国人的历史和文学艺术已经从黑人文艺运动所做出的努力和取得的胜利中获益，而其他的美国人也有同样的收益，这是理所当然的。"[①]

① RaShell R. Smith-Spears, Black Arts Movement, In Yolanda Willimas Page, ed., *Icons of African American Literature: The Black Literary World*, New York: Greenwood Press, 2011, p. 51.

结　语

回望 20 世纪 60 年代发轫于纽约哈莱姆地区的黑人文艺运动，人们极易将之与 20 世纪 20 年代的哈莱姆文艺复兴联系起来。黄卫峰指出：“哈莱姆文艺复兴为美国黑人争取自由、平等的斗争提供了重要的经验教训，尤其是对 60 年代的黑人民权运动产生了积极影响。民权运动的许多思想，如‘黑而美丽’、黑人美学、文化作为社会武器的意识等，都可追溯到哈莱姆文艺复兴。”①

哈莱姆文艺复兴诞生于第一次世界大战结束之后，一战之后的 “大迁移” 让非裔美国人直接感受到了美国社会的巨变，也深刻地影响了他们的思维模式，非裔美国人的自尊和独立意识得到了培养和增强，他们的文化意识和种族意识日益觉醒。自此，非裔美国人开始重新审视其历史和文化传统，力图通过自身努力构建起具有自身特色的种族文化。在这一历史背景下，一场由美国新兴知识分子发起的思想文化运动在纽约哈莱姆蓬勃兴起。哈莱姆文艺复兴中涌现出一大批优秀的非裔美国诗人、小说家、剧作家、画家、舞蹈家和歌唱家，他们的创作内容丰富而新颖，形式和风格多样，其浓郁的生活气息给 20 世纪二三十年代的美国文艺界带来了震撼和耳目一新的感觉。非裔美国人在文学艺术等领域的展示不仅提升了非裔美国人的民族自尊心、自信心和自豪感，也赢得了美国主流社会的尊敬和赞赏。然而，尽管黑人文艺运动和哈莱姆文艺复兴有着千丝万缕的联系，但是它与哈莱姆文艺复兴也存在着重大不同。哈莱姆文艺复兴强调非裔美国人融入美国主流社会，其文学作品常常借助美国白人的文学形式来表现黑人生活。换言之，哈莱姆文艺复兴时期的非裔美国作家在重视种族意识的同时，也同样坚持自己的美国身份认同，这一历史时期的黑白知识分子的融合达到了空前水平。总体上讲，哈莱姆文艺复兴的历史地位得到了非裔美国人的肯定，同时也赢得了美国主流学

① 黄卫峰：《哈莱姆文艺复兴研究》，北京：外语教学与研究出版社，2007 年，第 3 页。

界的认可。

黑人文艺运动重视黑人文化传统，强调黑人艺术的独特性——“黑人性”（Blackness），并放声讴歌黑人美学。但与此同时，黑人美学拒绝承认采用白人文化批评标准对黑人艺术进行阐释和评价，主张在民间文学形式和音乐方面寻求黑人艺术的真实和独特性。黑人文艺运动在美学上和精神上是黑人权力运动的孪生姊妹。为了直接表达美国黑人的需求和理想，黑人文艺运动提出了对西方美学进行重建的激进主张。同黑人权力运动一样，黑人文艺运动倡导文化民族主义，其参与和组成人员的主体结构也从民权运动时期的白人和黑人中产阶级变成为黑人下层阶级，其价值观也从白人的传统规范和标准转变为以黑人文化传统为自豪的非洲中心主义。正是基于上述原因，黑人文艺运动的组织和参与者通常看不起发起文化运动的前辈，因为在他们看来，哈莱姆文艺复兴和非裔美国人没有关联。哈基·马德胡布提在其 1971 年发表的文章《从第一次文艺复兴到第二次文艺复兴——一篇介绍文章》中大胆断言：“20 年代的黑人文艺运动影响极小。事实上，这个国家的大部分黑人没有注意到这场运动。白人们比黑人兄弟姐妹们更了解这场运动。第一次文艺复兴之所以持续的时间很短的主要原因是除了艺术家本身外没有黑人民众的参与。同时，这场运动中没有成立一些持久的机构。”[①]这场运动的文化工作者批评哈莱姆文艺复兴仰仗的是占支配地位的美学标准和白人赞助人。卡拉姆·雅·萨拉姆在其文章《最后的运动》中指出，哈莱姆文艺复兴的艺术家们“总是被白人赞助人和出版社的皮带束缚着”。[②]

尽管黑人文艺运动的骨干和领导成员对美国权力机构和代表权力机构的主流出版商抱有批评和抵制的态度，但是，实质上，主流出版商也出版了许多重要的黑人文艺运动作品，例如由阿米利·巴拉卡和拉里·尼尔编辑的一部重要的黑人文艺作品集《黑色火焰：非裔美国作家作品选》就是由美国著名出版商威廉莫洛公司（William Morrow & Company）出版的。黑人文艺运动的领导人不断批评白人资助行为，并认为他们所发起的这场运动和哈莱姆文艺复兴互不相干，而实际情况是，哈莱姆文艺复兴的许多作品恰恰是这一历史阶段问世并得到了广大非裔

① Don L. Lee, Directionscore: *Selected and New Poems*, Detroit: Broadside Press, 1971, p. 12.
② Kalamu ya Salaam, “The Last Movement”, *Mosaic* 13(Spring 2002), p. 40.

美国读者的重视。例如，《黑色火焰》出版于 1968 年，而哈莱姆文艺复兴最具权威性的文选《新黑人》的新版本也正是在这一年出版发行。哈莱姆文艺复兴时期重要非裔美国诗人和小说家基恩・图默（Jean Toomer）于哈莱姆文艺复兴时期创作的代表作品《手杖》（《Cane》）于 1969 年再次获得读者认可，并被奉为哈莱姆文艺复兴的经典之作。由此可见，黑人文艺运动期间，黑人文艺运动的参与者对于哈莱姆文艺复兴的态度是复杂而矛盾的。

自黑人文艺运动主要领导人勒鲁瓦・琼斯等人在哈莱姆区创立“黑人文艺剧院兼学校”以来，黑人文艺团体组织在美国各大城市和大学校园中如雨后春笋般发展起来，各种通俗性和学术性的黑人刊物纷纷问世，一大批优秀的非裔美国艺术家登上了历史舞台，并在美国国内乃至国际上产生了较大影响。黑人文艺运动的领导人和积极分子倡导黑人美学，主张广泛的艺术标准，反对老一代黑人文学理论家的思想观点，抛弃了源于白人文化的统一批评标准和概念。历史大背景赋予了非裔美国人在黑人文艺运动中所完成的民族使命。黑人文艺运动诞生于波谲云诡的 20 世纪 60 年代，非裔美国人在争取民权的过程中不断壮大，尽管他们在争取民权的过程中取得了一些胜利，但是事实上的不平等让他们备感压抑和愤懑，他们在无望中不再谋求融入主流社会，而是选择更趋激进的方式在文学艺术领域彻底打碎美国主流社会的文学艺术评价体系，在追溯非洲文化传统的过程中创立黑人美学，寻求非裔美国人的文化独立。正如小艾迪生・盖尔所指出：“为了在一个压迫的社会里培养一种审美的敏感性，首要条件就是要结束压迫……；更具体地讲，在地球上大多数人能够看到、感觉到、听到和欣赏到美之前，一个新的世界必须诞生；必须使地球上适合所有人居住，所有人都获得自由。这是黑人文学思想的核心，这一点构成了（黑人）艺术的主要标准……”[①]这不禁让人想起马尔科姆・爱克斯曾在“非裔美国人统一组织”的一次集会上强烈呼吁发起一场“文化革命”的时刻。1964 年 6 月 28 日，马尔科姆・爱克斯在奥杜邦舞厅（Audubon Ballroom）的舞台上宣布：

---

① 艾迪生・盖尔：《新世界的道理》，纽约州花园城：双日出版社，1975 年，第 313 页，转引自程锡麟：《一种崛起的批评理论：美国黑人美学》，《外国文学评论》，1993 年第 6 期，第 76 页。

> 我们的文化和历史正如人类本身的历史一样悠久，然而我们却对此一无所知。如果我们想要把自己从白人霸权的束缚中解放出来，我们必须重新继承我们的遗产并恢复我们的身份。我们必须发起一场文化革命去唤醒我们整个民族。我们的文化革命必须成为把我们非洲兄弟姐妹团结得更为紧密的一种手段。这场革命必须从社区开始，并以社区参与为基础。只有当他们依靠非裔美国社区的支持，且非裔美国艺术家必须认识到他们的灵感来自非裔美国人社区，非裔美国人才能自由创作。[①]

黑人文艺运动的组织和领导者也正是胸怀摆脱白人束缚，复兴黑人民族文化的愿景，通过一场以广大普通非裔美国民众为主体的文化运动，来响应马尔科姆·爱克斯“发起一场文化革命”的呼吁，从而发展成为一场全面唤醒非裔美国人乃至其他美国少数族裔的运动。

20 世纪 60 年代的学生运动、墨西哥裔美国人运动、美国印第安人运动、妇女解放运动、反越战运动、囚犯权力运动、同性恋解放运动、环境运动以及反文化思潮和黑人自由运动，特别是黑人权力运动以及黑人文艺运动在美国国内共同构筑起一场熊熊大火，直到今天，这场大火仍然在燃烧着。例如，非洲眼镜蛇组织（AFRI-COBRA）依然活跃在美国艺术世界的舞台上，并已经拥有多元化视角和国际发展空间，由哈基·马德胡布提创办的第三世界出版社已经成为一家属于非裔美国人所有的享有世界声誉的著名出版社。

作为一场对美国文化产生深刻影响的运动，黑人文艺运动为包括拉丁裔、印第安裔和亚裔美国人在内的广大美国少数族裔争取社会平等和文化权利树立了榜样，并极大地促进了美国多元文化的发展。余志森指出：“多元文化的形成并非救世主的恩赐，而是美国各种族、民族的人民长期共同斗争取得自身文化权益的成果。”[②] 通过美国少数族裔的不懈斗争，特别是在 20 世纪 60 年代非裔美国人所发起的黑人文艺运动的影响下，美国政府不得不顺应历史潮流，采取多元化政策，从而使更多美国少数族裔的文化传统得到了应有的尊重和发扬。

---

① Malcolm X, Statement of Basic Aims and Objectives of the Organization of Afro-American Unity, In Abraham Chapman, ed., *New Black Voices: An Anthology of Contemporary Afro-American Literature*, New York: Penguin, 1972, p. 563.

② 余志森主编：《美国多元文化研究——主流和非主流文化关系探索》，上海：华东师范大学出版社，2012 年，第 8 页。

参考文献

英文资料

[1] Alhamisi, Ahmed, Wangara, et al. An Anthology of Black Creation[M]. Detroit: Black Arts Publication, 1969.

[2] Andrews, William L. Literary Romanticism in America[M]. Baton Rouge: Louisiana University Press, 1981.

[3] Andrews,William L., Foster, et al. The Oxford Companion to African American Literature[M]. New York: Oxford University Press, 1997.

[4] Baca, Jimmy Santiago. A Place to Stand: The Making of a Poet[M]. New York: Grove Press, 2001.

[5] Baker Jr., Houston A. Afro-American Poetics: Revisions of Harlem and the Black Aesthetic[M]. Madison: University of Wisconsin Press, 1996.

[6] Baraka, Amiri. The Autobiography of LeRoi Jones[M]. Chicago: Lawrence Hill & Co, 1995.

[7] Amiri Baraka. Home: Social Essays[M]. New York: Akashic Books, 2009.

[8] Baraka, Amiri, Neal, et al. Black Fire: An Anthology of Afro-American Writing[M]. Baltimore: Black Classic Press, 2007.

[9] Barbour, Floyd B. The Black Seventies[M]. Boston: Porter Sargent, 1970.

[10] Barksdale, Richard, Kenneth Kinnamon, et al. Black Writers of America, A Comprehensive Anthology[M]. New York: The Macmillan Company, 1972.

[11] Bell, Bernard W. The Afro-American Novel and Its Tradition[M]. Amherst: University of Massachusetts Press, 1987.

[12] Bernstein, Lee. America Is the Prison Arts and Politics in Prison in the 1970s[M]. Chapel Hill: The University of North Carolina Press, 2010.

[13] Brooks, Gwendolyn. Blacks[M]. Chicago: Third World Press, 1987.

[14] Brooks, Gwendolyn. Report from Part One[M]. Detroit: Broadside Press, 1972.

[15] Bruce, Henry Clay. The New Man: Twenty-nine Years a Slave, Twenty-nine Years a Free Man[M]. York, Pa: P. Anstadt and Sons, 1895.

[16] Chapman, Abraham, et al. New Black Voices: An Anthology of Contemporary Afro-American Literature[M]. New York: New American Library, 1972.

[17] Clarke, Cheryl. After Mecca: Women Poets and the Black Arts Movement[M]. New Brunswick, New Jersey, and London: Rutgers University Press, 2005.

[18] Collis, Lisa Gail, Crawford, et al. New Thoughts on the Black Arts Movement[M]. New Brunswick: Rutgers University Press, 2006.

[19] Conyers, J., James L., et al. Engines of the black power movement: Essays on the influence of Civil rights action, arts and Islam[M]. North Carolina: McFarland & Company, 2006.

[20] Dyson, Michael Eric. Making Malcolm: The Myth and Meaning of Malcolm X[M]. New York: Oxford University Press, 1995.

[21] Elliott, Emory. The Columbia History of the American Novel[M]. New York: Columbia University Press, 1991.

[22] Franklin, H.Bruce. Prison Writing in 20th Century America[M]. New York: Penguin, 1998.

[23] Gayle Jr., Addison, et al. The Black Aesthetic[M]. Garden City, New York: Doubleday &Company, Inc., 1971.

[24] Gordon, Milton M. Assimilation in American Life—The Role of Race, Religion, and National Origins[M]. New York: Oxford University Press, 1964.

[25] Hayes III, Floyd W., et al. A Turbulent Voyage: Readings in African American Studies[M]. San Diego, California: Collegiate Press, 2000.

[26] Heath, G. Louis, et al. The History and Literature of the Black Panther Party[M].

Metuchen, NJ: The Scarecrow Press, 1976.

[27] Hine, Darlene Clark, William C. Hine,et al. The African-American Odyssey (Combined Volume) 4th edition[M]. New Jersey: Prentice Hall, 2010.

[28] Hoving, Thomas. Making the Mummies Dance[M]. New York: Simmon and Schuster, 1993.

[29] Johnson, Thomas H. The Oxford Companion to American History[M]. New York, Oxford University Press, 1966.

[30] Jones, LeRoi. Blues People: Negro Music in White America[M]. New York: Harper Perennial, 1999.

[31] Kaiser, Charles. 1968 In America[M]. New York: Grove Press,1988.

[32] Keckley, Elizabcth. Behind the Scenes: Thirty Years a Slave and Four Years in the White House(1868)[M]. New York: Kessinger Publishing, 2010.

[33] King, Desmond. The Liberty of Strangers: Making of the American Nation[M]. New York: Oxford University Press, 2005.

[34] Kujichagulia, Imani. The Poetry of Warriors Behind Bars[M]. Washington D.C.: King Publications, 1976.

[35] Lee, Don L. (Haki R. Madhubuti). Directionscore: Selected and New Poems[M]. Detroit: Broadside Press, 1971.

[36] Lewis, Elma. Norfolk Prison Brothers, Who Took the Weight?: Black Voices from Norfolk Prison[M]. Norfolk Prison brothers, Boston: Little, Brown, 1972.

[37] Major, Clarence. The New Black Poetry[M]. New York: International Publishers, 1969.

[38] Marable, Manning, Leith Mullings. Let Nobody Turn Us Around: Voices of Resistance, Reform, and Renewal (Volume Ⅱ)[M]. Lanham: Rowman & Littlefield, 2003.

[39] Marwick. Arthur, The Sixties: Cultural Revolution in Britain, France, Italy, and the United States, c. 1958-c. 1974[M]. New York: Oxford University Press, 1998

[40] Matthews, John T., et al. A Companion to the Modern American Novel 1900 –

1950[M]. Oxford: Wiley-Blackwell, 2009.

[41] Mance, Ajuan Maria. Inventing black women: African American women poets and self-reprentation, 1877-2000[M]. Knoxville: University Tennessee Press, 2007.

[42] Mitchell, Angelyn, et al. Within the Circle: An Anthology of African American Literary Criticism from the Harlem Renaissance to the Present[M]. Durham and London: Duke University Press, 1994.

[43] Nadell, Martha Jane. Enter the New Negroes: Images of Race in American Culture[M]. Cambridge: Harvard University Press, 2004.

[44] Ongiri, Amy Abugo. Spectacular Blackness: The Cultural Politics of the Black Power Movement and the Search for a Black Aesthetic[M]. Charlottesville: University of Virginia Press, 2009.

[45] Page, Yolanda Williams, et al. Icons of African American Literature: the Black Literary World[M]. New York: Greenwood Press, 2011.

[46] Parini, Jay, Brett C. Miller. The Columbia History of American Poetry[M]. New York: Columbia University Press, 1993.

[47] Parker, Allen. Recollections of Slavery Times[M]. Gloucester: Dodo Press, 2009.

[48] Phelps, Carmen L. Performative politics in Chicago: The Black Arts Movement, Women Writers, and Visions of Nation and Identity[M]. Washington: The George Washington University, 2004.

[49] Reed, Ishmael. Flight to Canada[M]. New York: Random House, 1976.

[50] Reginald, Martin. The Oxford Companion to Women's Writing in the United States[M]. New York: Oxford University Press, 1995.

[51] Rosenberg, Norman L., Emily S. Rosenberg. In Our Times—America Since World War II (Fifth edition)[M]. New Jersey: A Simon & Schuster Company Englewood Cliffs, 1995.

[52] Salaam, Kalamu Ya. The Magic of Juju: An Appreciation of the Black Arts Movement[M]. Chicago: The Third World Press, 1998.

[53] Sanchez, Sonia. I'm Black When I'm Singing, I'm Blue When I Ain't and Other Plays[M]. Durham: Duke University Press Books, 2010.

[54] Sonia，Sanchez. We A BADDDDD People[M]. Detroit & Michigan: Broadcast Press, 1970.

[55] Sonia，Sanchez. Home Coming[M]. Detroit & Michigan: Broadside Press, 1969.

[56] Smethurst, James Edward. The Black Arts Movement: Literary Nationalism in the 1960s and 1970s[M]. Chapel Hill: The University of North Carolina Press, 2005.

[57] Sterba, James P. Three Challenges to Ethics Environmentalisms, Feminism, and Muticulturalism[M]. New York: Oxford University Press, 2001.

[58] Terrill, Robert E. The Cambridge Companion to Malcolm X[M]. London: Cambridge University Press,2010.

[59] Thernstrom, Stephan, Abigail Thernstrom. America in Black and White: One Nation, Indivisible —Race in Modern America[M]. New York: Simon & Schuster, 1997.

[60] Thompson, Julius E. Dudley Randall, Broadside Press, and the Black Arts Movement in Detroit, 1960－1995[M]. California: McFarland, 2005.

[61] William, Harris, J. The LeRoi Jones/Amiri Baraka Reader[M]. New York: Basic Books, 1991.

[62] Williams, Sherley Anne. Dessa Rose[M]. New York: William Morrow, 1986.

[63] Wintz, Cary D. Black Culture and the Harlem Renaissance[M]. Houston: Rice University Press, 2000.

[64] Woodar, Komozi. A Nation within a Nation: Amiri Baraka and Black Power Politics[M]. Chapel Hill: University of North Carolina Press, 1999.

[65] X, Malcolm, with the assistance of Alex Haley. The Autobiography of Malcolm X[M]. New York :Grove Press, 1965.

[66] Andrews, Benny. The BECC[J]. Art Magazine, Vol. 44, No. 8 (Summer, 1970): p.18-19.

[67] Bunker, Edward. War Behind Walls[J]. Harper's Magazine (Feb., 1972):

p.39-47.

[68] Collins, Lee BernsteiLisa Gail. Activists Who Yearn for Art That Transforms: Parallels in the Black Arts and Feminist Art Movements in the United States[J]. New Feminist Theories of Visual Culture (Spring, 2006): p.717-752.

[69] Cone, James H. Malcolm X: The Impact of a Cultural Revolutionary[J]. The Christian Century, No. 12 (Dec., 1992): p.1189-1192.

[70] Davis, Pat. Dindga McCannon[J]. Black Creation (Winter, 1973): p.53.

[71] Donaldson, Jeff. The Rise, Fall and Legacy of the Wall of Respect Movement[J]. International Review of African American Art, Vol.15, No.1 (1998): p.22-26.

[72] Fine, Elsa Honig. Mainstream, Blackstream and the Black Art Movement[J]. Art Journal, Vol. 30, No. 4 (Summer, 1971): p. 374-375.

[73] Gates Jr., Henry Louis. Black creativity: On the cutting edge[J]. Time, Vol. 144, No. 15 (Oct., 10), 1994: p. 74.

[74] Gladney, Marvin. The Black Arts movement and hip-hop[J]. African American Review (Summer, 1995): p. 291.

[75] Harper, Phillip Brian. Nationalism and Social Division in Black Arts Poetry of the 1960s[J]. Critical Inquiry, Vol. 19, No. 2 (Winter, 1993): p. 234-255.

[76] Henderson, Stephen E. Take Two-Larry Neal and the Blues God: Aspects of the Poetry[J]. Callaloo, No. 23, Larry Neal: A Special Issue (Winter, 1985): p.218.

[77] Jarrett, Gene Andrew. The Black Arts Movement and Its Scholars[J]. American Quarterly, Vol. 57, No. 4 (Dec., 2005): p. 1243-1251.

[78] Johnson, Roberta Ann. The Prison Birth of Black Power[J]. Journal of Black Studies, Vol.5, No. 4 (June, 1975): p. 395-414.

[79] Jones, LeRoi. The Myth of a 'Negro Literature'[J]. The Saturday Review，Vol. 40, No. 6 (1962): p. 20-21.

[80] Katzive, David. Up Against the Waldorf-Astoria[J]. Museum News, Vol.49, No.1, (1970): p.14.

[81] Leibowtz, Herbert. Exploding Myth: An interview with Sonia Sanchez[J].

Parnassus (Winter, 1985): p. 357.

[82] Lorenzo,Thomas. 'Classical Jazz' and the Black Arts movement[J]. African American Review (Summer, 1995): p. 29.

[83] Maxwell, William J. Black Arts Survivals in the New New Jazz Studies[J]. American Literary History, Vol. 23, No. 4 (Winter, 2011): p. 873-884.

[84] Nairne, Sandy. Black Arts in the Maelstrom[J]. History Workshop Journal (Spring, 2006): p. 25-30.

[85] Neal, Larry. The Black Arts Movement[J]. Tulane Drama Review, XII (Summer, 1968): p.32.

[86] Reed, Daphne S. LeRoi Jones: High Priest of the Black Arts Movement[J]. Educational Theatre Journal, Vol. 22, No. 1 (Mar., 1970): p.53-59.

[87] Roland, Charles P. The Ever-Vanishing South[J]. The Journal of Southern History (Feb., 1982): p. 3-20

[88] Rowell, Charles H. An Interview With Larry Neal[J]. Callaloo, No. 23, Larry Neal: A Special Issue (Winter, 1985): p.13.

[89] Roney, Patrick. The paradox of experience: Black Art and Black idiom in the work of Amiri Baraka[J]. African American Review (Summer 2003): p.407.

[90] Schwartz, Therese. The Politicalization of the Avant-Garde, III[J]. Art in America, Vol. 61, No. 2 (1973): p. 67-71.

[91] Smethurst, James. 'Pat your foot and turn the corner': Amiri Baraka, the Black Arts Movement, and the Poetics of a Popular Avant-garde[J]. African American Review, Vol. 37, No. 2/3, Amri Baraka Issue (Summer-Autumn, 2003): p.261-270.

[92] Smethurst, James. Remembering When Indians Were Red: Bob Kaufman, the Popular Front, and the Black Arts Movement[J]. Jazz Poetics: A Special Issue (Winter, 2002): p.146-164.

[93] Smith, David Lionel. The Black Arts Movement and Its Critics[J]. American Literary History, Vol. 3, No. 1 (Spring, 1991): p.93-110.

[94] Spriggs, Edward. The Studio Museum in Harlem[J]. Black Shade 2 (Nov., 1971): p.46-47.

[95] Steele, Vincent. Tom Feelings: A Black Arts Movement[J]. African American Review, Vol. 32, No. 1, Children's and Young-Adult Literature Issue (Spring, 1998): p.119-124.

[96] Studio Museum in Harlem: A Home for the Evolving Black Esthetic[J]. ART news Vol. 72, No. 8 (1973): p.48.

[97] Traylor, Eleanor W. And the Resurrection, Let It Be Complete[J]. The Achievement of Larry Neal (A Bibliography of a Critical Imagination),Callaloo, No. 23, Larry Neal: A Special Issue (Winter, 1985): p.42.

[98] Thelwell, Ekwueme Michael. The Professor and the Activists: A Memoir of Sterling Brown[J]. Massachusetts Review, Vol. 40, No. 4 (Winter, 1999-2000): p.617-38.

[99] Whatley, Joann. Meeting the Black Emergency Cultural Coalition[J]. ABA:A Journal of Affairs of Black Artist, Vol. 1, No. 1 (1972), p.5.

[100] Williams, Randy. The Studio Museum in Harlem[J]. Black Creation (Winter, 1973), p.60-62.

[101] Ghent, Henry. White is Not Superior[J]. New York Times, 1968-12-08: p.39.

[102] Kramer, Hilton. Differences in Quality[J]. New York Times, 1968-12-24.

[103] New York Times, January 15, 1969, p.41.

[104] New York Times, January 31, 1971.

[105] New York Times, April 7, 1971.

[106] Report of the National Advisory Commission on Civil Disorder[R]. Washington, DC: U.S. Government Printing Office (March 1, 1968), p.1.

[107] Ramon DeMar Jenkins. Hip-hop Hooray…Ho, Hey, Ho!: Hip-Hop Origin and Its Affect on Modern Day Culture, 1965-2008[D].Baltimore: Morgan State University, 2010, 5.

[108] Emmett George Price III. Free Jazz and The Black Arts Movement

1958-1967[D]. Pittsburgh: Universtiy of Pittsburgh, 2000.

中文资料

[109] 埃里克·方纳. 给我自由！一部美国的历史（下卷）[M]. 王希，译. 北京：商务印书馆，2010.

[110] 布·罗贝. 美国人民——从人口学角度看美国社会[M]. 董天民，韩宝成，译. 北京：国际文化出版公司，1987.

[111] 陈致远. 多元文化的现代美国[M]. 成都：四川人民出版社，2003.

[112] 丹尼尔·布尔斯廷. 美国人：殖民地的经历[M]. 时殷弘，等译. 上海：上海译文出版社，1989.

[113] 邓蜀生. 美国历史与美国人[M]. 北京：人民出版社，1993.

[114] 董衡巽. 美国文学简史[M]. 北京：人民文学出版社，1987.

[115] 黄卫峰. 哈莱姆文艺复兴研究[M]. 北京：外语教学与研究出版社，2007.

[116] 黄兆群. 熔炉下的火焰：美国的移民、民族和种族[M]. 北京：东方出版社，1994.

[117] 霍华德·津恩. 美国人民的历史[M]. 许先春，等译. 上海：上海人民出版社，2000.

[118] 詹姆斯·柯比·马丁，等. 美国史（下册）[M]. 范道丰，等译. 北京：商务图书馆，2012.

[119] 刘绪贻，杨生茂，李剑鸣. 美国通史. 1-6 卷[M]. 北京：人民出版社，2002.

[120] 马库斯坎利夫. 美国的文学[M]. 方杰，译. 香港：今日世界出版社，1975.

[121] 南开大学历史来美国史研究室. 美国黑人解放运动简史[M]. 北京：人民出版社 1977.

[122] 乔安妮·格兰特. 美国黑人斗争史[M]. 郭瀛，等译. 北京：中国社会科学出版社，1987.

[123] 托马斯·索威尔. 美国种族简史. 沈宗美，译. 北京：中信出版社，2011.

[124] 托克维尔．论美国的民主．下卷[M]．董果良，译．北京：商务印书馆，1989.

[125] 王恩铭．当代美国社会和文化[M]．上海：上海外语教育出版社，1997.

[126] 王家湘．20 世纪美国黑人小说史[M]．南京：凤凰出版传媒集团译林出版社，2006.

[127] 王旭．美国城市史[M]．北京：中国社会科学出版社，2000.

[128] 习传近．走向人类诗学——二十世纪八九十代非裔美国文学批评转型研究[M]．北京：中国社会科学出版社，2007.

[129] 余志森．美国多元文化研究——主流和非主流文化关系探索[M]．上海：华东师范大学出版社，2012.

[130] 约翰·霍普·富兰克林．美国黑人史[M]．张冰姿，译．北京：商务印书馆，1988.

[131] 张有伦，李剑鸣．美国历史上的社会运动和政府改革[M]．天津：天津教育出版社，1992.

[132] 中国美国史研究会，江西美国史研究中心．奴役与自由：美国的悖论——美国历史学家组织主席演说集[M]．贵阳：贵州人民出版社，1993.

[133] 周毅．美国历史与文化[M]．北京：首都经济贸易大学出版社，2010.

[134] 朱世达．当代美国文化[M]．北京：社会科学文献出版社，2011.

[135] 陈海宏．十九世纪晚期美国黑人的“文艺复兴”[J]．齐齐哈尔师范学院学报（哲学社会科学版）．1992（1）：47-50.

[136] 程锡麟．美国黑人美学述评[J]．当代外国文学，1994（1）：168-173.

[137] 程锡麟．一种新崛起的批评理论：美国黑人美学[J]．外国文学，1993（6）：73-78.

[138] 程锡麟．黑人美学[J]．外国文学，2014（2）：106-117.

[139] 董小川．美国多元文化主义理论再认识[J]．东北师大学报（哲学社会科学版），2005（2）：5-14.

[140] 邓蜀生．美国移民政策的演变及其动因[J]．历史教学，1983（3）164-178.

[141] 胡亚敏．论阿米利·巴拉卡及其短剧《荷兰人》[J]．外国文学，2011（5）：17-22.

[142] 黄兆群，杨国美．九十年代美国民族研究专著评述[J]．世界民族，2000（2）：74-80.

[143] 黄兆群．论美国黑人[J]．民族研究，1993（5）：40-47.

[144] 刘绪贻．二次世界大战后十年美国黑人运动的起伏[J]．武汉大学学报（哲学社会科学版），1981（2）：37-45.

[145] 刘绪贻．从蒙哥马利到伯明翰——50 年代到 60 年代初的美国黑人运动[J]．武汉大学学报社会科学论丛，1980（1）.

[146] 罗良功．黑人艺术运动中的女声——索妮亚・桑切斯访谈[J]．武汉理工大学学报（社会科学版），2005（4）：610-614.

[147] 施咸荣．美国黑人的三次文艺复兴[J]．美国研究，1988（4）73-88.

[148] 王恩铭．浅析马尔科姆・爱克斯的黑人民族主义思想[J]．史学月刊，1995（3）：102-107.

[149] 王希．多元文化主义在美国的起源、发展及其面临的挑战[J]．中国社会科学报，2010-02-04（7）.

[150] 王希．多元文化主义的起源、实践与局限性[J]．美国研究，2000（2）：44-80.

[151] 汪霞．论阿米里・巴拉卡诗歌中的黑人民族意识[J]．广东外语外贸大学学报，2008（6）79-81.

[152] 谢国荣．1960 年代中后期的美国黑人权力运动及其影响[J]．世界历史，2010（1）：40-52.

[153] 余志森．试论美国文化多元性的成因与特征[J]．华东师范大学学报（哲社版），2002（5）：3-12.

[154] 余志森．浅论美国多元文化主义[J]．华东师范大学学报，1995（6）：112-119.

[155] 张军．美国黑人文学的三次高潮和对美国黑人出路的反思与建构[J]．当代外国文学，2008（1）：51-59.

[156] 朱世达．克林顿政府在肯定性行动中的两难处境[J]．美国研究，1996（3）：63-82.

[157] 王恩铭．美国反正统文化运动——嬉皮士文化研究[D]．上海外国语大学，

2008.

[158] 靳淑梅. 教育公平视角下美国多元文化教育研究[D]. 长春：东北师范大学，2009.

[159] 杨长云. 公众的声音：19世纪末20世纪初美国的市民社会与公共空间[D]. 厦门：厦门大学，2009.

附录 1　美国黑人文艺运动大事年表

1. 1957 年，巴拉卡迁至格林威治村，与“垮掉的一代”、黑山诗人以及纽约画派诗人的先驱交往，并深受先锋派代表人物的影响，其思想大变。
2. 1960 年 7 月，巴拉卡跟随“古巴公平竞争委员会（the Fair Play for Cuba Committee）代表团访问古巴，并撰文《自由古巴》《Cuba Libre》来记述对此次访问的印象。
3. 1961 年，《自由之路》期刊问世。
4. 1961 年，《解放者》在曼哈顿中城宣布创刊。
5. 1962 年，非裔美国人民俗艺术团（The Afro-American Folkloric Troupe）在旧金山成立。
6. 1963 年，自由南方剧团（Free Southern Theatre）在传统的黑人大学密西西比陶格鲁学院（Tougaloo College）校园内创办成立。
7. 1964 年，第一家明确以文学为主要内容的重要黑人文艺运动刊物《黑人对话》（《Black Dialogue》）在加利福尼亚出版发行。
8. 1964 年，巴拉卡创作的戏剧《荷兰人》（《Dutchman》）问世，并于同年赢得了最佳美国戏剧奥比奖（Obie Award）。
9. 1964 年，巴拉卡创作完成《奴隶》（《The Slave》）。
10. 1965 年 2 月，黑人民权运动领袖马尔科姆・爱克斯遇害。
11. 1965 年，洛杉矶瓦茨区发生黑人暴动，给美国社会带来巨大冲击。
12. 1965 年 3 月，勒鲁瓦・琼斯（LeRoi Jones）与其他黑人艺术家和激进分子联手成立“黑人文艺剧院兼学校”（Black Arts Repertory Theater/School）。
13. 1965 年 8 月，《选举法案》获得参众两院批准并由约翰逊总统签署生效。
14. 1965 年 10 月，瓦茨事件咖啡屋（Watts Happening Coffee House）在瓦茨第

130 号街成立。

15. 1965 年，巴拉卡发表诗歌《黑人艺术》(《Black Art》)，被称作黑人文艺运动中文学运动的宣言之作。

16. 1965 年，佩尔助学金项目宣布创立。

17. 1966 年，黑人学生协会（Negro Students Association）更名为黑人学生会（Black Students Union）。

18. 1966 年，“瓦茨骚乱”组合艺术品完工。

19. 1966 年夏，第一届瓦茨夏日节举办。

20. 1966 年 6 月，“黑人权力”成为非裔美国人的政治口号。

21. 1966 年，桑切斯在旧金山州立大学（San Francisco State University）开设非裔美国文学课程。

22. 1967 年，哈莱姆新拉法叶剧院宣布成立。

23. 1967 年 6 月，美国黑人文化组织（Organization of Black American Culture）视觉艺术工作坊召开第一次会议。

24. 1967 年，第一本黑人文艺文学作品《源自灰烬的瓦茨声音》出版。

25. 1967 年 7 月 29 日，林登・贝恩斯・约翰逊总统发布 11365 号行政令，成立专门研究国内混乱局面的国家顾问委员会，调查和研究发生在美国城市内的“种族骚乱”大爆发情况。

26. 1967 年，第三世界出版社宣布成立。

27. 1967 年，位于芝加哥第 43 号和兰利街（43rd and Langley）的一面墙画——“尊重之墙”绘制完成。

28. 1967 年，巴拉卡在洛杉矶拜访了莫拉纳・卡伦加（Maulana Karenga）并成为其哲学思想的支持者，自此，他更名为伊马姆・艾米里・巴拉卡（Imamu Amiri Baraka）。

29. 1967 年，根据《荷兰人》改编的电影举行公映。

30. 1967 年，巴拉卡的剧本《贩奴船》（Slave Ship）与读者见面。

31. 1967 年，巴拉卡发表了反映其黑人民族主义思想的诗集《黑色魔法》。

32. 1968 年，国家黑人剧院（NBT）宣布成立。

33. 1968 年，埃瑟里奇·奈特的作品《狱中诗集》(《Poems from Prison》) 出版。
34. 1968 年 3 月 1 日，研究国内混乱局面的国家顾问委员会发表克纳报告。
35. 1968 年夏天，布林斯编辑的特刊《戏剧评论》出版。
36. 1968 年秋，美国艺术惠特尼博物馆举办“20 世纪 30 年代美国绘画和雕塑”展。
37. 1968 年 11 月 19 日，20 世纪 30 年代艺术综览——“看不见的美国人：三十年代的黑人艺术家”展在哈莱姆的工作室博物馆向观众开放。
38. 1968 年，巴拉卡发表《黑人艺术》一诗。
39. 1968 年，在霍华德大学、亚特兰大大学校园内召开面向黑人大学（Toward A Black University）会议。
40. 1968 年，巴拉卡和拉里·尼尔合编的黑人文艺运动经典文献《黑色火焰：非裔美国作家作品选》出版。
41. 1969 年，《为了马尔科姆》由锐评出版社出版。
42. 1969 年，黑人紧急时刻文化联盟（Black Emergency Cultural Coalition）成立。
43. 1969 年，黑人世界研究所成为一个独立的组织。
44. 1970 年，非裔美国版的《读者文摘》——《黑人文摘》更名为《黑人世界》。
45. 1970 年，由巴拉卡与艾伯纳西合作完成的《我们可怕的境地》问世。
46. 1970 年，第一届非洲人民议会（CAP）会议在亚特兰大举办。
47. 1970 年，尼尔荣获了为非裔美籍评论研究设立的古根海姆奖（Guggenheim Fellowship）。
48. 1970 年，赛密勒·路易斯创办《非裔美国艺术国际评论》(《International Review of African American Art》) 期刊。
49. 1970 年，玛雅·安吉罗出版了自传体小说《我知道笼中鸟儿为何歌唱》(《I Know Why the Caged Bird Sings》)。
50. 1971 年，索妮亚·桑切斯加入了伊斯兰民族组织（Nation of Islam）。
51. 1972 年，黑人诗歌节首次在南方大学举办。
52. 1972 年，新拉法叶剧院解散。
53. 1973 年，亚利桑那州狱政局联合国家文艺和人文科学委员会在亚利桑那州监狱成立作家研讨会。同年，美国国际笔会（PEN American Center）为囚犯们举办了第一届文学竞赛。

54. 1974 年，巴拉卡抛弃黑人民族主义思想，开始信仰共产主义。

55. 1974 年 12 月，尚治的作品《彩虹艳尽半边天》问世。

56. 1976 年 4 月，《黑人世界》期刊被约翰逊出版公司关闭。

57. 1976 年 9 月，《彩虹艳尽半边天》轰动百老汇。

附录 2　中英文词汇对照表

A

A. B. 斯派曼　A. B. Spellman

阿布拉哈姆·查普曼　Abraham Chapman

阿娟·玛丽亚·曼斯　Ajuan Maria Mance

阿拉巴马农业机械大学　Alabama A&M University

阿米利·巴拉卡　Amiri Baraka

阿萨·夏库尔　Assata Shakur

阿斯基亚·杜尔　Askia Toure

阿斯塔尔姐弟　The Astaires

埃德·布朗　Ed Brown

埃尔德里奇·克里夫　Eldridge Cleaver

埃里卡·休金斯　Ericka Huggins

埃立欧·波玛尔舞团　Eleo Pomare

埃瑟里奇·奈特　Etheridge Knight

艾德·布林斯　Ed Bullins

艾迪生·盖尔　Addison Gayle

艾尔玛·路易斯　Elma Lewis

艾莉卡·哈金斯　Erika Huggins

艾龙·斯库纳　Allon Schoener

艾略特·亨特　Elliot Hunter

艾米·阿布高·昂吉瑞　Amy Abugo Ongiri

艾瑞卡·哈金斯　Ericka Huggins

艾萨・凯特 Eartha Kitt

艾瑟瑞吉・奈特 Etheridge Knight

艾斯伯格・斯利姆 Iceberg Slim

艾文・艾利美国舞团 Alvin Ailey American Dance Theatre

爱德华・邦克 Edward Bunker

爱德华・克里斯马斯 Edward Christmas

爱德华・斯普里格斯 Edward Spriggs

爱尔玛・路易斯剧场技术培训项目 Elma Lewis Technical Theater Training Program

爱丽斯・沃克 Alice Walker

爱洛伊斯・史密斯 Eloise Smith

爱慕斯・祖博尔顿 Amos Zu-Bolton

安东尼・因佩里亚莱 Anthony Imperiale

安吉拉・戴维斯 Angela Davis

奥黛丽・洛德 Audre Lorde

奥杜邦舞厅 Audubon Ballroom

奥古斯特・威尔逊 August Wilson

B

百蒂・萨尔 Betye Saar

鲍勃・卡夫曼 Bob Kaufman

鲍勃・克洛福德 Bob Crawford

《暴利空间》 The Violent Space

贝德福德山女子教养所 Bedford Hills Reformatory for Women

北卡罗莱那农业理工州立大学 North Carolina A & T

贝蒂・布雷顿 Betty Blayton

《被捕者的声音》 Captive Voices

本杰明・戴维斯 Benjamin Davis

本尼・安德鲁斯 Benny Andrews

比莉・哈乐黛 Billie Holiday

彼得・戈德曼 Peter Goldman

《不要哭泣，要喊出来》 Don't Cry, Scream

布朗克斯科学学生团体 Bronx Science Student Group

布朗士科学高中 Bronx High School of Science

《布鲁斯人民：白色美国的黑人音乐》 Blues People: Negro Music in White America

C

《彩虹艳尽半边天》 For Colored Girls Who Have Considered Suicide / When the Rainbow Is Enuf

查理・帕克 Charlie Parker

《超越布鲁斯》 Beyond Blues

"城市丛林女子舞蹈团" Urban Bush Women Dance/Theatre Company

重建南方 Reconstruction South

充满情感的信条 affectionate shibboleth

创新型音乐家进步协会 The Association for the Advancement of Creative Musicians

创造性表达 creative expression

《存在》 Dasein

D

达德利・兰博尔 Dudley Randall

达纳・钱德勒 Dana Chandler

大都会艺术博物馆 Metropolitan Museum of Art

《大声说"我是黑人，我为此骄傲"》 Say It Loud—I'm Black and I'm Proud

大卫・莱昂内尔・斯密斯 David Lionel Smith

大学中心 University Center

大众媒体聚会 mass media parties

丹尼尔·贝尔 Daniel Bell

德莱克塞尔理工学院 Drexel Institute of Technology

第 43 号和兰利街 43rd and Langley

《第一部分的报告》 In Report from Part One

《第一世界》First World

丁德格·麦坎农 Dindga McCannon

多丽丝·德比 Doris Derby

E

俄亥俄中央州立大学 Central State University

厄尔·利特尔 Earl Little

恩托扎克·尚治 Ntozake Shange

《20 卷自杀笔记序言》 Preface to aTwenty-Volume Suicide Note

F

法农 Fanon

《贩奴船》 Slave Ship

反情报计划 COINTELPRO

方迪·艾伯纳西 Fundi Albernathy

《放松我紧绷的皮肤：新诗选集》 Shake Loose My Skin: New and Slected Poems

非暴力行动组织 Non-Violent Action Group

非裔美国人民俗艺术团 The Afro-American Folkloric Troupe

非裔美国人统一组织 Organization of Afro-American Unity

非裔美国文化组织 Organization of Black American Culture（OBAC）

《非裔美国艺术国际评论》 International Review of African American Art

《非洲失去的城市》 The Lost Cities of Africa

非洲文艺剧院 Affro Arts Theater

非洲眼镜蛇 AFRI-COBRA

菲利普·林森·梅森 Philip Lindsay Mason

费斯·灵戈尔德 Faith Ringgold

福音音乐 gospel

G

改造中的文艺计划 Arts-in-Corrections program

《干正事》 Take Care of Business

哥伦比亚大学 Columbia University

《革命的产生（毁灭？）》 The (Un?)Making of a Revolutionary

革命行动运动 Revolutionary Action Movement

格温多琳·布鲁克斯 Gwendolyn Brooks

古巴公平竞争委员会 the Fair Play for Cuba Committee

古根海姆博物馆 Guggenheim Museum

《鼓声——非裔美国人诗歌的使命——一段重要的历史》 Drumvoices, The Mission of Afro-American Poetry, A Critical History

《鼓声悠扬：爱情诗集》 Like the Singing Coming Off the Drums：Love Poems

《盥洗室》 The Toilet

H

哈基·马德胡布提 Haki R. Madhubuti

哈莱姆工作室博物馆 Studio Museum in Harlem

哈莱姆青年争取无限就业机会协会 Harlem Youth Opportunities Unlimited（HARYOU）

哈莱姆文艺复兴 Harlem Renaissance

《哈泼杂志》 Harper’s Magazine

《荷兰人》 Dutchman

赫伯特·莱布维茨 Herbert Leibowtz

《黑人对话》 Black Dialogue

《黑人妇女》 Black Woman

黑人紧急时刻文化联盟 Black Emergency Cultural Coalition

《黑人美学》 The Black Aesthetic

黑人权力运动 Black Power Movement

《黑人权力运动的引擎：关于黑人权力运动、文艺和伊斯兰教影响的文章》 Engines of the black power movement: Essays on the influence of Civil rights action, arts and Islam

《黑人诗歌期刊》 The Journal of Black Poetry

《黑人诗歌杂志》 Journal of Black Poetry

《黑人诗人》 The Black Poets

《黑人世界》 Black World

黑人世界研究所 The Institute of the Black World

《黑人书籍会刊》 Black Books Bulletin

黑人团结学生组织 Student Organization for Black Unity

《黑人文学的神话》 The Myth of a Negro Literature

"黑人文艺的西部" Black Arts West

"黑人文艺剧院兼学校" Black Arts Repertory Theater/School

黑人文艺运动 Black Arts Movement

《黑人文艺运动：20 世纪六七十年代的文学民族主义》 The black Arts Movement: Literary Nationalism in the 1960s and 1970s

《黑人文艺运动及其批评家》 The Black Arts Movement and Its Critics

《黑人文艺运动及其学者》 The Black Arts Movement and Its Scholars

《黑人文艺运动新思考》 New Thoughts on the Black Arts Movement

《黑人文摘》 Negro Digest

黑人戏剧运动 Black Theatre Movement

黑人性 Blackness

《黑人学者》　Black Scholar

《黑人艺术》　Black Art

黑人艺术中心　The Center for Black Art

黑人议会　Black Congress

《黑人音乐》　Black Music

黑人应急文化联盟 Black Emergency Cultural Coalition

“黑人之屋”Black House

《黑色布加洛舞》　Black Boogaloo: Notes on Black Liberation

《黑色火焰：非裔美国作家作品选》Black Fire：an anthology of Afro-American writing

《黑色魔法》　Black Magic

黑山诗人　Black Mountain Poets

“黑王后”　Black Queens

亨利·大卫·梭罗　Henry David Thoreau

亨特学院　Hunter College

《胡毒巫术比波普爵士乐鬼》　Hoodoo Hollerin' Bebop Ghosts

华兹华斯·捷瑞尔　Wadsworth Jarrell

《回家》　Homecoming

霍华德大学　Howard University

霍伊特·富勒　Hoyt W. Fuller

J

吉尔伯特·摩西　Gilbert Moses

基恩·丹尼斯　Gene Dennis

基恩·图默　Jean Toomer

吉恩·安得烈·贾勒特　Gene Andrew Jarrett

《吉罗》　Jello

吉米·霍法　Jimmy Hoffa

吉米・圣地亚哥・巴卡　Jimmy Santiago Baca

吉姆・克劳黑人法　Jim Crow

《急先锋》　A Further Pioneer

加利福尼亚—洛杉矶大学　University of California-Los Angeles

《假如他们踏着晨曦走来》　If They Come in the Morning

《解放奴隶宣言》　The Emancipation Proclamation

节奏布鲁斯　Rhythm & Blues

杰夫・唐纳森　Jeff Donaldson

杰克・亨利・阿尔伯特　Jack Henry Abbott

杰克逊州立大学　Jackson State University

杰威拉・乔・左拉　Jawole Willa Jo Zollar

《解放者》　The Liberator

金中心　King Center

《紧急呼叫》　SOS

浸礼派　Baptism

"精神之屋"　the Spirit House

《警察》　Police

旧金山州立大学　San Francisco State University

K

卡拉姆・雅・萨拉姆　Kalamu ya Salaam

卡里・冲伯　Juno Bakali Tshombe

卡洛琳・巴克斯特　Carolyn Baxter

卡莫兹・乌达卡　Komozi Woodard

"卡姆比河集体"　Combahee River Collective

凯特・理查德・奥黑尔　Kate Richards O'Hare

克拉伦斯・梅杰　Clarence Major

克莱本・佩尔　Claiborne Pell

克劳德·布朗　Claude Brown
克瓦米·图尔　Kwame Ture
垮掉的一代　Beat Generation
垮掉派时期　Beat Period
库姆巴研习所　Kuumba Workshop
“狂饮者”　Bacchanal

L

拉尔夫·艾里森　Ralph Ellison
拉尔夫·阿伯纳提　Ralph Abernathy
拉里·尼尔　Larry Neal
拉蒙·德马·詹金斯　Ramon DeMar Jenkin
兰迪·威廉　Randy William
兰斯·杰夫斯　Lance Jeffers
勒鲁瓦·琼斯　LeRoi Jones
雷蒙德·帕特森　Raymond Patterson
李·伯恩斯坦　Lee Bernstein
理查德·朗　Richard Long
《理解新黑人诗歌》　Understanding the New Black Poetry
丽萨·盖尔·考林斯　Lisa Gail Collins
琳恩·斯科菲尔德·克拉克　Lynn Schofield Clark
《良心宣言》　Declaration of Conscience
《邻家女孩和手榴弹》　Home girls and Hand Grenades
灵魂音乐　soul music
“灵魂火车”　Soul Train
《灵魂之书》　Soulbook
《令人惊叹的黑人性：黑人权力运动的文化政治和对于黑人美学的追寻》 Spectacular Blackness: The Cultural Politics of the Black Power Movement and the

Search for a Black Aesthetic

路易斯·博根　Louise Bogan

《论公民的不服从》　Civil Disobedience

罗伯特·安·约翰逊　Roberta Ann Johnson

罗伯特·海顿　Robert Hayden

罗德·罗杰斯舞团　Rod Rodgers

罗恩·卡伦加　Ron Karenga

罗恩·米尔纳　Ron Milner

罗格斯大学　Rutgers University

罗伦佐·托马斯　Lorenzo Thomas

罗马勒·比尔登　Romare Bearden

罗萨·盖伊　Rosa Guy

罗西·普尔　Rosey Pool

M

马迪·沃特斯　Muddy Waters

《马尔科姆，人类不能生活在这里》　Malcolm/Man Don't Live Here No Mo

马尔科姆·爱克斯　Malcolm X

《马尔科姆·爱克斯的遗产和黑人民族的到来》　The Legacy of Malcolm X, and the Coming of the Black Nation

马尔科姆·利特尔　Malcolm Little

马库斯·加维　Marcus Garvey

马林县监狱　Marin County Jail

马尔文·爱克斯　Marvin X

马尔文·J. 格拉德尼　Marvin J. Gladney

玛格·娜塔利·克劳福德　Margo Natalie Crawford

玛格丽特·沃克　Margaret Walker

玛格丽特·G. 伯罗斯　Margaret G. Burroughs

玛格丽特·丹娜 Margaret Danner

玛丽·埃文斯 Mari Evans

玛雅·安吉罗 Maya Angelou

迈克·华勒斯 Mike Wallace

麦尔文·托尔森 Melvin Tolsol

《麦加之后：女诗人和黑人文艺运动》 After Mecca: Women Poets and the Black Arts Movement

曼哈顿格林威治村 Greenwich Village

梅森一狄克逊 Mason-Dixon

《煤玉》 Jet

美国博物馆协会 Association of American Museum

美国国际笔会 PEN American Center

“美国国内收入署”简称 IRSIRS

《美国黑人圣歌之书》 The Books of American Negro Spirituals

美国黑人文化组织 Organization of Black American Culture

“美国室外演奏台” American Bandstand

美国戏剧奥比奖 Obie Award

美国艺术惠特尼博物馆 Whitney Museum of American Art

美国主义 Americanism

米格尔·皮妮罗 Miguel Pinero

密西西比陶格鲁学院 Tougaloo College

面向黑人大学 Toward A Black University

《面向新定义：60 年代的黑人诗歌》Toward a Definition: Black Poetry of the Sixties

《民权法案》 Civil Rights Act

民权运动 Civil Rights Movement

民族平等协会 Congress of Racial Equality

莫拉纳·卡伦加 Maulana Karenga

默瑟·库克 Mercer Cook

穆罕默德·艾哈迈德 Muhammad Ahmad

《目前黑人文学的功能》 The Function of Black Literature at the Present Time

N

奈安蒂克监狱 Niantic State Prison

南方大学 Southern University

美国南方腹地各州 Deep South

“南方黑人艺术” BLKARTSOUTH

南方基督教领导会议 the Southern Christian Leadership Conference

南方基督教领导委员会 Southern Christian Leadership Council

南卡罗来纳州州立大学 South Carolina State

尼基·乔万尼 Nikki Giovanni

妮娜·西蒙 Nina Simone

《你家里有狮子吗》 Does Your House Has Lions?

《你碰我的黑人美学，我就碰你的》You Touch My Black Aesthetic and I'll Touch Yours

纽约大学 New York University

纽约画派诗人 New York School Poets

纽约诗人剧院 New York Poets Theatre

纽约州立大学石溪分校 State University of New York at Stony Brook

《奴隶》 The Slave

诺曼·帕里什 Norman Parish

《女士，昂首向前走》 Stride, Strut Lady

女主人 Mistresses

O

欧涅·寇曼 Ornette Coleman

欧文·多德森　Owen Dodson

P

帕特里夏·利金斯·黑尔　Patricia Liggins Hill
皮锐·托马斯　Piri Thomas
《皮条客：我的人生故事》　Pimp: The Story of My Life
《皮条客兄弟》　Brother Pimp
皮尤协会艺术奖　Pew Fellowships in the Arts
《漂浮的熊》　The Floating Bear

Q

乔伊纳·科德兹　Jayne Cortez
乔治·杰克逊　George Jackson
《轻舞飞扬》　The Sweet Flypaper of Life
去美国化　de-Americanization
全国有色人种协进会青年委员会　NAACP Youth Council

R

《人生百态：新诗选》　Directionscore: Selected and New Poems
锐评出版社　Broadside Press
"锐评四重奏"　Broadside Quarter

S

赛密勒·路易斯　Samella Lewis
社会研究新学院　The New School for Social Research
《身为女人：新诗选集》　I Have Been a Woman：New and Selected Poems
《生活的大德》　Great Goodness of Life
《实验死刑队一号》　Experimental Death Unit#1

史都克礼·卡米高　Stokely Carmichael
世界秩序　the ordering of the world
手杖　Cane
斯蒂芬·亨德森　Stephen Henderson
斯特尔林·布朗　Sterling Brown
索妮亚·桑切斯　Sonia Sanchez

T

“碳化版的白人”　carbon copies of white men
汤姆·邓特　Tom Dent
汤姆·劳埃德　Tom Lloyd
特拉沃尔塔乐队　Travoltas
“特展画廊”　special event gallery
《提起种族，光辉不再》　Raise Race Rays Raze
图腾出版社　Totem Press
“团结作战”　Operational Unity
托马斯·霍文　Thomas Hoving
托马斯·洛伦佐　Thomas Lorenzo
托尼·凯德·班芭拉　Toni Cade Bambara
托尼·莫里森　Tony Morrison

W

瓦尔·格雷·沃德　Val Gray Ward
湾区　Bay Area
威尔索妮亚·德拉尔沃　Wilsonia Driver
威利·爱克斯　Willi X
威利·瑞克斯　Willie Ricks
威廉·安德鲁斯　William Andrews

威廉·沃克　William Walker

威廉·艾杰　William Agee

威廉莫洛公司　William Morrow & Company

《为了马尔科姆》　For Malcolm

《为了桑德拉》　For Saundra

维斯团体　Weusi group

卫斯廉大学　Wesleyan University

文森·哈丁　Vincent Harding

《我们可怕的境地》　In Our Terribleness

《我们是坏人》　We a BaddDDD People

《我是一个黑人妇女》　I Am A Black Woman

我心中的哈莱姆　Harlem on My Mind

《我有一个梦想》　I Have a Dream

《我知道笼中鸟儿为何歌唱》　I Know Why the Caged Bird Sings

《乌木》　Ebony

伍德拉夫　Woodruff

“武装自己还是伤害自己”　arm yourself or harm yourself

X

“西海岸三期刊”　West Coast Trio

希尔顿·克莱默　Hilton Kramer

《蟋蟀》cricket

小马丁·路德·金　Martin Luther King, Jr.

小伍迪·金　Woodie King, Jr.

小休斯顿·A. 贝克　Houston A. Baker, Jr.

谢丽尔·克拉克　Cheryl Clarke

《新黑人的声音》　New Black Voices

《新黑人诗歌》　The New Black Poetry

“新文艺复兴” Neo-Renaissance

休伊・P・牛顿 Huey P. Newton

学生非暴力协调委员会 Student Nonviolent Coordination Committee

Y

雅各布・贾维茨 Jacob Javits

亚瑟・米切尔的哈莱姆舞蹈剧院 Arthur Mitchell’s Dance Theatre of Harlem，简称 DTH

《一千二百万黑人的声音》 12 Million Black Voices

《一首献给黑人之心的诗歌》 A Poem For Black Hearts

《一位毒瘾姐妹的夏日私语》 summer words of a sistuh addict

伊马姆・艾米里・巴拉卡 Imamu Amiri Baraka

伊幔尼・酷基茶古力 Imani Kujichagulia

伊什梅尔・里德 Ishmael Reed

伊斯兰民族组织 Nation of Islam

仪式戏剧 ritual drama

艺术罢工组织 Art Strike

艺术工作者联盟 Art Workers’ Coalition

《因恨生恨》 The Hate That Hate Produced

尤金・B. 雷德蒙德 Eugene B. Redmond

尤金・德布 Eugene Debs

尤瑞・寇其雅玛 Yuri Kochiyama

游击队艺术行动小组 Guerrilla Art Action Group

《有人炸毁了美国？》 Somebody Blew Up America

《羽根》 Yugen

《狱中独处与其他政府免费服务》 Prison Solitary and Other Free Government Services

《狱中诗集》 Poems from Prison

原声金句　sound byre
约翰・I. H. 鲍尔　John I. H. Baur
约翰・奥利佛・基伦斯　John Oliver Killens
约翰・科特恩　John Coltrane
约翰・奥尼尔　John O'Neal
约瑟夫・帕普　Joseph Papp

Z

《在辽阔的天空下》　Under a Soprano Sky
《在麦加》　In the Mecca
《在朋友家里受伤》　Wounded in the House of a Friend
詹姆斯・A. 朗　James A. Lang
詹姆斯・鲍德温　James Baldwin
詹姆斯・布朗　James Brown
詹姆斯・范德泽　James Vanderzee
詹姆斯・梅雷迪斯　James Meredith
珍・科尔特斯　Jayne Cortez
争取种族平等大会　Congress of Racial Equality
《致埃瑟里奇》　poem for etheridge
《致安吉拉》　Poem to Angela
《致马尔科姆・爱克斯：有关马尔科姆・爱克斯生活和死亡的诗歌》For Malcolm X: Poems on the Life and Death of Malcolm X
《致前妻》　For Ex-Wife
中西部地区　Midwest
中央州立大学　Central State University
种族平等大会　Congress of Racial Equality
朱利安・梅菲尔德　Julian Mayfield
朱诺・巴卡利・琼北　Juno Bakali Tshombe

“自由乘客”　Freedom Riders

《自由古巴》　Cuba Libre

自由南方剧团　Free Southern Theatre

“自由之歌”　Freedom Songs

《自由之路》　Freedomways

《总结》　summary

“尊敬之墙”　The Wall of Respect